谨以此书奉献给我的爱

感谢历史　感恩时代　感恩父母

感恩科幻　感恩师友　感恩家人

序

朝向星河天宇

韩　松

中国科幻的兴起繁荣成了一个世界关注的现象，它是一个文化和社会奇观，也是一个成长中的产业奇迹，各层面的人都津津乐道，引以为荣，并促发了很多讨论。其中一个问题是，它是怎么崛起的？为什么能走到今天？

这里面有很多偶然和必然，但所有的，都跟《科幻世界》这本杂志分不开。我常常在想，如果时光倒回到四十多年前，《科幻世界》没能坚持下来，那么很可能中国就没有一个地方可以看到科幻和发表科幻了，可能就没有刘慈欣，没有王晋康，没有何夕，也没有我，没有千百万的科幻作者和爱好者，没有后来的一切一切。或者，至少跟现在很不一样吧，或者，中国科幻的黄金时代要迟来很多年。

杨潇老师的这本回忆录里，讲到了刘慈欣把他的第一部科幻作品《超新星纪元》投给《科幻世界》，当时他是很忐忑的，但杂志那时是在最困难的时期，无法发表长篇作品，然而杨潇老师数次给他写信，予以鼓励。刘慈欣后来说道，要是没有这些信，他可能就放弃写科幻了。1993年，杨潇老师读到王晋康的处女作

《亚当回归》的投稿，当即决定发表。在回忆录中，她称王晋康的“从天而降”是杂志“中了大奖”。几乎所有的中国科幻作者，都是由《科幻世界》而走上了创作的道路，而他们也成了《科幻世界》最忠诚的支持者。我还常常想，正是有了《科幻世界》，我们国家本来比较稀缺的想象力也才更好地被保护和保存了下来，而这对于创新是多么的宝贵。

爱因斯坦说：“想象力比知识更重要！”

《科幻世界》无疑是中国科幻的大本营，是土壤，是摇篮，是热爱科幻的人们的出发点和归宿点。我至今记得20世纪80年代中期第一次走进科幻世界杂志社的大门时的情形，那时我还是个大学生，被邀请去开笔会。我第一次看到杨潇老师，她是那么瘦弱的一位女性，而编辑部也是那么狭小，跟我心目中神一般的杂志并不一样。直到今天看了这个回忆录，才知道，那时它有多么难。1991年世界科幻专业协会年会在成都召开时，有一件事却难启口——《科学文艺》那年的征订量仅600册。在十几亿人口的大国，600册是个什么概念？但这个事情那时我也不知道。而仅仅过了不到10年，它已成为世界第一大科幻刊物，发行数十万册，培养了现今几乎所有活跃的中国科幻作家，并养成了遍布天南海北的科幻迷。几乎没有哪个科幻作家，不曾在《科幻世界》上发表作品、不是把自己处女作寄给编辑部。甚至如今不少活跃在我国科研、经济一线的杰出成就者，也说他们是看《科幻世界》长大的。

我是《科幻世界》培养的作者，我自认为很了解它了，但直到读了这个回忆录后，才第一次真正明白它那些年是怎么走过来的。杨潇老师披露了很多我们以前不知道的“秘密”。她在1984年临危受“举”担任《科学文艺》编辑部主编，一直到2002年她提出辞去职务。这19年是杂志从低谷走向高峰的最关键时期。宋明炜老师说的“中国科幻新浪潮”正是在这个时期孕育并爆发的。我认为，中国科幻的崛起是影响中国文明乃至世界文明的一个事件，而不仅仅是偏处四川成都的一家杂志的个案。这里面，杨潇老师讲到的每一件事，都让我惊奇、感动而慨叹。她总是在提到“绝境重生”“背水一战”，感觉她在讲一个宇宙的诞生和演化的故事——要是当时某个常数、某个元素、某个数值缺失了，或者差一点点，就不会有生命产生。也好像从珠穆朗玛峰上坠下一根线，让它穿过山脚下一颗针的针眼，是那样的一种艰难。比如，当时他们完全可以选择不办这个杂志，因为科幻又不是什么热门，而且还招人嫌，领导都避之唯恐不及；比如，在最困难的时候，在天亮前夕，大家散伙了，又会怎么样，而实际上的确是有人走了，杨潇老师那时特别难过；比如他们没能确立一个“以退为进”的办刊方针，或者如果仅仅为了生存和为了赚钱，沿着《奇谈》这条路子走下去，又会如何；比如没有杨潇老师拿着一本英汉词典独闯国际科幻会场，向世界介绍中国科幻；没有他们坐八天八夜火车，到海牙把1991年世界科幻协会年会的举办权拿下来，后来的情形又会是怎样——那次会议是中国科幻复兴的一个转折点，而且我觉得是2023年万众瞩目的世界科幻大会落户成都的真正起点；比如要是杨潇他们没能打败国内打“黑报告”阻止这个会议的人又会如何，如果那次会议在卧龙遭遇的泥石流再大一点，致使外宾发生意外而酿成“外交事件”，中国科幻的前途又会怎样……所做的一切无比科幻，好像在外星探险。又比如她讲到，1997年，提出让俄罗斯和美国宇航员参加《科幻世界》举办的国际科幻会议，这在今天看来也简直是天方夜谭，需要外交上、政治上、经济上多么大的想象力和执行力，但是竟然由一个杂志做成功了，使得1997年在北京和成都召开的这次会议成了一个不可复制的传奇。我亲眼见到几万少年儿童疯狂追逐宇航员和科幻作家的情形，这让我想到星星之火可以燎原。杨潇老师回忆说，当时竟然没有出一点事故。万一发生挤压、垮塌、踩踏、溺水……后果不堪设想。又比如1999年，假如《科幻世界》未曾“恰巧”发表那两篇与高考作文题“撞车”的科幻小说及文章，从而引起遍及全国的科幻热，又会是怎样……这一个又一个的“偶然”，铺就了《科幻世界》命定要走向辉煌的道路，也织构了中国科幻必然要创造奇迹的历史。

杨潇老师在回忆录中特别讲到了那个令人感兴趣而又困惑不解之谜——为什么科幻在四川仅存并兴起？这里有几个原因，她说，当时许多同类刊物纷纷倒闭，而《科学文艺》（即《科幻世界》的前身）苦苦撑持了下来，得益于七个“特殊”：在特殊时期——改革开放初期；特殊地点——较为偏远的西南一隅；得到了特殊的尚方宝剑——省科协“四自”方针；在一个特殊领域——科幻文艺；和一群特殊同行者——科普和科幻作者、读者及各界支持者；做了一件特殊事情——办科幻刊物；还有我们这个普通然而特殊的小团队——团结协作，绝不轻言放弃。这些特殊居然最后都汇聚到了成都市人民南路四段11号这个楼里，这是老天爷赐予中国的一个机遇吗？它不想让科幻在这个国家绝迹。但这当然不是老天爷的恩赐，而是人们孜孜不倦干出来的。

我有三个特别感慨之处。

第一个，杨潇老师代表的，是那个时代涌现的一批具有理想主义精神的中国人。科幻不仅仅是想象力，更是理想主义的集中体现，是一种信仰的力量，是对美好未来的向往和坚守。科幻爱好者总是相信，不管现实有多么难，我们都会构建一个更好的明日世界。杨潇在回忆录中多次提到她的父亲。他坐过五年国民党监牢，还在非常时期受到冲击。但他从来没有放弃理想。他在女儿人生抉择的关键时刻，告诉她：科学和文艺都是社会发展的两大支柱，科学和文艺结合很有优势，对文明发展大有裨益！由此杨潇老师加入了《科学文艺》。这样的理想主义不仅仅弥漫于杂志编辑部，而且闪耀在许多人那里。在回忆录中，杨潇老师讲到马识途，讲到周孟璞、童恩正，讲到刘兴诗、王晓达、张昌余、董仁威、吴显奎等人，他们一直在做科幻强有力的支持者。“也许是川人的性格特征所致！”她说。四川人即便面对最厉害的震灾也是乐观的。她讲到时任国务院副总理的宋健1993年所写：“科幻著作是由科学和文学交叉而派生的科学文化领域中的一门有奇特魅力的科学艺术……一个国家科幻小说的水平在一定程度上反映了她的科技水平！”她讲到中国科协主席周光召院士出席1997年科幻大会开幕式时，笑言“全世界最富有想象力的人们”今天都欢聚在这儿了，“如果说，整个世界还徜徉于新世纪的大门之外，与会的各位嘉宾已经比大多数人更早地进入了下一个世纪！”杨潇老师说，《科幻世界》主办的“银河奖”颁奖大会，从1986年一直办到今天，“我真为我们当年的举动骄傲。当我们还在挣钱养刊的困境下，当我们还不知路在何方的迷茫中，居然以‘银河’来命名我们的征文奖，仿佛内心深处的潜意识中，我们的目光朝向星河天宇！”

第二个，是杨潇老师代表的这批中国人的吃苦耐劳、团结一心、坚韧奋斗、宁折不弯的精神。这个回忆录是从她下放当知青写起的。1969年她还是一名中学生，来到陕西和山西的农村劳动。割麦子担担子砸石块成了日常。为了吃饱饭，为了立住脚，她向乡亲们学会了种玉米割麦子收土豆，学会了拉辅擀面蒸窝头烧土炕，学会了纳鞋底搓羊毛纺棉线。“扁担压肿了稚嫩的肩头，锄头磨破了娇贵的双手，两掌血泡两手老茧，尽管饥寒交迫，她和知青们却始终没有命运低头，血脉里悸动着青春，插根扁担也要它发芽：割麦扬场，间谷子打坷垃，上山修公路，打土坯建房；引种葡萄，栽果树苗，熬盐治碱；我们也拿草绳勒紧破棉袄，边啃窝窝头边啃哲学啃名著啃古典，边嚼掺和榆树皮的高粱面边嚼《哲学笔记》《马背上的水手》《怎么办》……杰克·伦敦渴望生命呼唤生命，他那涌动不竭的生命力激发我们向往生活、热爱生活；简·爱的自强自尊和书中饱含的女性尊严，都随着凛冽的西北风浸入我们骨子。”我觉得，这里面便有着《科幻世界》的底色。这股力量支撑着杨潇老师带领编辑部，克服了一个又一个困难去做了常人难以想象的事情。她当社长时还是一个姑娘，裙子一掖，便蹬三轮车到大街上去送货、送杂志。她顶住了来自各方面的挤对、歧视、打击。曾经印刷厂老是拖延刊物交货期。她去要求工厂按合同期交货，厂长斜眼看她，不屑地说："杨社长，不满意你就转走啊。你的杂志堆在那儿都没人要。"她愤然转身，继而转厂，撤走"没人要"的杂志。科幻红火后，那个厂长来登门道歉。这也形成了至今贯穿在中国科幻爱好者群体中的一种精神，那便是百折不挠、团结奋斗。杨潇说，20世纪80年代，杂志社含聘用人员只有八九个人，到90年代末也就二十多人。她一直倡导造就一种人造生态小环境，并致力于实现这种上进、互助、和谐的企业文化。在杂志社，同事们愉快相处，大家互相帮助、相互搭台、彼此成就、协助共进的团队精神让人人都在和谐的气氛中工作、学习。这个氛围今天讲，就是不折腾，聚精会神干正事。我一直为自己能加入科幻共同体而自豪，这真的是一个非常难得的和谐、自强、奋进和有为的"圈子"。

第三个是，杨潇老师代表的这批中国人，敏感而牢牢抓住了时代和历史的机遇。改革开放后，中国重新重视科技，全国科学大会召开，科学技术被称作"第一生产力"，迎来了科学的春天，才有了《科幻世界》的横空出世。那真是个思想解放的年代，只要想到了，就去试去闯。人们崇尚科学，追求真理，关于未来的奇思妙想大量涌现，而《科幻世界》就是一个让这些想法尽情喷涌而出的渠道。英国著名科幻作家阿瑟·克拉克在给《科幻世界》的一封信中说："中国曾是世界上许多重要科技的摇篮。因此，可以说目前中国方兴未艾的科学幻想正是从前太平盛世的延续。"因此，中国怎么可能没有科幻呢？只是需要一个时机，只需要有人站出来去说："啊，这件事就是好的，大胆去做就是了。"杨潇做了这么一件事情。再就是市场经济在中国开始了，有了破除旧机制体制的突破口，杂志社自负盈亏，编辑们走出象牙塔，去拥抱最重要的人群——读者，去贴近最火热的脉博——市场规律。《科幻世界》的成功证明了市场配置资源的意义有多么重要。杨潇是一名文化人，也是一名企业家，正如在那个风云激荡的年代涌现的各行各业的创业者一样，而有意思的是这群人在今天表达出了对科幻的由衷热爱，正是他们将《三体》这样的作品口口相传。对外开放则拓展了人们的心胸视野，使得海纳百川成了常态，这对于科幻太重要了。杨潇老师在回忆录中详细描写了她第一次在国外接触到日本科幻、欧洲科幻、美国科幻时的惊喜和激动，知道自己从某一方面担当着"唯一中国科幻的使命"。她也产生了一种全球的眼光，明白了中国科幻在世界科幻百花园中的位置。实际上，从某一方面来说，没有《科幻世界》引领着我们与国际科幻界的零距离交流互鉴，就没有今天中国科幻的繁荣。这样才终使中国科幻这个西方舶来品，重新回到世界，成为人类科幻大家庭的一员，并为世界科幻带来独特的惊喜。整整一百二十年前，鲁迅先生把凡尔纳的科幻小说翻译介绍给中国人，他说，要改造中国人，就先要改造中国人的梦，"导中国人群以行进，必自科学小说始"。这个愿望终于实现了。如果有机会，鲁迅先生也会在《科幻世界》上撰文讲他的喜悦吧。

杨潇老师的这部回忆录充满真实生动的细节，她满怀感情地讲述了与国内外科幻作家和爱好者亲如一家人的交往，让人读了眼含热泪。这部书更是记录和折射了一个时代——它已经成为过去，不再能复制，但它蕴含的精神，我想或许有一天是否会被命名为“科幻精神”，是要成为这个民族复兴进程中的一笔宝贵财富的，也将为人类文明的和平进步注入新生命力。从1818年第一部现代科幻小说在英国诞生算起，在大国崛起过程中，出现了一个特殊现象，就是都有科幻热潮的伴生，从英国、法国，到美国、苏联，再到日本，又到如今的中国。这一定不是偶然的现象。杨潇老师叙述的，是黯淡蓝点上孤独的人类追求终级真理，驾驶地球这一叶诺亚方舟，在宇宙的星辰大海里求生存求发展的一个写照，是我们走向美好未来的不竭的动力源泉。

目录
CONTENTS

下篇·在这个时空遇见

Part Two: Meetings in This Space-time

引　子

1969年2月10日，我与36个四川中学生一起走进了晋中老区——山西省清徐县杨房公社新营村。从此，割麦子担担子砸石块再苦再累，你想伸腰就伸腰，要抬头就抬头。这块土地宽大为怀，收留了我们这群父母遭受迫害而走投无路的子女。感谢黄土高坡，感谢吕梁山麓汾河水旁的小村庄，感谢新营村的父老乡亲。我真想大喊一声：老区的天是晴朗的天！

于是，“69210”就成了我们那伙儿人在那个时空的代名词。

为了吃饱饭，为了立住脚，我们拼命挣工分，争相亲近大爷大婶。在村里，我们和乡亲们朝夕相处，学会了种玉米割麦子收土豆，学会了拉辅擀面蒸窝头烧土炕，学会了纳鞋底搓羊毛纺棉

我们新营“69210”同胞（有3人派工出活没在场）　　摄影：米加山

艰难岁月　放歌青春

线，实实在在当起了农民，靠挣工分（一个工0.12元）糊口。扁担压肿了稚嫩的肩头，锄头磨破了娇贵的双手，两掌血泡两手老茧，汗水流尽还是糊不了口。

十多岁的我们开始睁开双眼，观察社会，思考人生。我们曾经满怀壮志，要解放世界上三分之二的受苦大众，俯身贴着黄土地，才知道水深火热的原来是我们的父老乡亲。我们渐渐体察到中国底层人民之苦，并深深地同情他们。

尽管饥寒交迫，饱受冷眼，我们的基因中却蛰伏着理想，血脉里悸动着青春，插根扁担也要它发芽：割麦扬场，间谷子打坷垃，上山修公路，打土坯建房；引种葡萄，栽果树苗，熬盐治碱；帮后生打群架，掏鸟窝搂虾笓，偷母鸡摘番茄摸西瓜；当赤脚医生，走村串乡扎针治病，做乡村女教师，演绎新营版瓦尔瓦娜·瓦西里耶夫娜……三十七个人暗中较劲，比割麦比担担比上梁比吃窝头比干老酒，谁最肯干谁最受推崇；三十七个人潇洒不羁，下雨不出工，比练字拉琴唱“二外”（外国民歌二百首），比背诗词背乐谱背字典；三十七个人相依为命，一人病危，十多人连夜砍树搭担架抢送医院，路遇河水暴涨，八条汉子硬是闯入没胸的波涛，高举救命担架，高擎手足情谊；就是穷到就芥菜疙瘩喝棒子面糊糊，我们也拿草绳勒紧破棉袄，边啃窝窝头边啃哲学啃名著啃古典，边嚼掺着榆树皮的高粱面边嚼《哲学笔记》《马背上的水手》《怎么办》……杰克·伦敦渴望生命呼唤生命，他那涌动不竭的生命力激发我们向往生活、热爱生活；简·爱的自强自尊和书中饱含的女性尊严，都随着凛冽的西北风浸入我们的骨子里。

那时，我们生命丰盈，看不到前途又不甘沉沦，就拼命挥霍青春磨砺自我，三十七股奋发的劲儿拧成向上的合力，把眼泪凝成珍珠，把苦难化为财富，把最难熬的日子锻成一段乌托邦似的流金岁月。

那时，我们顽劣不羁，偷偷换上泳衣，跳进太原晋祠圣洁的回廊流泉，快活地畅游扑腾，惹得游人拥过来嚷嚷："看嫣儿们划水咯！"仿若花港观鱼。

杨潇和二队的小后生

上山修国防公路的女知青

那时，我们风华浪漫，哪怕扁担压肿了肩膀，也硬要迈开舞步，欢笑着扭动腰肢，挑水送到大田。农活再累，生活再难，哪有父辈挨斗受批更艰难？我们吼着“冰雪覆盖伏尔加河”回怼那个荒唐时代。

那时，我们正年轻，满怀理想，崇尚正义，向往光明。“69210”新营共同体像口坩埚，提炼出朴实、坚韧、担当；我们相互扶助，依偎取暖，蘸着日头就着月光，把酸甜苦辣、悲欢离合酿成了一碗人生垫底的老酒。

几年后走出新营，不知不觉中，我们体内浸润了黄土地的淳朴厚重，血脉中流淌着村头老井的咸涩甘冽；走出新营，生长的力量一如黄土地，绵绵不绝，生生不息；走出新营，地平线上的灿灿阳光标出了我们群体的价值底线：追求、向上、正直、善良。

轰轰烈烈的上山下乡运动中，绝大多数知青做了苦涩的噩梦，孤苦无助，耗费青春；而我们有幸集结，“69210”犹如诺亚方舟，载着我们倾力抗争，终于抵达希望的彼岸。

此后，有这碗老酒垫底，我开启了新的人生之旅，直至与科幻相向而行。

挑水送大田

老乡和我们一起盖知青住房

乐开怀——住我们自己盖的宿舍

“美塌咧”——我们知青凑钱和村里一起买了拖拉机

姐妹俩锄玉米

我们二队的知青女同胞

我们新营“69210”的同胞姐妹

我亲历的中国科幻

仰望星空

杨潇 著

四川人民出版社

科幻世界

图书在版编目（CIP）数据

仰望星空：我亲历的中国科幻 / 杨潇著. -- 成都：四川人民出版社, 2023.11

ISBN 978-7-220-13500-2

Ⅰ.①仰… Ⅱ.①杨… Ⅲ.①回忆录—作品集—中国—当代 Ⅳ.①I251

中国国家版本馆CIP数据核字（2023）第189653号

YANGWANG XINGKONG WO QINLI DE ZHONGGUO KEHUAN

仰望星空：我亲历的中国科幻

杨潇　著

出　　品	黄立新　刘成树
策　　划	秦　莉　拉　兹
统　　筹	王其进
责任编辑	姚慧鸿　赵　璐
封面设计	李其飞
责任印制	祝　健
出版发行	四川人民出版社（成都三色路238号）
网　　址	http：//www.scpph.com
E-mail	scrmcbs@sina.com
新浪微博	@四川人民出版社
微信公众号	四川人民出版社
发行部业务电话	（028）86361653　86361656
防盗版举报电话	（028）86361653
制　　版	成都编悦文化传播有限公司
印　　刷	四川新财印务有限公司
成品尺寸	165mm × 240mm
印　　张	23.25
字　　数	290千
版　　次	2023年11月第1版
印　　次	2023年11月第1次印刷
书　　号	ISBN 978-7-220-13500-2
定　　价	128.00元

ISBN 978-7-220-13500-2

9 787220 135002 >

上篇·我的科幻之路

《科学文艺》

1973年8月，凭着车间师傅们的高票推荐和优异的考试成绩，我走进了北京航空学院，成为北航工系遥控遥测专业3221班的学员。

母校培育了我，我习得了起码的工科知识，奠定了一定的逻辑思维，树立了报效祖国的终身宏愿。

1976年12月，我回到了成都719厂，在厂设计所担任一名技术员。

1979年，四川的《科学文艺》杂志创刊了。我买来《科学文艺》创刊号，认真看了创刊词，心里有一些萌动。

当时，我在成都719厂设计科当助理工程师，成天对着机头检测调试，工作单调而无趣，正想着要去干点自己喜欢的事。读罢《科学文艺》，觉得很新颖，就进一步关注它，并四处征求意见，看去《科学文艺》工作怎么样，朋友们众说纷纭。后来，我听从了我爸爸的意见，他说：从科学史的发展来看，多个科学研究领域分支越来越细化又相互渗透，系统论、控制论、信息论三门边缘学科的产生，奠定了现代多门新学科产生的坚实基础，极大地推动了一大批交叉学科兴起，科学和文艺都是社会发展的两大支柱，科学和文艺结合很有优势，对文明发展大有裨益。我素来敬重我德高望重的爸爸，我钦佩信服他高屋建瓴的哲思和明晰的判断，于是决定转行，投身于这个交叉学科的新领域。我后来的经历都验证了我爸爸的智慧和远见。

正好《科学文艺》编辑部招聘编辑。负责人刘佳寿提出招进

《科学文艺》创刊号

的编辑要有工科背景，同时还要有文艺作品发表。1979年，“文革”结束不久，正好我在《四川文学》上发表了一篇散文，我就拿着北京航空学院毕业证和那期杂志去应聘。

于是，1980年3月，我走进了《科学文艺》编辑部。

没想到的是，《科学文艺》的鼎盛期很短，热潮尚未全面涌起就哗啦啦地退潮。本来和科普相关的杂志大都很受社会欢迎，很红火，但是，80年代初“清除精神污染”错批了科普科学文艺类的文章，全国科普类刊物纷纷关停并转，江河日下，举步维艰。

《科学文艺》原是四川省科普创作协会创办的。1979年10月27日，省革委批示：“同意建立《科学文艺》杂志编辑部，属省科协的事业机构。”我去时，编辑部负责人是刘佳寿。1980年底，刘佳寿老师被调到四川科学技术出版社去筹办科技文化类刊物《大自然探索》，省科协调来曾任温江地委宣传部长的张尔杰主持《科学文艺》工作。1983年8月，省科协有领导预感到“科幻要惹大麻烦”，于是四川省科协和四川科学技术出版社签订协议，《科学文艺》的编制、人事、经费等由省科协管，业务由科技社负责。当时，四川科技出版社社长是周孟璞，他曾任成都市科学技术委员会主任，我们都称他周主任。周主任很有担当，在批判“精神污染”的重压之下，一般人都避之唯恐不及，他却挺身而出。周主任同时还兼省科普作协理事长，所以有底气来负责刊物的业务工作。

1983年底，张尔杰主编退休了。《科学文艺》的主编就由周孟璞兼任。

我有幸在这位博学而又谦和的领导下工作，他对科普事业的热爱，长久地影响了我。

点拨与“出山”

1984年夏天，《科学文艺》编辑部组织有关编辑部和作者，去四川南坪县（现叫九寨沟县）召开笔会。我们四十多人乘大巴车进了阿坝草原，又进了南坪大山，一路上高原逶迤，风景如画。大车在陡峭的山路上颠簸，我晕车晕得倒海翻江，一路听着笔会代表们议论我们编辑部的新鲜事。

这年初夏，省科协领导对我们编辑部的人员说：“这个杂志很困难，难办还赔钱。省科协委派的主编张尔杰又退休了，科协不想再派领导，这个杂志就算了吧，停刊后把你们分配到科协的各个部门去。”

听闻省科协的打算，编辑部同人都觉得不甘心，一个杂志本来这么红火，停刊太可惜了。那时，省科协的党组书记是邵贵民，他对我们比较了解，也较信任，认为我们是真心想挽救《科学文艺》。他就提出了个很“科幻”的想法，说：“如果你们坚持要继续办刊的话，那你们就自己选领导，自个儿干。但科协不会给你们钱了，要干的话就从科协经费中断奶。自行组阁，自寻出路，自主经营，自负盈亏。”

在社会变革、万象更新的历史背景下，省科协提出的这“四自”方针太新鲜、太刺激、太有吸引力了！那时我们还不懂什么叫“自负盈亏”，也不知道该怎么做。长期在计划经济的庞大机器上当惯了螺丝钉，突然有机会自己蹦跶，突然有了自主空间，能够掌握自己的命运——那真是挡不住的诱惑！只是，想不到之后“自行组阁”“自己选领导”以及“民意测验”的结果竟是选出了我。当时我也不太在意，也没有答应，那时我的孩子才出生不久，实在忙不过来。尽管编辑部推选了我，省科普作协也没有太在意，他们也还在外边继续寻找主编。

笔会期间，有人劝我“出山”，我还给王南宁（《人民文学》编辑）、骆新都等开玩笑：“出什么山哪，我们这不是刚进南坪大山吗？”

回成都后的一天，童恩正老师（四川省科普创作协会副理事长，著名科幻作家）和王晓达老师（著名科幻作家）一块儿到我家来，逗逗我的胖儿子，然后认真地对我说：“哎呀，这个杂志挺好的，基础很好，前几年也办得相当不错，《科学文艺》是很有特色的科普期刊，现在尽管有些困难，但前景还是很好的。大

1984年初夏九寨沟笔会

前排：谭楷、段星樵、杨潇、张蓉、骆新都、王南宁、莫树清、张大成、潘云堂、曹建等；中排：贾万超、里群、刘兴诗、郑公盾、周梦璞、刘后一、董仁威、张昌余、万焕奎、松鹰、徐开宏等；后排：高栈桥、张大放、杨永年、张新泉、戴安常、蔡威林、李理、胡永槐、宋宜昌、俞琦、王晓达等

杨潇在办公室

家信任你，你就来干吧。”我一句玩笑就搪塞了过去：“嗨，我现在啊，是悠悠万事，儿子为大。”

又有一天，童恩正老师给我打了个电话，让我到他家里去叙谈叙谈。童恩正老师在我们心目中威望很高——他是四川大学历史系知名教授、知名考古学家、著名作家，家学渊博，学富五车。童老师的《珊瑚岛上的死光》剧本曾刊载在《科学文艺》创刊号上，同名电影在国内具有广泛影响，他个人也极富人格魅力。

我随即就到他家里去了。童老师对我说：“杨潇，你要不负众望，既然大家都这么信任你，你就该勇于担当。你还年轻，以后的路还很长。”他见我漫不经心，于是就点拨道：“人生重要的是选择，不要动不动就想去当作家，与其当个二三流作家，不如争当一流主编，办一流杂志。”

人生恩师童恩正和杨潇

我觉得我哪能当主编呢？当时《科学文艺》虽然办得还好，我也没觉得它算是一流杂志。童恩正老师还对我说了很多，见我默不出声，最后说：“你不要轻率否定，再好好想想吧。”

我推着自行车，走出了川大校门。

川大校门外就是九眼桥下的锦江，我推着自行车沿着锦江河水一路逆流而上。锦江水波翻浪涌，后浪滚滚追逐前浪。想想童老师说得有道理：年轻人嘛，要勇挑重担，这是一项挺有奔头、很有意义的科普事业。当年我们在黄土高坡上，不是那么渴望要一搏人生吗？

第二天我就给童老师回了电话，当仁不让了，就这么开始走上了“不归路”。

第一桶金

1984年秋，我从省科协领了令牌，开始直面编辑部了。社会环境、编辑方针、作者队伍、读者对象、稿件、人事、财务……刚开始接手，跟我交接时账上只有63000块钱，印数就是2万多不到3万，在编人员15个。省科协领导说："这15个人你自己选，你不要的人，科协就收回去。"哎，这可是很得罪人的事儿，但63000块钱能够办多久刊物？能养活多少人？

当时批这批那的，办刊大环境不好，月亏损约4000元，编辑部人际关系也复杂，我开始考虑实施一些具体的工作方案。为了留下能团结干事儿的人，我不得不拿着"自行组阁"的令牌，快刀斩乱麻，硬着心肠裁掉了一半的人，留下了包括不选我但能携手干事的人。那些被"裁"掉的人，回到科协"吃大锅饭"了。留下的正式员工只剩八个：段星樵、谭楷、莫树清、向际纯、贾万超、胡季英、徐开宏和我。尽管心里觉得对不起被"裁"的人，但生存压力之下，万般无奈。

《科学文艺》留存下来以后，当务之急就是怎样生存，怎样活下去。吃惯了"皇粮"，一旦"自负盈亏"，真是两眼茫然。机关干部嘛，还羞于说钱，但从现在起，不得不硬着头皮想方设法挣钱了，否则坐吃山空，账上的资金最多只能支撑到来年。80年代社会上出现了万元户，我们去采访他们，为他们写宣传文章，希望从中得到几枚赞助……还派员到《知音》《家庭》《科学之春》等杂志取经，看看人家是怎样操作的。

秀才下海，绞尽脑汁还碰得头破血流。

我们温暖的小编辑部

左起：谭楷、莫树清、李理、向际纯、杨潇（胡季英上学去了）

周梦璞、童恩正和我们《科学文艺》编辑部

前排：向际纯、杨潇、莫树清、李理等；后排：徐开宏、周梦璞、童恩正、谭楷等摸索了几个月，决定不再腆着脸食嗟来之食，还是发挥我们的编辑特长。当时我们编辑部有五大编辑，就是我，文编段星樵、谭楷、莫树清，美编向际纯。编辑部正式人员还有编辑贾万超，他留职停薪下海经商去了；还有两个年轻人，胡季英去读书了，徐开宏搞收发内勤等。我们五个主力编辑成天琢磨着怎样找钱。段星樵是个老报人，由于一生坎坷，做事特别谨慎，总是担心我们没法挣到钱养刊，四处碰壁。他认为正确的路子还是应该找上级拨款办刊。不久，段星樵老师也退休了。

有一天，有市场经验又脑袋活泛的向际纯提出："我到广州取经，看到有些编辑部和出版社合作出书，效果不错。本省少儿出版社有人出了个主意：做一套彩色卡片，有文字、有拼音、有图像，教小孩识字比较有效。而做出版物，又正是我们的老本行。"

大家都觉得这主意不错。

我们说了便做。兵分两路，我去联系四川科技出版社，请求合作出书；老向张罗组织编画了一套《幼童科学绘画识字图片》。当时的四川科技出版社社长已经换成了王益奋，他知道我们是一帮想干事的人，见我们的选题也不错，就大力支持，给了我们优惠的条件，我们从此开始和科技社建立了良好的合作关系。

《幼童科学绘画识字图片》下到新华书店征订，征订印数居然有几万套！我们立即到灌县（今都江堰市）新华彩印厂排版印刷，第一波操作就挣了好几万元，那是我们挖到的第一桶金！自己挣到钱了！

合作出书之前，我们吃了不少苦头，处处碰壁，花很大力气都没挣到钱。那时我许诺，谁的金点子让编辑部挣到第一桶金，一定重奖。有人问重奖奖什么呢？我说一台彩电。那时一台彩

《科学文艺》的第一桶金《幼童科学绘画识字图片》

电挺昂贵，要几千块钱。后来我们果真挣得了几万块钱，该兑现了。

我去请示周主任，周主任说，按规定只能奖50块钱。我想50块钱能干啥呀？要是言而无信，那今后还怎样取信于人？我又去请示童恩正，童老师虽然名义上并不是主编，但在我们心目中都把他当作主编。童恩正笑笑没有回答，我认为他默许了，就当真奖励了老向几千块钱。

后来我们再接再厉，编了很多书，这些书都为编辑部带来了效益。谭楷组织中学老师杨达，编写了《初中物理图册》，他自己编辑了《野生动物故事》《东洋女谍》，和老向合编了《恐龙特急克赛号》《风之谷》等。我和莫树清则编了《晚安故事365》，那套书前前后后印刷了大概80万套，光这套书就挣了80多万元。这些钱除了给撰稿者张继楼老师（著名儿童文学作家）正常的稿费，我们编书者只发了少量的编辑费，把剩下的钱都留

《科学文艺》的“吊命钱”《晚安故事365》

在了编辑部账上，这些都是《科学文艺》的吊命钱。当时我们的策略是以书养刊，编书挣下的钱有力地支撑刊物从困顿中挣扎出来，直到转刊成功。

我们编辑部和四川科技出版社的合作源远流长，后来杂志社策划的“中国科幻基石丛书”“世界科幻大师丛书”等，大部分都采用这样的模式推出。

七个特殊

《科学文艺》能够逐步走出低谷，在市场上找到自己的位置，确实下了很大功夫。在中国当时漫长的科幻寒冬里，科学文艺界曾经很红火的“四刊一报”：北京的《科幻海洋》、成都的《科学文艺》、天津的《智慧树》、黑龙江的《科学时代》和《科幻小说报》，或停刊或转向，最后留下来的只有《科学文艺》一家。

在思想解放、实事求是、改革开放蓬勃发展的大好形势下，中国的科普期刊曾经一哄而上。时代大潮来时容易顺势而为，而当退潮时，才看得出谁在中流击水、浪遏飞舟。

首届“银河奖”之后，两刊编辑部部分人员合影
前排左起：李理、李夫珍、杨潇、里群、收发老人；后排左起：会计、徐开宏、叶冰如、小孙、莫树清、向际纯、谭楷

我们的主办主管部门四川省科协是我刊的支持者，办科普刊物也是科协的工作职责之一。上级领导了解、信任我们，支持我们寻路办好《科学文艺》，所以放手让我们一搏。当时我们那个小团队，平均年龄也就三十多岁，还算年轻，总想蹦跶出点什么事儿。有领导的信任和支持，有空间让我们干，我们都非常珍惜难得的机会。

80年代，改革开放的浪潮席卷大地，开拓进取、砥砺前行是时代的主流，全社会都处在轰轰烈烈热火朝天的现代化建设进程中，时代大潮裹挟着人们呼啸狂奔。我们年轻人青春激荡，有着绚丽的人生理想和向往，总想干出一番事业。

我们的《科学文艺》能撑持下来，得益于七个特殊：

在特殊时期——改革开放初期；

特殊地点——较为偏远的西南一隅；

得到了特殊的尚方宝剑——省科协“四自”方针；

在一个特殊领域——科幻文艺；

和一群特殊同行者——科普和科幻作者、读者及各界支持者；

做了一件特殊事情——办科幻刊物；

还有我们这个普通而又特殊的小团队——团结协作，绝不轻言放弃。

四川有着丰厚的古蜀文化底蕴。古有灿烂的巴蜀文化，今又发掘出神奇的三星堆、金沙太阳鸟，冥冥之中，以三星堆为代表的古蜀文化和科幻之间，古人非凡的想象力与现代人对未来恢宏伟大的科幻想象力之间，仿佛联系着神秘的脐带。成都有古蜀人文化境界和想象力的传承，有天成的科幻土壤，我们《科学文艺》就是对古蜀撼世想象力的致敬。

成都武侯祠有副名联：“能攻心则反侧自消，自古知兵非好战；不审事则宽严皆误，后来治蜀要深思。”古往今来治理四川的官吏都须“深思治蜀”，审时度势，宽严有度。因此在古蜀文化内涵丰厚的地域环境中，通常人们的思维思想都有开放与兼容的底色。由于我们这个小团队共同不断努力，争取到了四川省多方面的理解支持。省委宣传部和省新闻出版局对编辑部比较了解，积极支持，有效指导，在我们探索寻路中持宽容态度，对我们走过的弯路不是一棒子打死，而是承认探索，允许纠错。我们的主办主管部门四川省科协信任支持，给了较大的办刊空间，有相对宽松的办刊环境。加上当时多少也挣了点钱，比关门停办的那些刊物多了点经济基础，能坚持办刊。

四川省科普作协是我们的坚强后盾。他们从创刊起就和我们一路同行，会员周孟璞、童恩正、刘兴诗、王晓达、张昌余、董仁威、吴显奎等，一直都是我们强有力的支持者。

也许是川人的性格特征所致，科普川军像抗战川军那样，生命力特强，战斗力特强，经得住熬煎和折腾，敢于尝试，决不轻易言败。科普川军战果丰硕辉煌，从20世纪70年代直到现在。

从《科学文艺》到《科幻世界》，刊物能生存下来并得到长足发展，这些都是不可或缺的重要因素。我们认识到科普期刊对提高人们科学素养的重要性，遵循时代要求，在办刊中弘扬科学精神，宣传科学思想，前瞻性地引领年轻人面向未来。对怎样办好科学文艺类的期刊，到后来怎样转型为以倡导创新性想象力为宗旨的《科幻世界》，上级领导部门也在我们的摸索中观察、思考、指导，对这一四川省特有的刊物寄予希望。

经销商——发行血脉

2023年3月25日，春风拂面，满城嫩绿。

科幻世界杂志社在四川雅安荥经县举办第33届科幻小说银河奖颁奖典礼，与会者共270多人。

荥经，因为拥有亚洲最壮观的360° 观景平台而享誉世界。我们要在这个海拔3666米的平台上仰望星空，颁发《科幻世界》银河奖。

杂志社租了六辆大巴、十辆轿车、一辆考斯特，还有一些代表自驾前往。每辆车车身上都贴着鲜黄夺目的“科幻世界|第33届中国科幻银河奖”车贴，这二十多辆车打着行车灯，长长的车队在成都穿城而过，浩浩荡荡，一路招摇，令我感慨万分：80年代杂志

第33届“银河奖”颁奖典礼车队

社买的第一辆车，是人货混装的微型长安面包车。那时，我们到出版局开会，到重庆区县组稿，到学校搞宣传，到工厂看打样，拉杂志到火车站发运，接送作者，全都是靠了那辆微型面包车。

第33届“银河奖”颁奖典礼嘉宾证

记得90年代初八月的一天，我到新都一中印刷厂去签样。在厂里干完活儿，我和发行部主任兼司机李天国一块儿往回赶。那天奇热无比，太阳火辣辣的，气温高达38℃，车子快到成都北门的驷马桥时又遇到堵车。一看，少说堵了几里地，我和小李无奈地待在车里，车顶本来就被骄阳晒烫了，车停下来，没有了风，整个车里都变得滚烫如炉。李天国跳下车去买矿泉水，等他回来，发现我像快被烤熟的鱼，张着嘴直喘气。他说：“杨老师，堵得一动不动。以后你别来签打样了，叫人家来。”我喝着水，感到像中暑一样，热得头晕眼花，连说话的力气都被烤化了。而这一次银河奖颁奖，坐在舒适的福特车里，看着一路闪烁的车队，真是今非昔比，鸟枪换炮了。

这列车队里，有科幻作家，有科幻产业代表，有《三体》的动画导演，有《流浪地球》的编剧，有科幻世界IP开发的代表，还有一些我们发行渠道的经销商。

自1985年《科学文艺》成立发行部以来，发行部不断发展提高，从两三个人发展到如今的七八个人，经销商从十几个发展为几十个，销售额从万元左右到数千万元。发行部主任前前后后换了差不多七八个，他们都对我们杂志的发行销售工作做出了贡献。

新老朋友相聚在四川雅安荥经县

左起：焦靖（北京聚合影联文化传媒有限公司副总裁）、星河、杨潇、何夕、王晋康、陆贝珂（电视剧《三体》视效导演）、仲峥（上海电影集团上影文化公司董事长）

杨朝晖（重庆云清书店经理）、杨潇、刘成树（科幻世界杂志社社长）

韩红梅、杨潇、杨朝晖

在这次会上，我碰到了老熟人杨朝晖，他是《科幻世界》重庆市的总经销商。他和妻子批发杂志社的刊物和书，一干就干了三十一年。他们夫妻店经营着重庆市云清书店，批零皆营。

1992年，杨朝晖的妻子韩红梅从旱涝保收的新华书店辞职，开始创业，经销书刊。当时她很年轻，刚二十一二，觉得每天千篇一律的工作索然无味，想挑战自我，就毅然下海了。小韩从另一个书商手中拿了三四百本《科幻世界》来卖，从此结缘《科幻世界》。她曾说过，之后卖书刊再难，因友谊感情所系，她也没有间断过卖我们的书刊。到后来，生意越做越火，批销各类期刊和书籍。她反复动员在重庆市工商联上班的丈夫也辞职。小杨犹豫纠结了两年，1997年，终于放弃了好端端的事业单位，两口子一起经营书店，同时成为科幻世界杂志社在重庆的总经销商。他们卖过我们的《晚安故事365》、《科幻世界》、三维立体卡片，卖过我们的《中国科幻银河奖作品精选集》《刘慈欣科幻作

高矗立于四川雅安荥经海拔3666米牛背山顶的“银河奖”奖

王晋康和杨潇在第33届“银河奖”颁奖典礼上

品集》《王晋康科幻作品集》等200多种，以及“中国科幻基石丛书”和“世界科幻大师丛书”。生意好时，他的“云清书店”有二十多名员工，有两百多平方米的办公场所，一家人的日子也过得红红火火。像杨朝晖这样的经销商朋友我们杂志社还有许多，他们和我们长期合作，共担风雨，共享红利，结成了长久的友谊。他们就像《科幻世界》的血脉，把科幻意识、科幻精神和精彩故事输送给我们的读者。

说起发行卖书，还有个有趣的小故事。

1985年，《晚安故事365》版权页出了个小失误，没写出版日期，新华书店不收书。我急得像热锅上的蚂蚁，那几万套书，我们小小的编辑部堆都没地方堆。我只得四处拉人为我们卖书，不管三七二十一，甚至把任务铺派到我们的年轻作者身上。

吴显奎至今还清楚地记得：

1985年12月初，杨潇老师叫我到编辑部去一趟。她对我说：“去年你卖《幼童科学识字绘画图片》卖得好。现在我们又编印了一套《晚安故事365》，‘春’‘夏’‘秋’‘冬’四册，是妈妈讲给孩子听的，每个故事前都有‘给妈妈的话’，特别适合年轻的妈妈给孩子讲故事。现在，‘春’集印出来了，小吴，你帮我们卖一下。给你最高扣率30%，你到徐开宏那儿去办手续。”

于是我领命前行。

12月4日，我用自行车搭了60本“春”集，到省邮局机关幼儿园门口，我在地上铺了一张报纸，上面摆满了《晚安故事365》分册“春”。那本书封面春意盎然，明亮的月光下，小猴子在给小松鼠讲好听的故事，那明快的蓝色特别扯儿童的眼睛。等幼儿园放学，家长抱着孩子牵着孩子从我的摊位前走过，孩子们嚷嚷着要看书。我对家长们说，这本书特别适合睡觉前给娃娃讲故事，这儿有现成的故事集。家长们正愁没有故事哄娃娃睡觉，纷纷来买。有的家长不买，娃娃就扭着不走，我带去的60本书哗哗地卖掉了56本，按杨老师给我的扣率，我一下就赚了21.8元，那相当于我在气象学院当老师半个月的工资。于是，我干劲十足，到多个幼儿园去“蹲点”，这个12月就卖了3000册书。1986年，我开始有计划有目标地扫荡幼儿园，我卖遍了省、市直机关幼儿园，然后又跑企业幼儿园。1987年我北自江油，南到峨眉，跑了120多个幼儿园，卖《晚安故事365》“春”“夏”“秋”“冬”四集，就这样前前后后我卖了五年，共卖出27,000套。每套书5.98元，码洋超过16万元，我净得了5万多元。由于卖书，我和100多个幼儿园园长建立了联系，于是我牵头成立了“四川幼儿科普研究所”，我自己编印了《家庭教育指南》一书，此书开机就印了5万册。

吴显奎、杨潇、张卫星（吴显奎夫人）

由此，改变了我的家庭生活。在我们成都气象学院，我第一个在家里安装了直拨电话（1986年），第一个在家里安装了空调（1988年），第一个买了私家车（奥拓，1994年），我还把我两个弟弟从大兴安岭山区接到成都读书……因而我特别感谢科幻世界杂志社，让我的生活提前进入小康。所以我把1985年12月4日叫作我的经济独立日。

2023年春，在荥经召开的银河奖颁奖典礼上，吴显奎（后来成长为四川省政府副秘书长，四川省科协副主席，四川省科普作协理事长）给我讲了他的“发家史”。我听得如沐春风，从心底感到舒坦。我们杂志社在一段时间编书印书卖书，不仅养活了杂志社，同时还给年轻人带来了好运，真是双赢。

80年代，是多么美好的年代，虽然迷惘，不知路在何方，但我们忙得风风火火、英姿飒爽。

送书到批发点，编辑部的大老爷们儿都不会蹬三轮车，骑上去三轮就在原地打转转，只有本姑娘自己上。我穿着高跟鞋，掖着裙子，一路飞快地蹬车送书；遇上停电，编辑部全员搬书，从科协底楼抱着扛着背着搬书到十楼的编辑部，大伙儿都累并快乐着；遇上谁生病，大家都去探望，你拿三元我拿五元编辑部出五十元，慰问生病的同事……

可是，那些年里，我一直坚持不让编辑部的编辑去卖书。那时编辑部就那么四个编辑，又要编杂志，还要编书，如果精力都花在卖书上，哪有专注力来编杂志编书？我当时想让利给编辑部之外的人，让编辑们能聚精会神做好本职工作，现在想来，可能太苛求编辑们了。如果这么要求的话，就该给专注工作的编辑较高的报酬，可惜那时没条件那样做，大家都过着不那么“体面的生活”。

首创“银河奖”

1984年我接手《科学文艺》，真感到困难重重，没有银子，没有稿子，钱荒稿荒。缺钱还可以挣，没有适合的稿件最令人头疼。

继1984年在九寨沟开了笔会后，1985年，我刊和天津的少儿刊物《智慧树》召开笔会，组织征集稿件。谭楷带着聘请的老编辑李理，到天津去和当时《智慧树》的主编亚方、编辑里群等协商。李理老师是个儒雅专业的老报人，谦谦君子，与世无争，他独自生活了一辈子。他为《科学文艺》校稿，画版式。他和编辑

第一届“中国科幻小说银河奖发奖大会”

颁奖会时欢乐的场面

颁奖会主席台上
前排左起：周玉振、鲍昌、童恩正、温济泽；后排左起：王益奋（四川科技出版社社长）、松鹰

部的同事们都处得好，大伙儿都叫他李爷爷。《智慧树》主编叫亚方，她也是四川人，老乡见老乡嘛，双方龙门阵摆得很投合。当时编辑部也没有什么见面礼，就带了四川的文君酒去送笔会作者，送天津《智慧树》的同事。两家聊着说：我们既然都是搞科学文艺的，两刊一南一北，相互呼应，共同来举办征文，这样会解决一部分稿荒。两刊当场就拍板定下来了，我们征集采用偏成人类的稿件，他们用偏少儿类的稿件，都旨在引发和激活青少年对科学、对想象力的好奇和兴趣。

征文圆满结束，到1986年要颁奖，应该起个名。按当时惯例，比如说科幻小说征文奖项就叫“科幻小说奖”。我们开九寨沟笔会时，童恩正老师邀请了吴定柏老师来参加。吴定柏老师当时在上海外语学院任教，研究欧美科幻小说比较早。他给编辑部办讲座，介绍国际科幻状况，说到了美国科幻星云奖和雨果奖。我们心中就有了一点儿概念：还可以是“星云奖”“雨果奖”。

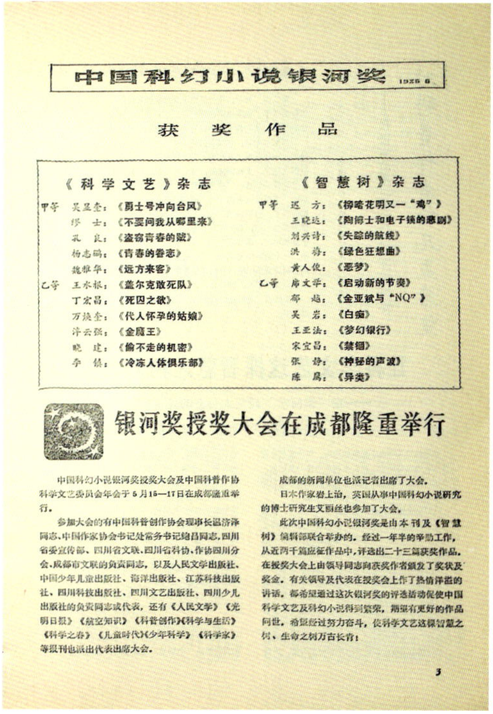

中国科幻小说银河奖 1986.6

获奖作品

《科学文艺》杂志

甲等 吴显奎：《勇士号冲向台风》
缪士：《不要问我从哪里来》
孔良：《盗窃青春的贼》
杨志鹏：《青春的眷恋》
魏雅华：《远方来客》
乙等 王水根：《盖尔克敢死队》
丁宏昌：《死囚之欲》
万焕奎：《代人怀孕的姑娘》
许云强：《金魔王》
晓建：《偷不走的机密》
李镇：《冷冻人体俱乐部》

《智慧树》杂志

甲等 迟方：《柳暗花明又一“鸡”》
王晓达：《陶博士和电子锁的悲剧》
刘兴诗：《失踪的航线》
洪涛：《绿色狂想曲》
黄人俊：《恶梦》
乙等 席文举：《启动新的节奏》
郁雨：《金亚斌与“NQ”》
吴岩：《白痴》
王亚法：《梦幻银行》
宋宜昌：《禁锢》
张静：《神秘的声波》
陈禺：《异类》

银河奖授奖大会在成都隆重举行

中国科幻小说银河奖授奖大会及中国科普作协科学文艺委员会年会于5月15—17日在成都隆重举行。

参加大会的有中国科普创作协会理事长温济泽同志、中国作家协会书记处常务书记鲍昌同志，四川省委宣传部、四川省文联、四川省科协、作协四川分会、成都市文联的负责同志，以及人民文学出版社、中国少年儿童出版社、海洋出版社、江苏科技出版社、四川科技出版社、四川文艺出版社、四川少儿出版社的负责同志或代表，还有《人民文学》《光明日报》《航空知识》《科普创作》《科学与生活》《科学之春》《儿童时代》《少年科学》《科学家》等报刊也派出代表出席大会。成都的新闻单位也派记者出席了大会。

日本作家岩上治，英国从事中国科幻小说研究的博士研究生艾丽丝也参加了大会。

此次中国科幻小说银河奖是由本刊及《智慧树》编辑部联合举办的。经过一年半的辛勤工作，从近两千篇应征作品中，评选出二十三篇获奖作品。在授奖大会上由领导同志向获奖作者颁发了奖状及奖金。有关领导及代表在授奖会上作了热情洋溢的讲话，都希望通过这次银河奖的评选活动促使中国科学文艺及科幻小说得到繁荣，期望有更好的作品问世，希望经过努力奋斗，使科学文艺这棵智慧之树、生命之树万古长青！

3

商定奖项名称时，谭楷、莫树清、向际纯和我，还有李爷爷。我们几人在桌上摆了一摊全国各地的刊物，看对我们有没有启发，也提出了几个奖项名。编辑部的“智多星”谭楷说道，他前几年发表了《星河世界》组诗，其中一首叫《银河礼赞》，他建议说：“叫‘银河奖’吧！”谭楷的话

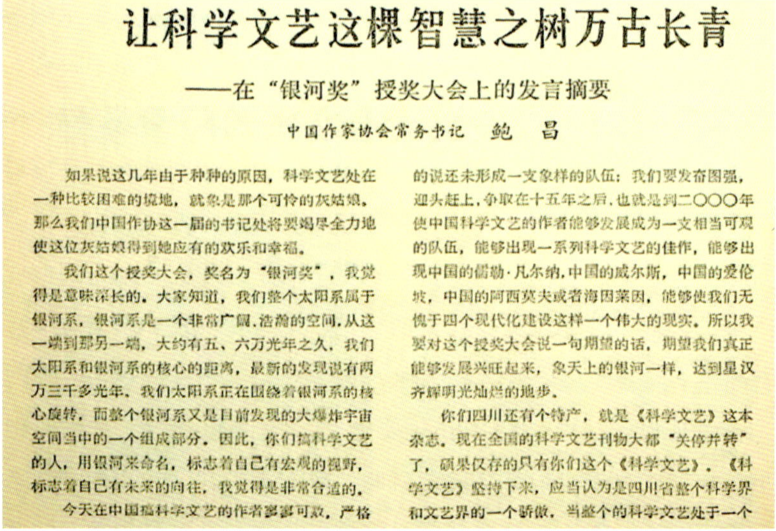

让科学文艺这棵智慧之树万古长青

——在“银河奖”授奖大会上的发言摘要

中国作家协会常务书记　鲍　昌

如果说这几年由于种种的原因，科学文艺处在一种比较困难的境地，就象是那个可怜的灰姑娘，那么我们中国作协这一届的书记处将要竭尽全力地使这位灰姑娘得到她应有的欢乐和幸福。

我们这个授奖大会，奖名为“银河奖”，我觉得是意味深长的。大家知道，我们整个太阳系属于银河系，银河系是一个非常广阔、浩瀚的空间，从这一端到那另一端，大约有五、六万光年之久，我们太阳系和银河系的核心的距离，最新的发现说有两万三千多光年。我们太阳系正在围绕着银河系的核心旋转，而整个银河系又是目前发现的大爆炸宇宙空间当中的一个组成部分。因此，你们搞科学文艺的人，用银河来命名，标志着自己有宏观的视野，标志着自己有未来的向往，我觉得是非常合适的。

今天在中国搞科学文艺的作者寥寥可数，严格的说还未形成一支象样的队伍；我们要发奋图强，迎头赶上，争取在十五年之后，也就是到二〇〇〇年使中国科学文艺的作者能够发展成为一支相当可观的队伍，能够出现一系列科学文艺的佳作，能够出现中国的儒勒·凡尔纳，中国的威尔斯，中国的爱伦坡，中国的阿西莫夫或者海因莱因，能够使我们无愧于四个现代化建设这样一个伟大的现实。所以我要对这个授奖大会说一句期望的话，期望我们真正能够发展兴旺起来，象天上的银河一样，达到星汉齐辉明光灿烂的地步。

你们四川还有个特产，就是《科学文艺》这本杂志。现在全国的科学文艺刊物大都“关停并转”了，硕果仅存的只有你们这个《科学文艺》。《科学文艺》坚持下来，应当认为是四川省整个科学界和文艺界的一个骄傲，当整个的科学文艺处于一个

赢得满堂喝彩。银河，何其浩渺广袤瑰丽，仰望星空，惹人无限遐思，以“银河”的象征意义命名科幻小说征文奖项特别贴切。

随后，我给童恩正老师打电话说：“我们的科幻小说奖命名为‘银河奖’。”他说：“哇，银河奖——不错！”这个奖项就这么定下来了，其冠名权当属谭楷。后来我们几乎年年举办“银河奖”征文，几乎年年召开“银河奖”颁奖大会，从20世纪的1986年跨世纪一直办到现在，已经三十多年了。

我真为我们当年的举动骄傲。当我们还在挣钱养刊的困境下，当我们还不知路在何方的迷茫中，居然以“银河”来命名我们的征文奖，仿佛内心深处的潜意识中，我们的目光已经朝向星河天宇。

当年接手《科学文艺》时，它的办刊宗旨是科学和文学相结合，以科学文艺的形式普及科学知识。我们在办这个科普刊物时感到困难重重。“科学文艺”这个概念有些模糊，是从苏联学来的。我们的栏目有科学家传记、报告文学、科幻小说、科幻电影

剧本、科学童话，有科学诗歌、科普散文、科普小品、科学考察记……以科学的名义集纳各类科普题材体裁，一锅大杂烩。说起来比较全面，结果重点不突出，组稿也不好组。喜欢看科学家传记的又不喜欢看其他栏目，诸如此类，我们自己都觉得头疼。稿件质量也不高，发行量日渐萎缩，虽然当时做了那么多书挣了些钱，但“养鸡喂老虎”，以副业养主业，也终究不是一回事儿。

这本刊物的生命力究竟在哪儿？它怎么样才能走出困境？这样的话题是办刊人日日夜夜的绕心之结。

《科幻世界》横空出世

20世纪80年代，商潮里热浪滚滚，经商潮在我们思想上也有反映。我们使尽浑身解数，在市场热点中摇摆探寻，尝试“标新立异”，希望杀出一条生路。生存压力顶头，刊物不可能高高在上，得接点儿地气，使刊物在市场上有自我生存能力。

那时，有一股改刊名风潮，连《四川文学》也改成了《现代作家》。

1989年，为了吸引眼球，让发行量有个突破，使得刊物活下来，沾点儿地气，我们更改《科学文艺》刊名为《奇谈》，定位于“科幻及和科学有关的标新立异”。

改名还有个原因，我们自信有一定的发行能力。

1985年底，我们因解决《晚安故事365》的发行问题而决定成立发行部，当即招兵买马，自办发行销售。我们边搭发行部架子边发书，两年下来，几万套图书一销而空，这使我们欣喜之余又心痒难耐：既然初步建立了全国范围的销售点，就想尝试着自己卖刊物。但是邮局规定，邮发刊物只能邮局独家“主渠道”发行。无奈之下，我们将杂志撤出邮局，交由无此禁令的新华书店发行。也真是失之东隅，收之桑榆，看似山穷水尽，实则柳暗花明，编辑部由此逐步建立了全国书商网，这在当时的期刊界大概是绝无仅有的。有了发行部就有了底气，于是幻想自己卖自己的刊物，自办发行。

有一定的资金垫底，我们开始认真办刊。为了扩大发行量，刊物跟风市场热点，摇摆不定，时而搞纪实文学，追逐社会热点，时而脚沾地气，搞奇谈怪论。为改刊我们做了精心准备。整本刊物科幻分量较重，非科幻类的图文则追求可读性，有卖相，奇特新颖。我们更了名，但刊物宗旨没变，还是提倡科学的想象力。结果应验了我们的预测，《奇谈》第一期开场锣鼓一响，就印发了12万册，可谓旗开得胜。但改刊也受到了很大压力，以至于我们的编辑都不太愿意把刊物带回家给孩子看。它毕竟有点怪诞……连我自己都觉得底气不足。

《奇谈》难谈呀，你到处都得宣扬《奇谈》新解，时时处处辩诬。人们认为奇谈不就是奇谈怪论吗？我们只得不停地辩解：“新学说刚提出都会被认为是奇谈，哥白尼的日心说、达尔文的进化论、爱因斯坦相对论，甚至小平同志的‘猫论’，在未被人们认识之前，都曾被当作奇谈怪论。”

当时，编辑们人人都要会说这几句话，当别人质疑我们的刊名时，我们就这样回答。人家还没被科普明白，自己已经绕晕过去。

《奇谈》尚未开谈，我已感到忐忑不安，不知前路祸福。

刊名标新立异，期刊的脸面和内容也得随之“出彩”。为了扩大印数，迁就书商，我们蹑手蹑脚地试着沾沾地气。《奇谈》开张第一期，我们选用了一幅出访日本带回的科幻画，为避免画面上的被劫持女郎太裸，特请画家临摹，小心地给封面女郎盖了一层薄纱。不料越遮越掩越心虚，以至于编辑带刊物回家都要避开孩子；听人议论期刊格调和背后玄机，我们就惴惴不安，脸红筋涨，心惊肉跳……

刊名《奇谈》使我们吃尽苦头。

尽管《奇谈》刊载的《在时间的铅幕后面》（童恩正著）、《我借少女一双眼睛》（覃白著）、《母亲的秘密》（黄海著）等科幻小说颇受好评，尽管《龙年之灾》《群丑盗国宝》《死城的秘密》等纪实文学可读性强、扯人眼球，尽管《奇人·奇事·奇遇》《历险记》《对台戏》等栏目招揽锣鼓铿锵新奇有趣，尽管印数跨过3万册底线。

这样的印数不要也罢。我们痛下决心，决定再改刊名。

在80年代，另类比对正统，《奇谈》PK《科学文艺》，结果不言而喻，从刊名上就败下阵来。而且，由我们这伙人来办这类刊物很“丢份儿”，我们绝不是做地摊小报的角儿。

于是我们又申报改名。上级主管部门说改刊名不是儿戏，哪能朝令夕改？一个刊名至少得维持两年。真个是磕头请来作揖送，我们硬着头皮挨着日头办够了12期（当时是双月刊），谢天谢地，终于送走了艰难坎坷备受诟病的《奇谈》岁月。感谢各级领导实事求是，宽严有度，对认真寻路、艰难闯道的我刊编辑部严厉批评，有效指导，否则“中锋将在黎明前死去”。

那段时间，正是由于重重压力，也是由于反复调试改动，我们反复琢磨思索，倒还渐渐明确要定位于独特的科幻类型，渐渐想清楚要办成名副其实的科幻刊物。但当年对科幻小说劈头盖脸的批判，又使我们蹑手蹑脚，不敢贸然行事。

其实，刊发科幻小说并非我主持工作后的首创，《科学文艺》创刊号就隆重推出了童恩正的科幻电影文学剧本《珊瑚岛上的死光》，科幻小说一直是《科学文艺》《奇谈》的重点特色栏目，我们不过沿袭了《科学文艺》创办者的思路，坚持发表科幻小说。

1983年，省外办接待处副处长申再望联系我们去拜访了韩素音女士。韩素音说她见到小平同志时曾建议："中国应当提倡科幻小说，这是一个关系到未来，关系到出人才的问题。"爱因斯坦认为："想象力比知识更重要，因为知识是有限的，而想象力概括着世界上的一切，推动着世界进步，并且是知识进化的源泉。"杨振宁也说："科幻小说确能开阔广阔的思维空间。"我们编辑部常常学习这些宏伟先进的思想，提高编辑对科幻小说的认识。

在办刊实践中，我们不断深入认识到繁荣科幻对提高民族素质大有裨益，认识到想象力的创新价值，认识到科幻跨科技文化和人文文化交流的特性，也深深感受到青少年读者对科幻小说的

拜访大力提倡科幻小说的韩素音女士
左起：谭楷、王晓达、韩素音、周梦璞、杨潇

喜爱，特别是科幻迷的忠诚度，常使老编们感动，源源不断的交流和反馈都浸润着我们内心。

在办刊的探索中，我们更加明确了认识，逐渐找准了这本刊物的定位。定位于科幻小说，办成科幻刊物，这也算是办了12期《奇谈》的经验教训吧。《奇谈》真难谈啊，饱受诟病，备受责难，那两年做了不少检讨——虽然经济上宽松了点，但是那样的钱宁可不要。

于是又申报更名手续，盖一个个上级单位鲜章。记得1989年，我到圣马力诺去开世界科幻大会，那时刊名叫《奇谈》。对老外好办，你说Fantastic，“奇异”“奇幻”，他们就明白了。但是你怎样上报？你到中国科协、到省外事部门办手续，易产生歧义的《奇谈》刊名常被质疑，使人苦于辩诬，难以辩解。请神容易送神难呢，白白耗费了极大精力。

走过弯路之后，我们对更改刊名慎之又慎。编辑部历来有个好传统，素来重视读者意见。我们很早就在刊物版面上辟专栏刊登读者来信和读者的各种反馈。当时在刊物“读者意见表”上征集刊名，李斌（北京）、许丹（四川）、杨松涛（新疆）三名读者推举的刊名《科幻世界》从数百份读者来信中脱颖而出。

当时，我总结道：《科幻世界》，定位准确，特色鲜明，内涵丰富，外延广阔，刊名响亮。

1990年上报，新刊名很快批了下来。

1991年，中国科幻刊物《科幻世界》横空出世！

我们在办刊当中，从《科学文艺》到《奇谈》再到《科幻世界》，两更刊名，终于更得了一个非常贴切、非常适合的刊名。

在不断思考和总结中，迷雾渐散，方向愈来愈清晰。历史无意间选择了我们，我们在摸索中选定了科幻。20世纪80年代末90年代初，孤军奋战的我刊无意之中已成为中国科幻的最后阵地，既然如此，干脆悍然亮剑，高举科幻大旗，担当起已扛在肩头的历史使命。

1991年《科幻世界》第一期封面

中国的“灰姑娘”

1991年，虽然《科幻世界》获得了新生，但曾经蒙受的“清除精神污染”的阴影还笼罩着她。记得在1986年首届中国科幻小说银河奖颁奖会上，中国作家协会书记处书记鲍昌把中国科幻小说比喻为“可怜的灰姑娘”。如今，我们要为科幻正名，洗净泼向“灰姑娘”的污水，让“灰姑娘”昂首挺立于炫目的镁光灯下，赢得她应有的幸福。

相比于整个80年代，进入90年代的科幻已不那么备受责难了，但是还没从“清除精神污染”的阴影中走出来。人们一说到“科幻”，就觉得不科学，又是那些奇谈怪论，又是那些不着边际的胡思乱想。

而且，我们办科幻刊物底气不足的原因是稿荒，好稿件奇缺。

怎么办？

在我国，科幻小说是舶来品，虽然中国传统文学有丰厚的幻想土壤，像嫦娥奔月、女娲补天、夸父追日、后羿射日、精卫填海……都飞扬着神奇瑰丽的想象。但这类古代幻想比起科幻小说大不一样，其中缺乏科学成分，缺少关键的那一维。就像我们伟大的先祖虽然发明了指南针，但在民间只用于测风水；虽然火药有一千多年的漫长历史，但人们最热衷的不过是用来放烟花……

说来也巧，1986年5月20日，我们勒紧腰带、苦撑面子召开了第一届中国科幻小说银河奖颁奖大会。当时冷风嗖嗖，也听说有些异议：你们能撑持到第几届？这个第一届是否就是银河奖的“天鹅之歌”？

当时已听说《智慧树》即将停刊，但既然已经举办了征文，我们还是得硬着头皮联合召开颁奖会。开完当届颁奖会后，《科学文艺》在中国科学文艺界就单枪匹马、茕茕孑立了。

无知即无畏，想到中国只有我们还在坚持发表科幻小说，于是就大胆冠以“中国”二字。既然是中国科幻小说，就千方百计从“科”家请来了中国科普作家协会理事长温济泽，从“文”家请来了中国作家协会书记处书记鲍昌，“科”“文”两方领导都给中国科幻小说以极大的支持和鼓励。

在第一届中国科幻小说银河奖颁奖大会上，温济泽理事长语重心长地期望：“要使中国科学文艺作者能够发展成为一支相当可观的队伍，能够出现一系列科学文艺佳作，能够出现中国的儒勒·凡尔纳、中国的威尔斯、中国的爱伦·坡、中国的阿西莫夫或者中国的海因莱茵，能够使我们无愧于四个现代化建设这样一个伟大的现实。”

温济泽理事长在首届“银河奖”颁奖会上发表重要讲话

鲍昌书记则热情洋溢地说："如果说，这几年由于种种原因，科学文艺处在一种比较困难的境地，就像是那个可怜的灰姑娘，那么我们中国作协这届的书记处将要竭尽全力地使这位灰姑娘得到她应有的欢乐和幸福。"

两位领导的讲话让我备受激励，我渴盼着中国作协这届书记处"竭尽全力"的具体措施。

两位领导的话也使在座数十位科幻作家、编辑激动不已，信心大增。

《科学文艺》第一届科幻小说银河奖甲等奖花落《勇士号冲向台风》，得主是吴显奎，他当时是成都气象学院的青年教师。得了头等奖，又得到温济泽理事长的单独接见并表扬，他惊喜万分。温理事长温和地对他说："你的小说充满了理想主义精神和自我牺牲的精神，关注人类文明和自然的关系，科学和文艺结合得好。"听吴显奎讲，至今他耳边还常常回响着温老那亲切绵软的江浙普通话。鲍昌书记对《勇士号冲向台风》也给以很高的评价，并寄语吴显奎："插上幻想的翅膀，扬起科学的风帆，在理想的天空奋力翱翔。"两位泰斗级前辈对吴显奎的鼓励，使得小吴从内心深处坚定了写科幻的信心。其后，他发表了《诺科星撤离地球》《宇宙人哈卡》等有影响的作品，并一直坚持了下来，科幻铺垫和铸就了他多彩而丰盈的人生。

可惜，鲍昌书记90年代初就英年早逝，但我们永远铭记他对中国科幻做出的贡献。

颁奖会结束，我们刚送完嘉宾，就发生了一件意想不到的事：有位陌生面孔、陌生姓名的男士来到会场，彬彬有礼地用日语夹杂着普通话自我介绍。原来，他是日本"中国科幻小说研究会"会长岩上治先生，当时在北京语言学院教日语。他闻讯后专程赶到成都来参加颁奖会。下飞机后，他住在位于人民南路三段

岩上治（日本国中国科幻小说研究会会长）在《科学文艺》编辑部和作者、编辑座谈
左起：谭楷、孔良、魏雅华、李理、翻译秦学玲（向际纯夫人）、岩上治

1989年岩上治访问《科学文艺》编辑部
左起：翻译秦学玲、岩上治

的锦江宾馆，由于不知道成都的人民南路有多长，就提着箱子一直走到了位于人民南路四段11号的省科协，大约走了五公里。等他大汗如雨般赶到时，颁奖会已落幕了。

岩上治的到来让我们特别诧异，科幻小说在中国都奄奄一息了，怎么日本还有个中国科幻小说研究会？岩上治说："80年代科幻在中国蓬勃兴起，中国科幻进入了黄金时代。东方科幻不再只是日本科幻了，于是我们十七位学者科幻迷成立了研究会，研究中国科幻。结果中国科幻刊物都倒了，我们只好研究你们一家。"

听闻此言，我们备感凄凉，但从中也感到责任重大——研究《科学文艺》就是研究中国科幻！也就是说，从近处看，我们几个编辑不过是支撑了一个杂志社，而外国人从远处看，他们研究《科学文艺》就是研究整个中国科幻！

原来这个西部科普小杂志身上竟然系着整个中国科幻！

那是我第一次感到肩负重担，任重道远。

那次颁奖会后，岩上治先生以日本"中国科幻小说研究会"的名义，邀请《科学文艺》编辑部参加次年的日本第26届科幻大会。

东瀛之行

第二年，也就是1987年8月，我们《科学文艺》编辑部一行四人访问日本，参加日本第26届科幻大会。会上我们感触颇深：日本科幻如此繁荣发达，日本科幻迷如此众多！日本科幻小说不光停留在期刊层面，科幻图书、科幻影视、科幻动漫、博物馆、梦工场、科幻玩具、T恤、帽子、伴手礼……科幻涵盖多个领域。那是我们第一次走出国门，东瀛之行对我们影响深远，编辑们从出境的黄浦江这头望到了大洋彼岸的日本，真切地拓宽了视野。

在日本滨松科学馆，我第一次亲眼看到一个机器人——虽然《科学文艺》上无数次描写过千奇百怪的机器人。一走进科学馆的大门，一个矮矮的通体锃亮圆筒状的机器人就挥手迎来，两只

生平见到的第一个小机器人对我说："Hello, welcome to the future! "

拜会日本科幻界元老矢野彻、深见弹
左起：向际纯、杨潇、矢野彻、深见弹、岩上治、谭楷、翻译

眼睛闪着红光，童声稚气地向来宾问好，介绍滨松科技馆。陪同我们参观科学馆的岩上先生对我们说，没有科学知识的普及，就没有科幻文艺的发展。而1987年，国人还在为吃饱饭努力，科学普及工作还没有提上日程。

按照岩上治先生的安排，我们去拜访日本科幻界元老、科幻杂志《宇宙尘》的创始人、翻译家柴野拓美先生。可惜柴野先生身体染恙，由柴野夫人幸子带领我们去创元社、早川书屋、德间书屋访问。这三家出版社都出版科幻书籍。

时值盛夏八月，骄阳如火，酷热无比，我们随着柴野夫人和岩上先生从这家书屋穿行到另一家出版社。因外汇奇缺，兜里没钱，一路上没敢买水喝。来到德间书屋，老板请社里的一位小姐先接待我们一行。小姐娴熟地沏茶端盏敬茶，我接过茶盅一饮而尽。小姐礼节性地为我们一行都敬了茶，又开始新的一轮敬茶。

那牛眼小茶盅只能盛一小口水，我连喝三盅，都没浇灭嗓子眼的热火。书屋老板进屋见我仰头豪饮状，便看了看我的名片，哈哈笑着说，杨潇女士品茶如牛饮。我不好意思了，忍住痛饮三壶的渴望，进入访谈正题。

在东京，我们还拜访了日本科幻界元老矢野徹（科幻作家、翻译家）、深见弹（科幻评论家）、野田昌宏（科幻作家、翻译家，日本电视梦工厂老板）等。他们的一席话对我触动很大：科幻文化是科技在社会生活大发展过程中的一种反映。凡属科技兴国的国家，都会走发展科幻文化这条路。西方如此，日本如此，中国现在正在向现代化进军，同样也会走这条路。

矢野徹说，1953年，他赴美参加了世界科幻大会，感触很深，回日本后就矢志不移地宣传科幻，翻译介绍欧美科幻小说，

在日本科幻友人家

在日本一书屋访问
左起：岩上治、柴野幸子、日方人员、日方人员、谭楷、陈明洁（翻译）、杨潇

与日本科幻迷相聚

在日本静冈县岩上治家门口和岩上治夫人岩上明香及儿女

举办科幻活动。他说至今为止，他的译作、著作已有296种，堆起来比他一米七几的个头还高。深见弹说他翻译苏联、东欧的科幻文艺作品已有二十多年的历史了，“当时的日本读者并不喜欢这类东西，但我还是坚持介绍，让读者了解他们所不熟悉的背景。近几年来，日本的读者也渐渐喜欢苏联和东欧的科幻小说了”。我在《访日散记》中写道：“说完，他意味深长地抖抖烟灰，头靠着沙发淡淡一笑，这笑中包含了许多感慨。忍耐寂寞，坚持拓荒，不求急功近利，认准长远目标，日本科幻作家成功的经验难道不值得有志于科幻小说的中国作家思考吗？”

在静冈县，日本科幻迷对我们说，SF（Science Fiction）是一种世界语，SF关心全人类的生存环境，关注全人类的科技、文明与进步，凡是进入现代化进程的国家都会发展科幻文化。

和岩上治（中）在日本街头

和日本朋友在一起

历史—现实—未来，我恍然大悟：原来我们是站在历史的必然通道上。优秀的科幻小说会伴随现代科技发展日益繁荣。这让我对《科学文艺》、中国科幻、社会发展、人类文明有了进一步的认知，并进一步思考自己的事业和方向。

东瀛归来，编辑部全员拓宽了视野，站在新的高度认识科幻，我们的刊物也逐渐加大了科幻小说的分量。

回国后收到中国作协鲍昌书记一信：“日本人如此重视中国的科幻，令人鼓舞，可惜中国文学界对此十分漠然，我以为是中国人的文化素质之故，中国科幻的发展，恐怕还得过一段时间。”

多年之后，偶尔翻到我的《访日散记》，我才悟到，“忍耐寂寞、坚持拓荒、不求急功近利、认准长远目标”这几句话其实是我们编辑自己的写照。

参观岩上治所在的学校

圣马力诺“历险记”

1989年夏天，刊名刚改为《奇谈》，我们忙得正欢，却受到新闻出版署和省新闻出版局的严厉批评。说实话，对于上级及时的批评，我们心服口服。我们自己都感到来自各方的压力，于是乎又忙于做深刻检讨。但正当我们开会深刻认识错误，由“检讨专业户”谭楷执笔写检讨时，又收到了难得的邀请信，邀请去圣马力诺参加国际科幻会议。

怎么办？是认真检讨、挽救刊物，还是去抓住新的机会？

既然选择了远方，便只顾风雨兼程。

1989年5月，应世界科幻专业协会（WSF）之邀，我赴圣马力诺参加1989年WSF圣马力诺年会。这是我首次参加国际科幻会议，虽然1987年我们编辑部到日本出席了日本第26届科幻大会，但那毕竟不是国际科幻会议。日本科幻翻译家、WSF日本分会理事柴野拓美先生和中国科幻翻译家王逢振先生为我刊联系了参加圣马力诺会议的事宜。

由于经济窘迫，要省外汇，我只能单枪匹马独行。1989年的夏季，北京到意大利罗马一张往返机票要人民币15,000元，得卖掉11,538本杂志（当时定价为1.3元）才挣得到一张机票钱。但不去又不行，除了拓宽国际视野，联系国际科幻界，最紧要的原因是，科幻是舶来品，国人大都不知道科幻为何物，当时编辑部好稿奇缺，非常希望去联系国外的科幻作家，舶来国外优秀科幻小说。

离开成都时，我被自行车撞伤了脚踝，编辑部小莫一路护送我到了北京。临行前，就给家里打了个长途电话，我先生叫我等一等，电话里传出儿子弹的钢琴声，“在乌克兰辽阔的原野上，在那清清的小河旁……”，我的眼泪随着舒缓的琴声慢慢沁出，好想咬一口儿子胖嘟嘟的小脸。

圣马力诺，孤陋寡闻的我行前对其一无所知。翻开世界地图，意大利像只踏进地中海的靴子，而圣马力诺犹如一朵嵌在靴帮子上精致的镶花——面积61平方千米，当时人口2.2万——一个童话般的袖珍小国。

行前，约定请中国驻意大利大使馆科技处参赞赵红印替我找翻译。一到罗马，却听赵参赞讲那翻译生病不能同行，我焦急万分，热心的赵参赞临时帮我聘了个留学生当翻译。

我急忙约见进修医学的留学生小J。小J坐在我对面，他翻了翻发言稿，作难地说科幻类专用名词太陌生，短时间准备不好，同时熟练地用计算器上敲出一大串意大利里拉数，除了要求一切费用包干，还须日付80元美元。听他说不熟悉科幻专业名词，我

在意大利威尼斯广场
左起：柴野拓美、布雷德利克·波尔、伊丽莎白·赫尔、杨潇

心里就犯嘀咕，再看看计算器上显示的天文数字，不由得倒吸一口凉气：小留学生显然把我当成吃皇粮的“公家”了。一气之下，我摁了摁计算器上的OFF键，故作潇洒地对小J说：“不劳您大驾，我自己去。”

为抠门计较一时豪气，我吃尽了苦头。

我不得不身揣英汉、汉英两本64开小词典（70年代的版本），独自到银行换汇、到火车站办票、买意大利地图，然后窝在使馆宿舍紧张地准备“功课”。介绍中国科幻历史和现状的发言稿我早已熟读，你好我好之类结结巴巴也许能对付，实在不行就翻两本简明词典，我这么打算着。

西出阳关无故人了。

5月18日，我瘸着腿，拖着装满刊物的沉重箱子，独自乘清晨7:25的3152次列车从罗马出发。一路上，我翻着地图，竖起耳朵，生怕错过站下错车。列车报站说的是意大利语，我拿出行前做功课的小本子给列车员看，请他在到站前提醒我。列车到站晚点了十八分钟，急得我浑身冒汗，连比带画地问清转车的站台，忍着脚痛，拖着箱子小跑着赶到站台。刚刚站定还不到五分钟，2368次列车迎面开来。好玄哪！

从罗马登车再经里米尼转车，列车共行驶大约四个小时后，就到了意大利的国中之小国圣马力诺，我早已累得精疲力竭。海拔755米高的圣国高耸于蒂塔诺山之巅，需要乘坐大巴。我从小就晕车，飞车疾驶在十八弯山路上，更是晕得我倒海翻江。幸好在大巴站碰到一老外，也在询问去圣马力诺的长途汽车，一搭讪，才知他是WSF芬兰理事苏平纳（Supinen）先生，于是结伴而行。大巴车开过挂着的横幅“圣马力诺欢迎你”就算入境了。一路上，苏平纳鞍前马后为女士效劳，我乐得让他一展绅士风度。

临离开北京前，我专门去拜望了王逢振老师。王逢振老师是中国社会科学院外国文学研究所研究员，国际美国研究会理事，美国文学研究会和英国文学研究会常务理事，知名学者。他喜欢科幻小说，在美、英访问期间和科幻大师波尔、威廉森和奥尔迪斯等都有极深的友谊。20世纪80年代初，他和金涛合编了《魔鬼三角与UFO》，该书在中国影响广泛，足足滋养了几代中国读者。王逢振老师热情地为我写了好几封信，把我介绍给世界科幻专业协会的名家。

会议前
前排左起：杨潇、布莱恩·奥尔迪斯；后排左起：女科幻作家、萨姆·劳德沃尔（WSF瑞典理事）

1989年WSF圣马力诺年会在圣马力诺国立图书馆举行。5月19日，我早早就把书箱拎去。到了会场，我谁也不认识，赶快问谁是谁，然后递上王逢振老师的介绍信和小礼品，操起半通不通的蹩脚英语，忙不迭地进军多国部队。

在圣马力诺国立图书馆，几十个人坐在一间小会议室里，一张条桌权当讲台。会议开始，代表们挨个儿上台发言，每人讲完后听众提问，代表们讨论。反正听不懂，我就坐在椅子上翻看资料。翻着词典，知道他们在讲大气污染、地球人类在宇宙中的位置、低温生命维持、飞向太空……讨论很多科幻界非常流行的话题。

WSF是世界科幻专业协会，不是世界科幻大会那种设计安排很多科幻迷活动的大会，它是Meeting（会议、会晤），不是Convention（展会、交易会），主要是讨论交流专业问题。当时主要成员只有几十人，都是科幻界专业人士，有科幻作家、编辑、学者、翻译家、科幻影视演员、编导、评论家、出版商、会

1989年WSF会议所在地圣马力诺国立图书馆

在WSF书展上

员国负责人，也有科幻插图画家、科幻游戏设计者等，当然都是科幻界名流。WSF会员有数百人。那届到会的有弗雷德里克·波尔（Frederik Pohl）、伊丽莎白·赫尔（Elizabeth Anne Hull），有布赖恩·奥尔迪斯（Brian Wilson Aldiss）夫妇、哈里·哈里森（Harry Max Harrison）夫妇、诺曼·斯宾雷德（Norman Spinrad）夫妇，有罗伯特·西尔弗伯格（Robert Silverberg）、约翰·布鲁纳（John Brunner）等，还有美国科幻期刊《轨迹》主编查理斯·布朗（Charles Brown），以及各会员国理事，如日本的柴野拓美、苏联的叶列梅·鲍诺夫（Yeremey Parnov）、瑞典的萨姆·劳德沃尔（Sam Lundwall）、芬兰的苏平纳、意大利的吉安弗兰科·维维安尼（Gianfranco Viviani），还有南斯拉夫、波兰、匈牙利等东欧诸国的科幻界人士。我像背单词似的使劲记着谁是谁，生怕乱点了鸳鸯谱。

WSF会议历史上第一次出现中国面孔，所有老外都兴奋异常，和叶永烈联系多年的萨姆·劳德沃尔（瑞典理事，WSF前任秘书长）尤其高兴，不停地对我说“太好了，欢迎欢迎”。

会议按日程进行。代表依次介绍本国科幻状况，波兰、南斯拉夫代表介绍了本国科幻，并散发了所带资料。

我坐在座位上，如坠云雾之中。我的英文水平原本就差，听力尤糟，这下惨了，听不懂，什么都无法进行。这里有苏联科幻协会理事鲍诺夫，可中学五年学的俄文早忘到九霄云外，当工农兵学员学了一点英文，但远远不够。我手里捏着一大堆会议资料，凭借词典，知晓会议议题包括环境污染、生态平衡、外太空生命……我敢说，这一屋人无疑是最富想象力的地球人，80年代我国同胞尚在为温饱打拼挣扎，而他们满口不是E.T.就是侏罗纪。

在WSF会议上

柴野拓美、杨潇、鲍诺夫（前苏联WSF协会理事）

正翻看资料，会议秘书李·伍德女士（Lee·Wood，诺曼·斯宾雷德的夫人）走到我面前，小声提醒我准备发言。很快，执行主席诺曼·斯宾雷德宣布：请来自中国的杨潇女士发言。我站起身走上主席台，首先声明自己英文很差，翻译病在罗马了，我只得独自与会。好在发言稿我已朗诵过若干遍，读得还算流畅。当说到邀请WSF到中国举办年会时，我的心咯噔一下，潜意识跳出来大喊：好戏开场了！

介绍中国科幻状况
右为WSF当届主席诺曼·斯宾雷德

果然开了国际玩笑。中国代表出人意料的提案大撩人心，惯于奇思妙想的老外顿时兴奋不已，热烈鼓掌，欢迎我继续讲到中国开会的话题。幸好斯宾雷德主席听懂了我的话，知道我表达困难，就制住喧哗，按会议日程安排其他代表发言。我吐出一口长气，礼貌地微笑着走下主席台。

到底还是躲不过去。下午我一走进会场，就响起了老外们“Yang Xiao！ Yang Xiao！”的欢呼，我的头一下大了，硬着头皮走到会场前排，转过身面对大家，一再重复说我的英文太差，没有翻译交流很困难。老外们却热情高涨，不管我能否听懂，问题噼里啪啦劈头盖来，我一下蒙了。波尔、赫尔和李·伍德走到我面前，连比带画地解释，我越紧张越反应不过来，脸红筋涨，又羞愧又着急，诺曼·斯宾雷德有些不耐烦了，白眼一翻，双手一摊，叽里咕噜说了一大串。

WSF当届秘书李·伍德（斯宾雷德夫人）和杨潇

英国著名科幻作家约翰·布鲁纳和杨潇

会场出现戏剧性冷场。

大会秘书李·伍德走到斯宾雷德跟前低声耳语，诺曼点点头，然后宣布会议继续进行。我强挤出笑容，哆嗦着半通不通的英语，恳切然而固执地表示：这次翻译生病未到会造成种种困难，出现了尴尬局面我深表遗憾，但是，我们一定能办好1991年WSF成都年会。

随后苏联代表鲍诺夫走上主席台发言。我回到座位刚坐下，李款款朝我走来，微笑着小声说道："杨潇，别着急，跟我到隔壁来，我们慢慢商量。"

我狼狈不堪地跟随李·伍德走出会场，走出尴尬。

到了隔壁房间，我拼命让自己镇静，稳住神，从提袋里取出两本小词典，强笑着对李说：请你把问题一个个写下来，我一个个回答。李笑着说："Don't worry, Xiao…You…with a little English…"天使般的李尽量选用最简单的英语单词鼓励我。说了一会儿，柴野夫人幸子女士也来了，她不时写下和中文形似意近的日文帮助我理解。

我这才从三国语言的拼凑交谈中连猜带蒙地弄清楚，1988年布达佩斯会议上已定1989年WSF年会的会址在圣马力诺，1990年年会的会址在荷兰海牙，而1989年年会将决定1991年年会的举办国。波兰、南斯拉夫是申请举办1991年年会的两个竞争国。

我一看，南斯拉夫萨格勒布市和波兰"阿尔法"出版社、《幻想》期刊资料准备充分，详细的会议日程安排甚至包括会议所在地、下榻旅馆、地图、旅游景点……一应俱全，我却只有一个口头邀请，其他什么文字资料都没有，更不要说具体计划、会议日程了。

其实当时邀请来华开会，对我自己来说都还只是个idea（想法，念头），没想到，性急的老外立刻就响应了，打了我一个措手不及。

记忆中特别深刻又特别狼狈的是，他们提问说了一个词“discount”。我不懂“discount”是什么意思，只好说：“对不起啊，等一等。”我赶紧翻词典，《简明英汉词典》上面只有两个汉字注释——“贴现”。“贴现”？天哪，什么叫“贴现”？

我徒唤奈何！

所幸的是，李·伍德女士通情达理，善解人意。她把问题一个个写出来，柴野幸子写下和中文形似意近的日本字帮我理解。真叫人哭笑不得，三个国家的三位女士，风雅的李、知性的幸子和狼狈的我，反复用三种语言三种方式（边说边比画边写），我这才弄清拦路虎“discount”是折扣的意思，才明白他们的问题。

殊不知这么专业的国际科幻会议，老外提的却都是这类现实

杨潇、英国科幻大师布莱恩·奥尔迪斯及夫人玛格丽特

的问题，比如会场在成都什么位置？北京到成都一周有多少航班？入宿酒店的价位？机票能不能“discount”……这才科幻呢，这才是奇谈！80年代的我哪儿听说过机票能“discount”？我只得说：“这个问题我要回去请示后才能回答，但是我保证很快会给你们一个满意答复。”

惨啊！砸锅了！遭遇滑铁卢！兵败圣马力诺！

当夜我无法入睡，甚至没工夫懊恼沮丧，急急翻词典准备应付一个个具体问题。原先请翻译准备的都是中国科幻简介，可现在要回答的却是会议的吃住行。

20日上午，会议照常进行。各国代表介绍本国科幻、对WSF的工作建议、讨论科幻潮流等，我偶尔捕捉到几个熟悉的英语单词，可还没等我连贯地理解他们的思路，他们很快又跳跃到不同

盛装的意大利科幻迷

的话题上。我如坠太空，如听天书，不过倒见识了老外怎样召开民间学术会议。

中午，李请我和幸子到一家餐厅边吃边谈，谈论的主要议题是：多国代表对到中国开科幻会议兴趣浓厚，要求减免与会者每人五十美元会议费。

我刚刚才在赞叹会议中那些超人大脑，探讨外太空、超低温、生命延伸等科技科幻前沿课题，现在忽然来了个180度急转弯，提出些最现实的要求。反差如此之大，真让我蒙圈闭气。老外的现实实在、吝啬抠门令人大跌眼镜。好在我走之前询问过省外办，被告知说，国际会议每人得缴纳五十美元会费。尽管我开了国际玩笑，却不敢破国际会议规矩。后来我才知道，老外开这类会议全是自费。三位女士又用三种语言三种方式继续反复“扯皮”。我对李·伍德说，中国干脆退出1991年年会申请，要求申

哈里·哈里森、杨潇、诺曼·斯宾雷德

办1992年年会。不料李却告诉我，南斯拉夫已主动退到1992年。现在是波兰和中国竞争1991年年会举办国。波兰准备充分，且离西欧近，部分代表主张按原计划在波兰办会，半路却杀出个中国代表杨潇，而多国代表对在中国开会兴致盎然。

连退路也被堵死。反正脸已丢尽，干脆豁出去了！

此刻我力争的是中国科幻！我陡然浑身来劲，绝境求生！

渐渐地，我的笑容不由得放松了，甚至每个细胞都释然。既然“with a little English and lots of determination”，就试着“to do lots of things”吧。我理直气壮地要求在中国四川成都举办1991年WSF年会，还明确地对李·伍德说，按照在中国开国际会议的惯例必须缴纳五十美元会费，我无权取消，只能回国向省里汇报。

李耸耸肩，无奈何地说：“Well, just like this.”

这几天的折腾，我累得都要趴下了。中国胃享受不了意大利美食，慢性胆囊炎发作，吃不惯吃不好，睡不着睡不好，每天会下还要和这个先生那位女士用蹩脚英语泡蘑菇……最主要的是英文太臭，丢人现眼，神经都要绷断了，但还得打叠精神。谁叫我们天方夜谭要开什么国际会议！谁叫我算小账！此刻，好想念那个可恶的小J。

唔，自作只得自受，小不忍则乱大谋。

下午会散了，我本想赶快溜回使馆为我订的小酒店，享用晚餐，然后再翻翻词典做功课，可又有人请我吃饭。这几日天天有人请吃饭，我一方面心疼白付了在小酒店包的午、晚餐费用，另一方面，更恼火的是英文差，听不懂，纯属受洋罪。但是为了争取中国四川成都的机会，为了争取来熊猫故乡的机会，我只得强打精神。

这次请客的是英国著名科幻作家约翰·布鲁纳，客人是波兰《幻想》杂志编辑杰克·乐迪（Jack Rodek）和我，还有个美女科

美国科幻女作家帕特里夏·希耶拉、英国著名科幻作家约翰·布鲁纳和杨潇共进午餐

幻作家帕特里夏·希耶拉（Patrizia Thiella）作陪。一张小桌子，四人对坐。老外请客很简单，面包、香肠蔬菜沙拉和葡萄酒。

没想到约翰·布鲁纳这一餐更是把我折磨得哭笑不得。他们反复问我的中国属相，我猜到他们想打听我的年龄，正想径直回答，他们又变个招法说起什么摩羯座、白羊座。原本一个简单的“How old are you?”，硬被布鲁纳从中国生肖绕到西方星座，我翻小词典都翻烦了，实在忍无可忍，脱口而出：“我已过完四十岁生日。”哇，举座皆惊。大概西方人皮肤粗糙看上去偏老，东方人肌肤紧致显得比较年轻吧，在他们华丽夸张的赞美声中，我礼貌地快速撤退，落荒而逃。

回国后我翻资料，才知我与之过招的个个都是科幻大家，这位布鲁纳先生原来是雨果奖得主，写出《电波骑士》的天才作家，赛博朋克鼻祖，在欧美科幻界幻迷无数，我这才为我的无知和无礼懊悔。如果早知道的话，至少要请约翰·布鲁纳签个名。

5月21日中午，我去晚了，哪知一进场，很多会议代表就跑过来，拥抱啊，欢呼啊：“Yang Xiao，You won！12∶9！”“We are going to your Chengdu！”“We all admire you!”

热情的萨姆·劳德沃尔喊着：“Hi, Miss Yang, you won!”什么？我还在发蒙，WSF苏联理事鲍诺夫热情地张臂拥抱：“Yang Xiao, congratulation!”多国代表纷纷涌过来祝贺，“Congratulations”不绝于耳。

我倏地回过神来：赢了！

等祝贺的浪潮退去，看到幸子笑吟吟地站在会场门口，我急忙迎上去。幸子慢慢地清晰地告诉我会议情景，怕我听不明白，还认真地用英文混杂日文写下：为1991年WSF年会举办国，表决。China：12，Poland：9。

我忽地转忧为喜，仰天大笑，快活得搂着幸子打转。

长发飘飘的李飘了过来，两汪灰色的眼波火花扑闪扑闪。她笑盈盈地发给我一纸“主席特别奖”，那一脸阳光灿烂，就像是她得了奖一般。我接过奖状，反倒瞪大了眼睛：圣马力诺国立图书馆本是我的滑铁卢，不料竟获特别奖？见我一脸疑惑不解，李脸上笑容盛开，尽量选简单的词汇一字一顿地对我说：“杨潇，翻译病了，你能独自来参会，克服了很大的困难。So brave…with a little English and a lots of determination to do lots of things…”

陡然柳暗花明，倏地转败为胜！

决战圣马力诺，我们赢了！成都赢了！中国赢了！

兴奋之余，我拿着主席特别奖，转而又发蒙。来开国际会议，老外提问听不懂、答不出，自觉脸丢透了，可老外却给我颁发“主席特别奖”。

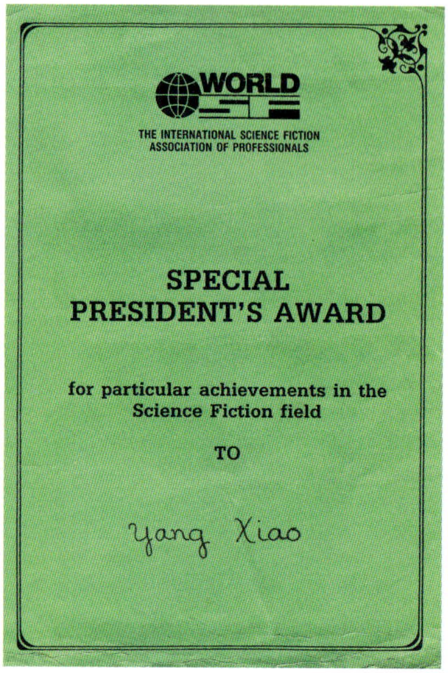

WSF主席特别奖

中西方文化差异如此之巨大，这让我咀嚼了好多年。

我至今保存着这张奖状。那张绿色的卡纸上，印有WSF的标志。

“Yang Xiao”八个英文手写字母美丽如花。

接下来，我分头拜访了波尔夫妇、奥尔迪斯夫妇、哈里森夫妇、柴野夫妇、萨姆和鲍诺夫……巩固夯实1991年WSF成都年会预期。

5月22日，我拥别了伊丽莎白、玛格丽特、幸子和李，依依不舍地告别多国部队。圣马力诺国立图书馆、我的尴尬狼狈、愠恼的诺曼、可亲的李和幸子、多国部队、科幻期刊《轨迹》《阿尔法》《奇想》、奇特的欧洲科幻大会、帕诺拉米克酒店的晚宴、与伊丽莎白·赫尔博士的私房话，连同梯塔诺山上的圣马力诺古堡月色，一幕幕都定格在我脑海里，以至于三十多年后回想起，圣马力诺行道树上的红樱桃还鲜美欲滴，月夜微风中还氤氲着玫瑰花香，伊丽莎白、李和幸子明媚的笑意仍在眼前荡漾……

1990年WSF海牙年会

1989年6月，风乍起！

WSF秘书李·伍德来信，委婉地说：在圣马力诺会议进行时，由于意大利铁路工人罢工，致使很多代表来不了，没有时间举行另一场讨论。她邀请我们参加1990年WSF海牙年会，在会上将重新投票决定1991年WSF年会的举办国。

我沉重地放下这一页轻飘飘的信笺，心想：他们变卦了，圣马力诺会议决议作废了。

于是，我们向省里汇报。四川省政府高度重视，决定派出省外办新闻文化处处长申再望和我们共组代表团，第二年夏天再赴欧洲，力争夺回中国对该年会的主办权。李·伍德收到我们的回信后，她给波兰的维克多·布卡托（Wiktor Bukato）去信："杨潇女士向我保证，中国代表团完全理解，他们必须来海牙，展示他们的'投标'，在'中标'前圆满回答所有问题。"

1990年8月，我们《科幻世界》三人代表团（申再望、杨潇和我社美编向际纯）赴荷兰参加1990年WSF海牙年会。还是由于经济拮据，我们不得不乘火车前往。火车吭哧吭哧地穿行于亚欧大陆，只是苦了申再望（他的出国费用由我们杂志社支付），光鲜的外交官不得不陪着我们摇摇晃晃，坐了八天八夜火车。

这次出访虽说国际形势云诡波谲，我反倒踏实了许多。一者有上级组织的坚决支持，二者有再望同行，他英文一流，对外交流经验丰富，"再望"即胜利在望，三者出访前我们准备充分，三人同行精诚团结，全力以赴，志在必得。从圣马力诺回蓉到再次出访，一年期间杂志社前后给WSF会员通信60多封，给当届主席诺曼·斯宾雷德的工作更是做得艰苦、充分、细致。

火车慢悠悠地驶入荷兰境内，蓝天白云下，一望无际的美丽花海在风中荡起涟漪，一个个大风车吱吱哟哟，一群群花白的奶牛自在地吃草，一切都那么新鲜、舒缓、闲适，让人思绪翩跹，恍若走进了童话时光。

可我们却没那份悠闲。一到海牙，放下行囊，洗去漫漫旅途的疲乏，揉揉肿胀的双腿，还来不及领略美丽的异国风情，就手持WSF海牙会议通信录，开始一家家酒店、一个个房间挨个登门拜访会议代表。会议尚未开幕，胜券已有几分在握。

8月24日，会议在海牙国际会议中心旁的贝利尔酒店举行，来自19个国家的各国科幻名流济济一堂。国际科幻界广享盛名的弗雷德·波尔及夫人伊丽莎白·赫尔（美国）、奥尔迪斯夫妇（英国）、斯宾雷德夫妇（法国）、哈里森夫妇（爱尔兰）、柴野夫妇（日本）、萨姆·劳德沃尔（瑞典）、查理斯·布朗（美国）、苏平纳（芬兰）、布鲁纳（英国）、维维安尼（意大利）、鲍诺夫（苏联）及意大利、南斯拉夫、匈牙利、波兰、罗马尼亚、民主德国代表等，会议室里又见多国部队聚集，俨然像个小联合国。

1989年认识的老朋友都来了，竞争对手——波兰代表维克多·布卡托也来了。

8月25日，我就中国科幻和1991年WSF成都年会筹备做了精彩发言，再望做了标准流畅的翻译。有四川省政府多方面的大力支持，有高水平的外交官在场，有充分的准备，我自信满满，神清气爽，落落大方，正如李·伍德所言："他们在海牙做的中国演讲……他们的工作实在是太出色了。"

20世纪90年代初，在许多老外眼中，神秘古老又封闭落后的中国还有科幻，这本身就是Science Fiction（科幻）。在海牙期间，整个会议都在中国文化的背景和氛围中进行。敞亮的会议室里挂着10幅大型四川旅游名胜风景区和成都风情彩照剪辑，窗台上摆满四川各式明信片、丝绸巾、香木扇、民族绣包等特色礼品，还有特别请四川画家刘朴、郭汝愚等画的中国山水画和花鸟画，主席台前播放英文版的录像片《四川走向世界》……一下把远在东方的神秘古国拉到老外面前，大大缩短了中国和各国人士的心理距离，着实让蓝眼珠、灰眼珠们着迷，伴随《梁祝》《春江花月夜》的旋律，他们纷纷坠入东方文化神秘、高邈、睿智和恬淡的意境中。与会代表反应热烈，人人手持“WSF1991成都会议日程表”、成都明信片、第二会场四川卧龙自然保护区简介，一派到中国去的热烈气氛。蕴含东方韵味的“中国角”发挥完其

海牙会议代表和我们中国科幻三人代表团申再望、杨潇、向际纯

整体效应后，又分装在各国代表的行囊中，将中国人民的友情带到世界各地。

波兰的维克多·布卡托已为代表们争取到了优惠酒店，还可组团优惠包机；我们也同样提出“discount”（折扣）的酒店，飞机票尽量优惠。

在中国VS波兰的角逐中，WSF的几位主要成员一言九鼎。WSF创始人之一、爱尔兰著名科幻作家哈里·哈里森目光炯炯、手势恳切说道：“WSF成立时就希望它是个全球性组织，目前历年年会主要在欧洲国家召开，明年能在亚洲由中国首次举办年

在WSF1990海牙年会上

申再望、李·伍德、杨潇、鲍诺夫（前苏联WSF理事）

哈里·哈里森、杨潇、玛格丽特、布莱恩·奥尔迪斯

鲍诺夫（左）、萨姆·劳德沃尔和杨潇

会，说明WSF更加具有世界性。加强各国科幻界、各国人民间的友好往来，这正是WSF成立之初的宗旨。”

前任WSF主席、美国著名科幻作家波尔先生，WSF美国分会理事赫尔博士，WSF瑞典分会理事劳德沃尔先生等都发言说，1989年就已投了中国票，现在没有理由改变。日本分会理事柴野拓美担心发言时间不够，预先写好三页发言稿申诉WSF须尊重会员表决权，不能随意更改原决议。一位热衷太空题材的美国画家更是站起身大声说：“现在人们对中国传说纷纭，最好是到中国去，用自己的眼睛观察中国。”

众多热烈掌声回应了他的发言。

英国著名科幻作家、英中了解协会副会长布赖恩·奥尔迪斯于1979年访华时曾受到小平同志亲切接见，他自称“自孩提时起，就是个中国迷”，他的发言几近是一锤定音。他说：“政治争执只是一时的，东西方之间的对话和了解是长期的，人民之间的友

外国科幻作家和我们这个小小的中国科幻代表团

布莱恩·奥尔迪斯、杨潇、申再望

1990世界科幻大会在荷兰海牙召开，WSF1990海牙年会套开其中。杨潇在世界科幻大会会场

WSF海牙年会，激争WSF1991年成都年会主办权

WSF海牙年会，中国与波兰争辩WSF1991成都年会主办权

好是永恒的。我们不要跟着政治风云走。”他指着会场上绚丽的“中国角”和主席台上的录像屏幕、人人手中的“WSF1991成都会议日程表”对大家说：“中国代表为1991年成都会议做了精心准备，如果让他们空手而归，是他们的耻辱，也是我们的耻辱。”

东欧代表不停地为波兰拉选票，但在表决时，美国、英国、瑞典、日本、爱尔兰、苏联、中国等国代表高高举起手臂。当李·伍德女士清点完投票数后，赫尔博士高举五张选票走上主席台，特别说明有五位没与会的美国代表托她投中国票。

投票结果是：中国28票，波兰12票。当届执行主席诺曼·斯

布雷德利克·波尔、申再望

奥尔迪斯夫妇和杨潇

宾雷德当场宣布：1991年WSF年会定于1991年5月20日至24日在中国四川成都召开。

真是精诚所至，金石为开。

掌声响起来，中国科幻代表团三人站起身向大家鼓掌致谢，前苏联代表鲍诺夫第一个转过身，抖动漂亮的俄罗斯短髭说：Congratulations！

多国部队代表纷纷围过来握手祝贺。申再望、向际纯和我都作为中国代表加入了WSF。

1990年第5期《科幻世界》刊登了一个“特大喜讯”：

WSF海牙年会会议进行中

第48届世界科幻大会海牙会场

特大喜讯，特大喜讯，特大喜讯

1991年世界科幻年会将在成都举行

（本刊主编杨潇8月25日海牙来电）各国作家经过激烈辩论和投票表决，中国以28票对12票胜波兰，取得1991年年会举办权。明年5月，中外科幻作家和科幻迷将在成都欢聚。

当时，第48届世界科幻大会（SF Worldcon）正在荷兰海牙举办，1990年WSF海牙年会套于其中召开。我们办赴荷兰签证的邀请信就是这届世界科幻大会主席签发的。他听说我们参加了WSF会议，热情邀请中国代表团参加当届的世界科幻大会。那也是中国科幻代表团第一次参加世界科幻大会。在世界科幻大会上，我们举办了讲座介绍中国科幻，接受了荷兰媒体的采访。

后来得知，1991年，WSF在波兰克拉科夫也举办了欧洲会议。

一波刚平，一波又起

没料到的是，我们刚刚在国际上取得了重大胜利，国内却又扬起风波。

有人向上告状，在某报内参上说我们参加了“国际不明组织”，提到奥尔迪斯“偷偷摸摸”到中国是有不可告人的企图，还提到赫尔博士在中国通过“不正当方式”联系科幻作家，在中国开这个会值得注意，北京方面正在考虑这个会……

对此，中国科协做了批示。四川省科协收到文件后，时任党组书记把我叫到办公室，严厉批评。我当场辩诬，书记义正词严地说：你要觉得这是诬告，那你自己到北京，到中国科协去把问题讲清楚。书记一席话点醒了我，我们必须到中国科协去汇报，用事实为中国科幻、为《科幻世界》辩诬。

我们正在为重大的国际科幻会议努力，却有人告黑状；我们正在紧张地做超出我们职责的超负荷的工作，还不得不放下手中万端纷纭，赴京反告状。

当时，省科协主管《科幻世界》的是刘国宣副主席，我们的每一步大行动都曾向他做了汇报，他清楚整个事件的来龙去脉。兹事体大，他当即向党组做了汇报，并带领杂志社正副主编赴京汇报。

刘国宣、谭楷和我，我们三人向中国科协做了详细汇报，并奉上1979年邓小平同志接见英国名人代表团一行的《人民日报》，说明奥尔迪斯是英中了解协会的副会长，确实对中国友好，汇报说有人诬告的材料系断章取义的不实之词。

郑文光老师和夫人陈淑芬老师

感谢郑文光夫妇有指导意义的切实帮助，他们夫妇二人和我们在精神上十分契合，不用多说，文光老师的夫人陈淑芬老师就以中国摄影家协会副主席的水平和经验教我们如何申述，怎样据理力争，甚至和我们一起动手起草汇报材料，包括带我们去打印、复印。在陈淑芬老师的指导下，谭楷执笔，写出了一流的汇报材料。

中国科协听取了我们的汇报，研究了我们的汇报材料，做了调查了解，最后实事求是地做出了正确判断。此时正好国家科委下达了关于同意召开1991年WSF成都年会的批示，中国科协也批示同意召开会议。

官方正名——1991年WSF成都年会

1991年WSF成都年会开得非常成功，产生了盛大深远的影响。当届主席马尔科姆·爱德华兹（Malcolm Edwards）——一位英国出版商——说：“这是WSF成立十五年以来，开得最为成功的一届年会。”

1991年5月的那个初夏，国际科幻界首次在中国四川成都召开年会。省里相当重视，那是四川省1991年十大外事活动之一。

韩邦彦副省长（前排左五，1991年世界科幻大会筹备委员会主任）接见郑文光（前排左四）、叶永烈（后排左二）等WSF1991成都年会部分中外代表。

WSF1991成都年会在四川省成都市锦江大礼堂隆重开幕

省委副书记宋宝瑞（左一）、韩邦彦副省长（中）和WSF当届主席马尔科姆·爱德华兹

张皓若省长接见伊丽莎白·赫尔博士

会议由四川省政府外事办和四川省科协主办，科幻世界杂志社承办。开幕式欢迎宴会请柬是以四川省人民政府的名义发出的。开幕式在成都锦江大礼堂举行，热烈而隆重；小型画展内容丰富，引人入胜；学术交流认真充分，成果丰硕；去卧龙考察动物活化

石，代表们快乐地与大熊猫合影；参观两千年前开凿的都江古堰，中外代表们感慨万千。他们对都江古堰至今造福人类啧啧称赞，说从中还能找到写科幻的灵感。历时五天的世界科幻年会，体现了筹委会提出的大会宗旨：科学、幻想、和平、友谊。

那次科幻会议，美国科幻大师波尔和威廉森，英国科幻大师奥尔迪斯，美国科幻研究者赫尔博士，美国科幻杂志《轨迹》主编布朗先生，英国著名科幻作家布赖恩·史特伯福特（Brian Stableford）和夫人，英国出版商爱德华兹，日本科幻界元老、WSF日本分会理事柴野拓美夫妇，日本科幻作家山冈谦先生，德国科幻协会理事托马斯·梅尔克（Thomas Mielke）夫妇等来了，捷克《太空船》主编亚罗斯拉夫·奥尔沙（Yaroslav Orsha）、美国科幻爱好者玛格丽特（Margaret）等来了，国内著名的翻译大家傅惟慈、董乐山夫妇和王逢振、郭建光、吴定柏来了，叶永烈、刘兴诗、王晓达、肖建亨、晶静及吴岩、韩松、吴显奎、赵如汉、张劲松等两代科幻作家也来了。

在学术交流会上
右起：叶永烈主持会议，奥尔迪斯（中）发表论文，郭建中（左）翻译

颁发由国家文化部少儿司和中国科普作协联合举办的科幻征文奖

考察都江堰，杨潇导游
左起：杨潇、奥尔迪斯、刘小燕（翻译）、查理斯·布朗、小刘（翻译）

5月20日，艳阳高照，成都锦江大礼堂锣鼓喧天，狮舞龙腾，彩带飘飘，人人脸上都洋溢着喜悦，近四十名外国科幻人士和一百五十多名中国科幻界人士步入会场。1991年WSF成都年会盛大开幕，省领导和中外来宾济济一堂，开幕式隆重而热烈。时任省长张皓若、副省长韩邦彦、省委副书记宋宝瑞及省外办、省科协的领导都出席了。他们代表四川省委省政府热烈祝贺会议胜利召开，与与会中外代表亲切握手交谈，四川省领导和中外部分代表为中国科幻小说银河奖获奖者颁奖。

“我们受到的接待让我大吃一惊……官员和科幻爱好者都聚集在那里欢迎我们……我们像来自银河联盟的代表团一样受到了接待。”杰克·威廉森后来在他的万字长文《当下的中国》（*China Now*）中写道：“WSF是个向世界各地的科幻专业开放的组织，旨在促进国际交流。为了保持它的非政治性，有一条规则，即禁止在美国和俄罗斯开会。”

“这是WSF首次在亚洲、在中

国举办年会。”马尔科姆·爱德华兹则强调说。

“为什么在成都？”杰克疑惑道，“我从两个不同的美国领事馆官员那里听到这个问题。他们的困惑很容易理解，因为成都离所有的地方都很远。”

在开幕式上，年会组委会主任、副省长韩邦彦致欢迎辞时指出：科幻小说体现了人类对未来的憧憬，展现了人类的想象力，是架设在今天和明天之间的金桥。WSF的当届主席马尔科姆·爱德华兹在答词中高度评价了科幻创作在人类发展和进步上所发挥的巨大作用。

杂志社几近砸锅卖铁地召开WSF成都年会，为的就是由官方出面为科幻小说正名，为的就是宣扬中国科幻，宣传《科幻世界》，增强和世界科幻界的联系。成都年会同时颁发了第3届中国科幻小说银河奖，还颁发了由国家文化部少儿司和中国科普作协联合举办的科幻征文奖。四川省省长张皓若、副省长韩邦彦及波尔、爱德华兹和中国科普作协首届秘书长王麦林、文化部少儿司文艺处副处长宗介华等为两奖获奖者颁奖。

官方出面认定了科幻小说的正面意义！

这真是世界科幻界的盛会，中国科幻史的丰碑！

可我至今难忘那一幕——

开幕式上，我身着一袭白色长裙，刻意装扮，为的是给自己提升精气神。我朗声宣布银河奖得奖名单，心底却在汩汩流血——会前刚收到新华书店订单，当年第3期《科幻世界》（当时是双月刊）全国征订数仅仅六百多册！

六百多册！这真实惨境和眼前盛况，内心崩溃和表面光鲜，反差那么鲜明、那么强烈！平静的外表下是涌腾的屈辱。

我逼回泪水，强带微笑，发誓要让《科幻世界》冲出困境！

盛大开幕式后，在省科协会议室召开了科幻学术研讨会，在

在开幕式上，杨潇宣读“银河奖”获奖名单

友好热烈的气氛中，部分代表宣读了论文。

英国科幻大师奥尔迪斯谈道，科幻应纳入20世纪兴盛的现代文学潮流，使科幻小说具有主流文学的文学价值；美国科幻大师波尔回顾了自己的创作经历，使人体会到科幻小说对启迪智慧、培养想象力的重大作用；日本科幻元老柴野拓美指出科技发展必将带动科幻创作，科幻创作点燃了想象力的火花，促进了科技发展；中国台湾地区科幻杂志《幻象》主编吕应钟着重谈到科幻的民族化，他认为中国拥有丰厚的神话故事宝藏，为科幻创作提供了丰富的养料；我则着重谈到了科幻的大众化问题……

与会代表还参观了中国科幻图书展。为迎接1991年WSF成都年会，四川少儿出版社出版了《魔伞》《自食其果》《蔚蓝色的“土地”》（刘兴诗选编）等，中国少儿出版社出版了《世界著名科幻故事集》（金涛编），北京少儿出版社出版了《星际警察的最后案件》（吴岩著）等科幻小说等。

科幻年会期间

左起：胡季英、柴野幸子、柴野拓美、莫树清、玛格丽特

部分外宾代表参观《科幻世界》编辑部

从全是少儿出版社出版科幻书籍来看，这是社会在试探中国科幻小说风向。

1991年WSF成都年会学术交流会

左起：李利、柴野拓美、张劲松、韩松、柴野幸子

W两！W两！卧龙呼叫！

第二天，代表们来到了卧龙自然保护区。据杰克·威廉森记载，“此行浩浩荡荡，有17辆巴士，300人左右（实际上是200多人）”。除中外会议代表外，还有省外办、省科协和杂志社的工作人员。翻译人员除会议代表王逢振、郭建中老师外，我们的同学、朋友、作者刘小燕、曹德俊、官咏松等都前来义务当翻译。

卧龙山清水秀，满坡紫杜鹃花和八仙花竞相怒放，与会代表参观了世界大熊猫研究中心，舒畅愉快地和熊猫安安拍照，以至

居中坐轮椅者为郑文光老师，身后左起：田子镒、莫树清、胡珊珊、奥尔迪斯、郭建中

异国哥俩——王逢振和奥尔迪斯

柴野幸子、杨潇和熊猫亲密接触

在卧龙，中外代表欢聚在熊猫之乡（杨超题字）

柴野拓美代表亚洲点燃了篝火

围着篝火跳起锅庄
左起：龙天明、莫树清、张蓉、吴显奎

奥尔迪斯、柴野拓美、波尔点燃了三堆篝火

于威廉森惊呼：“我从没想过有机会在大熊猫的原生栖息地见到它们！”晚上，美国科幻大师波尔、英国科幻大师奥尔迪斯和日本《宇宙尘》主编柴野拓美分别代表美洲、欧洲和亚洲点燃了三堆熊熊篝火，中外代表和当地群众一起，跳起了欢乐的锅庄。

我们的文光老师多高兴
坐轮椅者为郑文光老师，身后左起：章邦鼎、奥尔迪斯、杨潇、莫树清、郭建中、刘国宣（四川省科协副主席）

使筷子真难
郭建中和美国科幻名家杰克·威廉森

杨潇教奥尔迪斯用筷子

不料第二天上午，老天发威突降暴雨，随之伴发泥石流，电讯和公路猝然中断。我们心急如焚，想尽快报告省政府请求援助，但是电话线路不通，卧龙保护区成了孤岛，唯一可和外界联系的是一台预报森林火警的无线电对讲机。三十二年过去了，我仿佛还看见那些暴雨中穿梭的身影，耳边似乎还听见接线员焦急的呼叫声："W两！W两！卧龙呼叫，卧龙呼叫！请回答！请回答！"

卧龙小小的招待所里，中外代表都在焦急地讨论怎样冲出卧龙。

捷克代表、《太空船》主编亚罗斯拉夫·奥尔沙和捷克驻华使馆二秘维克多·米维克是两个年轻帅气的小伙子，他们豪迈地拍胸报名：抢险，算上我们！

省政府收到险情汇报，决定立刻派车队到公路塌方处接应。

当晚，映秀湾电厂武警部队奋战排险，卧龙自然保护区的蒲局长和《科幻世界》副主编谭楷亲临现场，指挥并参加排险。保护区干部群众和当地老乡连夜撬石头，搬泥块。蒲局长安排局里员工带着会议代表吴显奎连夜去泥石流区查看险情。他们六七个人冒雨打着手电探路。

拂晓，雨小了些，我们和保护区同志一起查看了泥石流冲积路段，大家认为可以快速步行走过1500米的大滑坡。但是，万一雨下大了，山体随时可能再度倾斜，又会飞沙走石，如果那样的话，可能人在通过时被滚石打伤，甚至有被冲下的泥石流掩埋的危险。

当时，大多数外宾焦急不安，83岁高龄的杰克·威廉森由于感冒心脏不舒服，查理斯·布朗也感冒了。翻译刘小燕找来同行的同学伍长康医生为他们诊断治病发药；英国代表已定好联航机票，可一时出不了山，会造成损失和麻烦。省外办新闻文化处处长申再望和我慎重考虑，决定尽快组织代表们撤离，特别是外宾。作为承办方的杂志社责任重大，申处长更是承压千钧，忧心如焚。他严肃地对我说：“杨潇，如果有外宾出事，你我谁负得了责？！”

我们向外宾通报了险情和相关安排，他们一致赞成立即撤离，先乘车离开保护区，然后步行通过塌方地段，走到泥石流终端乘车回成都。

申处长即时起草了一份英文责任书，意即万一山体垮塌遇险，自负其责，每位外宾都在责任书上郑重地签了名。年过八旬的杰克·威廉森毅然决然签上了“Jack Williamson”，他可是美国大师级的名家威廉森啊，他的《黑太阳》《太空军团》伴随了整个美国科幻的黄金时代。波尔、赫尔也都郑重签名——当大家都在讨论怎样脱险时，只有科幻大师波尔（曾获得雨果奖和美国国家图书奖）仍坐在简易的木桌旁，从容地完成他一天至少四个页码的写作量。英国科幻新浪潮的倡导者和主将布赖恩·奥尔迪斯沉着握笔，潇洒地签下那串龙飞凤舞英文字符；他一生不知签过多少次名：在学校，二战时在缅甸在马来西亚，成名后在欧美签名售书，签版税，而这次签的类似生死簿！柴野夫妇签下日文汉字。布朗、爱德华兹、史特伯福特、山冈谦、奥尔沙、玛格丽特、米维克……也都纷纷签名。

我们安排中方人员扶助年纪较大的外宾，外宾的行李由我方负责运送。

郑文光老师由于瘫痪无法行走，是在夫人陈淑芬老师陪同下推着轮椅来参加会议的，他的莅临受到与会者的热烈欢迎，中外代表都很敬重他，他是中国科幻之父。

此时此刻，中外代表的生命安全是重中之重。我再次和同事们商量，杂志社的人不能离开，这儿还有100多名中外代表，还不知往下会发生什么。

突围1500米的泥石流石块路

老天啊，帮帮我们，帮帮我们！我在心中祈祷。

泥石流随时可能发威撒野，轰隆隆冲下来！但我们必须走出险境，走出泥石流！

我们委托兄弟单位《课堂内外》把郑文光老师送出险境，众哥们接受了这一光荣任务。周忠行、龙天民、易高原、张蓉等趁着雨小，立刻推着文光老师的轮椅就走，陈淑芬老师紧随其后。到了泥石流路段，龙天民和易高原一人抬起一边轮椅架，踩着还没清理完的塌方路，蹚过了那1500米的泥石流路段，安全地把文光老师夫妇送到了解放军接应的车队上。

武警官兵组成抢险队，排石铺路，终于清出来一条可供车辆单向开出的路。因怕泥石流再度引起塌方，我们不敢拖延，带领中外代表快速撤离。

申再望扶着WSF德国科幻协会理事梅尔克先生走出泥石流

早上七点过，天亮了，杂志社员工和中方代表一起，有组织地上车撤离。

到泥石流处，看见保护区群众还在抬石头搬石块清淤泥，我们一辆车一辆车地组织人员通过，中方人员搀着上了年纪的外宾，一步一拐地踩着碎石泥沙，快速通过了泥石流地段。

当车开过塌方区，老外带头向排险的武警官兵和群众热烈鼓掌，用掌声表达他们的感激之情。

车开出卧龙，直到平安回到成都，我这才长长地吁出一口气。

车快到锦江宾馆，威廉森带头掏出美元，其他外宾纷纷效仿，要我给开车冲出泥石流的司机，我正踌躇该不该收，赫尔博士果断从车上摇摇晃晃地站起来，直接把钱递给司机，外宾纷纷朝司机鼓掌，连连说道：“Thank you!”“Thank you very much!”

大伙儿闯过了危险的泥石流地段，感激与庆幸之情无以言表。以至于布赖恩·史特伯福特后来在《轨迹》杂志上撰文说：“从现在起直到我死去，我总能在谈话中说出这句不朽的话：‘我记得我被卧龙山体滑坡困住的那次……’”

德国科幻协会主席梅尔克先生说：“我们这次到中国来，甚至遭到儿女们的反对……我们看到的是一个欣欣向荣的中国，友好欢乐的中国人民。我要把翻录的磁带寄给每一个会员国，让世界人民都看到。”

荣获WSF最佳期刊奖

5月24日，在岷山饭店太白厅举办的欢送晚宴上，WSF当届主席爱德华兹高声宣布：为表彰中国《科幻世界》在繁荣中国科幻创作，促进中外科幻交流所做出的贡献，世界科幻专业协会授予中国《科幻世界》最佳科幻期刊奖。

掌声响起来，我代表编辑部从爱德华兹手中领取了奖品。奖品小巧精致，水晶玲珑剔透，一个小小的外星人，坐在圆圆的地球上阅读一本翻开的大书。我们杂志社义无反顾地申请、承办了1991年WSF成都年会，又刚经历了卧龙泥石流险境，所有中外代表毫发无伤，捧在手中的这份发自世界科幻专业协会的奖项来之不易，我尤其珍重它的内涵和分量。

《科幻世界》获奖，世界科幻专业协会对科幻世界杂志社的褒奖和赞许，是中国科幻作家、编辑的光荣，也是中国众多科幻迷的光荣。同时，捷克斯洛伐克的科幻杂志《太空船》也获得WSF颁发的最佳科幻期刊奖。日本的柴野拓美先生、中国的郭建中老师分别获得了翻译奖，中国的王逢振老师荣获了思考奖，英国科幻大家阿瑟·克拉克荣获主席特别奖。

由于编辑部人少事多，工作安排多有疏漏。时隔多年之后，我看到杰克·威廉森在《现在的中国》一文中写道："宴会结束后，我的精力储备已不多了，一位善良的年轻女子把我安全地带过了自行车流，送回了锦江宾馆。那些自行车对我来说是对勇气的考验，它们（指自行车）沿着街道行驶，形成一条延绵不绝的河流……走过去需要一定的自信。83岁的我感激地接受了这样的

杨潇代表《科幻世界》展示WSF最佳科幻期刊奖奖杯

帮助。对我来说幸运的是，中国人仍然遵循着尊敬老人的悠久传统。”看到这里，我很歉然，当时安排不到位，竟只让某个人陪着老杰克回宾馆，万一在横过街时被自行车流撞了，那后果不堪设想。我感激那位“善良的年轻女子”，她是编辑部的胡季英，真是多亏她了。

1991年以后，随着中国科幻的大环境开始好转，对科幻的那种打压慢慢偃旗息鼓，社会上渐渐弥漫起浅浅的科幻色彩。好些出版社开始接纳科幻小说，随之出版了一些科幻书籍。河南人民出版社和江苏少儿出版社分别出版了由郭建中主编的外国科幻小说译丛《无性人》《脑波》《天外来客》《保护神》等，安徽文艺出版社出版了《大洋魔星》，还有福建教育出版社出版了“科幻小说精品屋系列”……

国内科幻研究者将解放后中国大陆的科幻发展划分为三个阶段。第一个阶段是中华人民共和国成立初期的50年代，第二个阶段为“文革”后的70年代末80年代初，而将中国科幻第三个发展期定为1991年WSF成都年会始，认为这一历史事件大大恢复了科幻文学在中国的影响力。

我们杂志社成功地将国际科幻会议引进到中国召开，向社会宣传什么是科幻、中国为什么需要科幻，竭力为科幻正名。在1991年WSF成都年会上同时举行了中国文化部少儿司、中国科普作协共同举办的“星座杯”全国科幻小说征文的颁奖仪式，这些都向国内外传达了一个重要信息——

中国科幻小说开始登台亮相了。

1992，背水一战

1991年，我刊更名为《科幻世界》，国际科幻会议也召开了，但《科幻世界》印量还是只有1.5万册（其中大部分还是我们发行部自办发行的）。该尽的努力都尽到了，但杂志还是没得到广大读者认可，销量始终上不去，真是黔驴技穷走投无路。生存的压力、失败感的重荷、自我价值的否定，再加之外界下海的诱惑，编辑部里大家忧心忡忡，杂志社一派愁云惨淡，思想混乱，人心浮动，连爱唱歌的小莫也没了声音。

我刊一路走来有若干个关键节点，1992年算是其中重要的一个。

记得岁末年初，我给中国台湾地区科幻作家吕应钟先生写了一封信。吕先生1991年来参加了WSF成都年会，曾高度评价我们编辑部。我在信中写道：杂志社目前的口号是“1992，背水一战”。

在我们最困难时，有四年（1993—1996）的科幻奖颁奖经费是吕应钟先生赞助的。

1992年是杂志社内部凤凰涅槃的一年，在我心中分量超常。

那年，我们内部不间断地商榷争论，进行思路大讨论、操作方法大辩论，调整整顿。我心里明白，1992年已经是最后关头，对杂志社、对我个人都是如此。

从1984年到1992年，我执掌杂志社八九年，我们却还在低谷挣扎。国际大会开了，宣传上也使尽浑身解数，组稿费尽心思，修改稿件花了大力气，发行部销售人员也尽心卖力，该使的招数

台湾科幻作家、学者吕应钟先生访问科幻世界杂志社
左起：文编胡季英、美编张建翔、向际纯、邹萍、吕应钟、文编杨潇、莫树清、邓吉刚

媒体采访吕应钟先生

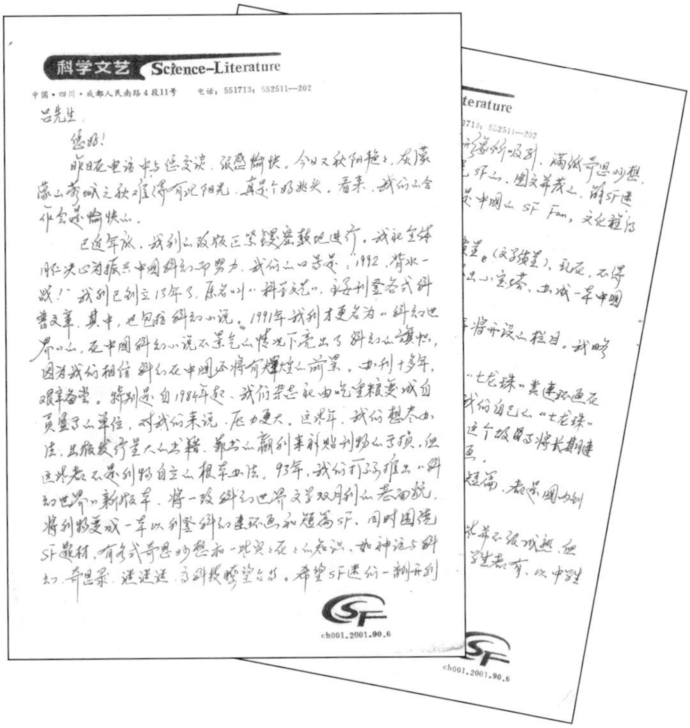
科学文艺 Science-Literature
中国·四川·成都人民南路4段11号 电话：551713；552511—202
吕先生：
您好！
昨日在电话中与您交谈，很感愉快。今日又秋阳艳艳，在濛濛的蓉城之秋难得有此阳光，真是个好兆头。看来，我们的合作会是愉快的。
已近年底，我刊的改版正紧锣密鼓地进行。我社全体同仁决心为振兴中国科幻而努力。我们的口号是："1992，背水一战！"我刊已创立13年了，原名叫"科学文艺"，主要刊登各式科普文章，其中，也包括科幻小说。1991年我刊才更名为"科幻世界"的，在中国科幻小说不景气的情况下亮出了科幻的旗帜，因为我们相信科幻在中国还将有辉煌的前景。办刊十多年，艰辛备尝。特别是自1984年起，我们杂志社由吃皇粮变成自负盈亏的单位，对我们来说，压力更大。这些年，我们想尽办法，出版发行量大的书籍，靠书的赢利来补贴刊物的亏损，但这些都不是刊物自立的根本办法。93年，我们打算推出"科幻世界"新版本，将一改科幻世界文学双月刊的老面貌，将刊物变成一本以刊登科幻连环画和短篇SF，同时围绕SF题材，有各式奇思妙想和一些真真假假的知识，如神话与科幻、奇思录、迷迷迷、与科技瞭望台等。希望SF迷们一翻开刊
ch001.2001.90.6

“1992，背水一战”杨潇写给吕应钟先生的信

都使尽了。大家和我一起艰辛备尝，如果还破不了困局，我会输掉众人信任，小团队会分崩离析。人心已开始散了，已经有人申请调走。

我心里明白，有些人怀疑我们走的路不对，有些人在想跟着杨潇干是否有出头之日，杂志社的每个家庭都在指望领工资过日子。这些都实实在在地担在我肩上，压在我心头。

我心里透亮，成功向来由众人分享，而失败罪责都在“头儿”身上。到时只有我背负罪名，独自舔舐伤口。成者王侯败者寇，中国传统文化历来如此。失败感逼得我破釜沉舟，拼力最后一搏！

1992年9月7日，我在日记本上写下："如果明年期刊发行量还上不去，那只有死路一条，我好不甘心哪！""好在船小掉头快，从今年年初至今，我已放下一切，全力以赴，带领大家改刊，以求明年生存，进而发展。"

我还郑重写下："戴高乐将军的话激励着我：我是输了这场战斗，但并没有输掉这场战争。"

最难熬时，我常想到"文革"中的曲折和历练。当年在黄土高坡，有时爬上北方的平屋顶，仰望星空，向往着看不到前途的未来，可现在不就是当年曾梦寐以求走出山村的未来吗？

我也曾多次往来四川和山西，在风陵渡口转乘渡船过黄河，看黄河冰凌破浪，磅礴咆哮，矢志不渝，一路奔流到海！

最难熬时，想到爸爸曾坐了五年国民党的监狱，后来在那十年中又遭遇了难以想象的折磨，身体心灵受尽摧残，他是怎么以坚定意志和超然豁达熬过来的？

在无数个难眠之夜，常有几个关键词在脑海浮现：现代化进程、历史的必然通道、顺势而为、新兴交叉学科、不负众望……

想到去年5月20日那天收到新华书店订单的无奈与屈辱、艰难与誓言，我憋足了气，更加坚定信心，驾着在风雨中飘零挣扎的孤舟，和志同道合的同事们奋力前行。

1992年，通过组织社内大讨论大调整，最后决定：坚决收缩战线，停止以副养主（哪怕是赚钱的合作出书），专攻主业！杂志社收回五指，攥紧拳头，凝聚全力振兴《科幻世界》，让《科幻世界》自立！

思路决定出路，共识又形成了向心力。我们决定首先从市场调研入手，认真做了大量读者调查，发现我刊读者对象其实主要是初中文化程度。我们原来不太看好初中文化程度，认为刊物虽然是办给年轻人看的，但应该是高中文化程度。

我们做了更细致和具体的工作，通过研究读者来信，到学校调研，询问我们的发行商谁买科幻刊物，到书摊踩点，结果惊诧地发现，我们的主要读者对象确实就是初中文化水平，主要是中学生。既然如此，我们就不得不瞄准他们，坚决调整刊物的文化层次，以适应读者市场。

我们也不甘心把刊物变成单纯的少儿刊物，只是退一步进两步。先针对市场，把销量做上去，让大伙儿重建信心，随后再逐步提高内容质量，逐步提高年龄对象，面对青少年。

当时在中小学生中日本动漫风行一时，抢了中国大量的市场。我们就和香港金虹公司合作，由香港画家阿恒主笔创作出初中生喜爱的“金虹连环画”。1993年至1995年，三年在刊物上连载了金虹公司提供的《返祖》《天与地》《我爱你》《少林正宗》等科幻动漫，获得了高小和初中学生的喝彩。阿恒通过和我们合作，得到了大量反馈，也收获了大量粉丝，在大陆动漫中，

欢迎吕应钟先生（左三）和香港金虹漫画公司经理虹虹小姐（左四）

占了一席之地；我们和金虹合作，也解决了我刊稿源不足问题。

1993年我刊改版，推出《科幻世界》新版本，改双月刊为月刊，将原来的5个印张（80页）减为薄薄的48页，其中约四分之一的篇幅是科幻内容的动漫和图画，四分之三是短篇科幻小说和其他栏目，把文化程度调整到初中水平。我们还找作家和画家研究了日、美、意大利等国的科幻连环画的脚本和画面，由谭楷、万焕奎和向际纯领衔创作出国内第一部长篇科幻连环画《太空小女神》，和兄弟刊物《奥秘》《飞碟探索》联合举办“太空飞行器大奖赛”；还开辟了新栏目《科幻迷的画》，以各种丰富奇特的科幻故事和科幻形象去吸引读者。我们为小读者们准备了丰盛的菜品，除了短篇科幻小说和动漫、连环画外，还有《科与幻》《环球邮箱》《奇思录》《科幻教程》《科幻迷的画》《星光点点》《高科技瞭望台》《科幻迷Club》等多个栏目，希望我们的读者翻开《科幻世界》，满纸奇思妙想，步入神奇天地。求知求乐，开心开窍；益智益趣，好读好看。

改刊以来，有多位老师为我刊撰写了改刊的刊前语。

郑文光老师写道：“幸好，《科幻世界》坚持到了今天。她几经易名，不断壮大，从稚气十足的《科学文艺》到通俗有加的《奇谈》再到今天的《科幻世界》，读者对象越来越明确；从季刊到双月刊再到月刊，内容越来越丰富充实；从视觉形象很少到封面的改革再到连环画占据重要地位，其形式越来越适合于幻想天性的表达；从寂寂无声的地方性小刊到荣获世界科幻专业协会最佳期刊奖而名扬海内外……《科幻世界》历尽千辛，在挫折中巩固，在探索中发展。”

金涛老师写道：“《科幻世界》创刊伊始，几度易名，几度起落，绝不是孤立的现象，而是集中反映了中国科幻小说走过的风风雨雨的艰难旅程。然而，‘青山遮不住，毕竟东流去’。”

《科幻世界》1993年新版本隆重推出

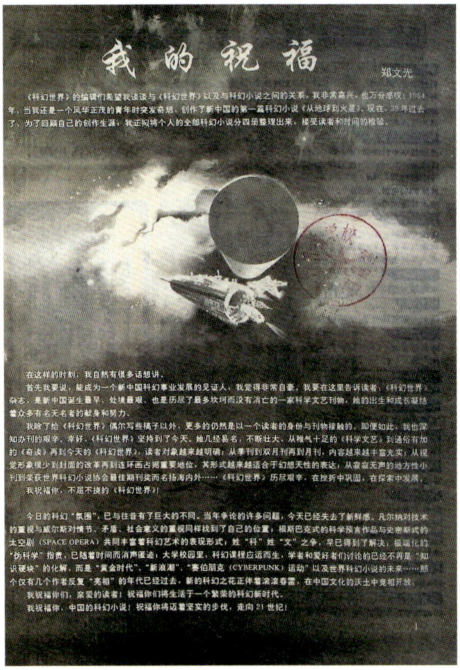

我的祝福

郑文光

《科幻世界》的编辑们希望我谈谈与《科幻世界》以及与科幻小说之间的关系，我非常高兴，也万分感慨：1954年，当我还是一个风华正茂的青年时突发奇想，创作了新中国的第一篇科幻小说《从地球到火星》。现在，39年过去了，为了回顾自己的创作生涯，我正拟将个人的全部科幻小说分四册整理出来，接受读者和时间的检验。

在这样的时刻，我自然有很多话想讲。

首先我要说，能成为一个新中国科幻事业发展的见证人，我觉得非常自豪。我要在这里告诉读者，《科幻世界》杂志，是新中国诞生最早、处境最艰、也是历尽了最多坎坷而没有消亡的一家科学文艺刊物，她的出生和成长凝结着众多有名无名者的献身和努力。

我除了给《科幻世界》偶尔写些稿子以外，更多的仍然是以一个读者的身份与刊物接触的。即便如此，我也深知办刊的艰辛。幸好，《科幻世界》坚持到了今天。她几经易名，不断壮大，从稚气十足的《科学文艺》到通俗有加的《奇谈》再到今天的《科幻世界》，读者对象越来越明确；从季刊到双月刊再到月刊，内容越来越丰富充实；从视觉形象很少到封面的改革再到连环画占据重要地位，其形式越来越适合于幻想天性的表达；从寂寂无声的地方性小刊到荣获世界科幻小说协会最佳期刊奖而名扬海内外……《科幻世界》历尽艰辛，在挫折中巩固，在探索中发展。

我祝福你，不屈不挠的《科幻世界》！

今日的科幻"氛围"，已与往昔有了巨大的不同。当年争论的许多问题，今天已经失去了新鲜感。凡尔纳对技术的重视与威尔斯对情节、矛盾、社会意义的重视同样找到了自己的位置；根斯巴克式的科学预言作品与史密斯式的太空剧（SPACE OPERA）共同丰富着科幻艺术的表现形式；姓"科"姓"文"之争，早已得到了解决；极端化的"伪科学"指责，已随着时间而消声匿迹；大学校园里，科幻课程应运而生，学者和爱好者们讨论的已经不再是"知识硬块"的化解，而是"黄金时代"、"新浪潮"、"赛伯朋克（CYBERPUNK）运动"以及世界科幻小说的未来……那个仅有几个作者反复"亮相"的年代已经过去，新的科幻之花正伴着滚滚春雷，在中国文化的沃土中竞相开放。

我祝福你们，亲爱的读者！祝福你们将生活于一个繁荣的科幻新时代。

我祝福你，中国的科幻小说！祝福你将迈着坚实的步伐，走向21世纪！

郑文光老师祝福《科幻世界》新版本

到北京向文光老师汇报

叶永烈老师热切地祝愿："在中国，科幻小说虽然经历了几起几落，眼下《科幻世界》依然受到读者的喜爱，充分显示了科幻小说顽强的生命力。祝《科幻世界》改版成功，祝科幻小说创作丰收。"

吕应钟先生在《跨世纪的扬帆——贺〈科幻世界〉改版》中断言："所有的文体都是描述着过去或现在。唯有一开始就望向未来、望向宇宙、望向那深不可测的未知领域的科幻文体，永远不受时代的淘汰。"

年轻的科幻作家吴岩表示要"与科幻结伴同行"，"正像所有《科幻世界》的读者一样，我不会再离开科幻小说了"。

杨鹏则祝福"科幻之花永不谢！科幻天空永远星光灿烂！科幻世界永远异彩纷呈！"……

整个中国科幻界对《科幻世界》改刊寄予了极大的期望，所有这些期待、鼓励、祝福都转化成了我们切实工作的动力。

整个1992年，我们做了大量务实而细致的具体工作，做了大量市场调查，大量改版，创新栏目，调整稿件，刷新版面，充实内容。但是，读者接受这本初中文化程度的刊物吗？我心里还在打鼓。

既是期盼当中也是预料之中，1993年邮局第1期征订数28000册，加上我社发行部自发数量，一下就跨过3万册那道坎儿！而新华书店征订数最低时（1991年第3期）才600多册。当时邮局和印刷厂都有规定，不到3万册就要加收"短版费"。

有心人天不负啊！接到1993年1期征订数，我喜极而泣！全编辑部同人都欢欣雀跃，谭楷、小莫、老向对着我调侃嬉笑并大叫：跳啊，你跳啊，你说过突破3万册，你就要从10楼上跳下去的呀！

嗨，八年努力，历尽坎坷，这一仗打得真漂亮！我们在市场中左碰右碰，所有员工都把“读者定位”这四个字牢记在心。我们办刊再也不能想当然了，必须先适应这个定位的市场，然后再逐渐引导市场。

后来我看到有人研究《科幻世界》，说1993年改版对《科幻世界》来说是个重大事项，因为找准了市场，领教了市场的刚性。但局外人有所不知，如果没有1992年社里对办刊思路和办刊操作的大讨论大调整，没有全员凝心聚力背水一战，之后的一切都谈不上！正因为我们明确了刊物性质定位、内容定位、读者定位，长期调研，长期摸索，潜心办刊，在办刊中不断调试，才获得了成功。

1993年之前，刊物一直是双月刊。自1993年起，《科幻世界》改成月刊，同时再次回归邮局。邮局也知道我们有发行部，知道我们在二渠道（个体经销商）发行，但他们看到我们真正在做事，在挽救四川这一特色刊物，就对《科幻世界》高抬贵手，睁一只眼闭一只眼。

1992年，《科幻世界》期平均印数为1.5万册；1993年，期平均印数达到3.2万册；1994年，攀升到4.9万册。

金秋在望。

科幻星空　群星闪耀

1993年，《科幻世界》“中大奖”了——科幻作者王晋康从天而降，登陆科幻世界。

那时，《科幻世界》新版本刚推出，虽然足足筹备了近一年，约了一些稿件，但仍感到好稿不足，作者稀少。编辑们——谭楷、莫树清和我，加上聘请的老编辑李理、邓吉刚——都不得不以各种笔名操刀上阵，美编向际纯、蓝叶、张建翔也是如此，以使读者从版面上看到的作者多些，自己为自己提劲。

说起来，编辑的工作是枯燥的，看稿、选稿、与作者交流、改稿、校稿，为他人作嫁衣裳。怪不得有人说，你想慢性自杀，你就去当编辑。而我们就恰恰在编辑这个职位上转磨子，每天埋头于稿件。糟糕的是碰上工厂送刊物来又遇停电时，我们还不得不当搬运工，从省科协底楼搬刊物上十楼，都数不清这么上十楼下十楼搬过多少回书刊了。不得不说，从编辑的静态看稿转到搬运工的动态出力，从文明其精神到野蛮其体魄，杂志社的哥们儿姐们儿没有叫苦连天的，也没有偷懒溜号的，我常常被感动。

有一天，我看稿看得昏昏欲睡，丝毫提不起精神，就换了份稿件，从另几封邓吉刚推荐的来稿中抽出一篇。稿件篇名为《亚当回归》，作者署名“王晋康”。我读了起来，越读越兴奋，小说构思奇特且合理，语言流畅娴熟，富于哲理。读完我睡意全无，觉得眼前一亮，该作无论在科幻想象力、题材深度、人物塑造方面都胜出一筹。这是一个成熟作者的作品，那苍凉沉郁的风格是新手模仿不出的，我感觉到不常有的审美体验，像是淘金者

新作者王晋康从天而降！

科幻文艺奖征文

亚当回归

文/王晋康
图/阿　旺

"地球通讯社2月30日电：在全体地球人翘首盼望202年之后，第一艘星际飞船《夸父号》已于昨日，公元2253年2月29日回归地球。地球人委员会已决定，授于机长王亚当以'人类英雄'的称号。"

七天后地通社播发一篇专栏文章，作者雪丽小姐，新智人编号34－64305。

"夸父号星际飞船于2050年11月24日发射，目的是探索十光年外的RX星系的类地文明。飞船为等离子驱动，历经202年又3个月后返回地球。乘员在途中采用超低温冷冻的方法暂时中止生命。

"飞船上原有四名乘员，其中三名已不幸逝世，埋骨于洪荒之地。地球人委员会已追认他们为人类英雄。愿他们在茫茫宇宙中安息。

"近代科学揭示，若人体冷冻期超过临界值，则其人解冻后一无例外地会出现一个心理崩溃期。可惜200年前人类尚未认识这一规律，未能采取必要的预防措施，因而在RX星系严酷的自然环境中造成了三名乘员的非正常死亡。

"机上原科学顾问王亚当博士却以其卓绝的意志力和智力，艰难地挣出这道心理迷谷。他接任机长职务，克服了难以想象的困难，单枪匹马地把飞船驶回地球。对于他的功绩，无论怎样评价都不为溢美。

"至于这次星际探索的结论则早已众所周知。非常遗憾，距地球至少十光年的范围内，肯定不存在任何类地文明。也许地球人是茫茫宇宙中仅有的一朵璀灿的生命之花，是造物主妙手偶成、不可再得的杰作。这使我们在骄傲之余不免感到孤单。"

七点钟，王亚当努力睁开眼睛，他已经回到地球九天了，仍感到浑身乏力，心神恍惚，他知道这是回程中一百年冷冻的后遗症。在RX星球上出现过更严重的痴迷状态，那时他们简直是麻木地眼睁睁地走向死亡，象野兽怕火一样逃避思维和行动。后来是什么东西终于唤醒了他？中国人特有的坚韧？灵魂深处隐隐回荡5000年的钟声……这次，这种状态又出现了。不过有了上次的经验，再加上雪丽小组的心理训练，他差不多已经从这道迷谷中爬出来了。

他想起登机前的另一位心理训练老师，一位美貌的日本女子美惠子小姐，她的话语和热吻都是不久前的事，天哪，怎么可能已经跨越了200年？伊人何在！

"进入冷冻期对于你们只是一场梦，"美惠子小姐曾谆谆告诫，"一觉醒来，你们已到达10光年外的陌生世界，不过这次不会在心理上造成太大的冲击，因为RX星球上不会有任何时间参照物，你们只会感到空间差而觉察不到时间差。等到第二觉醒来，你们将回到地球但却是200年后的陌生地球，这必将使你们受到强烈的心理

3

《亚当回归》了！

淘到了金沙那么欣喜！

我即刻将稿件交给谭楷，谭楷看后也赞不绝口。后来，我又给我刊特邀副主编吴岩打电话，说杂志社出现了一名新作者，他常常阅读《人民文学》《小说选刊》，他的水平高于我刊现有的作者。

《亚当回归》标志着《科幻世界》吸引了更多高水平的成年作者。在王晋康之前，主要是青年作者吴岩、韩松、星河、杨鹏、何宏伟（何夕）、裴晓庆、赵如汉等，还有中年作者晶静、绿杨，是他们长期支撑着《科幻世界》；紧接王晋康之后，柳文扬、赵海虹、凌晨、潘海天、杨平等青年作者如雨后春笋，纷纷冒了出来。《科幻世界》渐入佳境，不断涌入的新作者和原有的主力作者一起，形成了闪烁的群星，科幻世界的星空开始明亮。

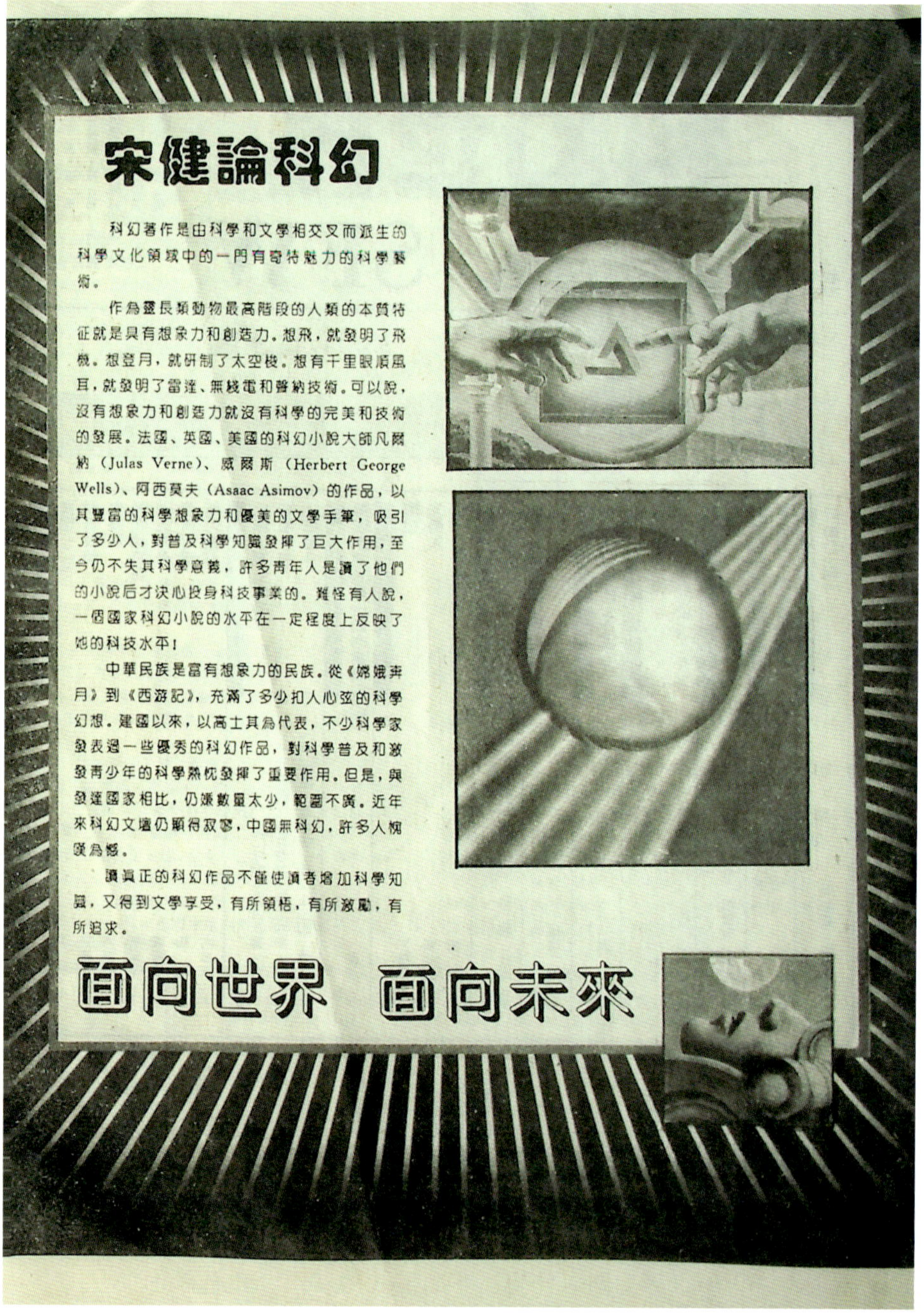

宋健論科幻

科幻著作是由科學和文學相交叉而派生的科學文化領域中的一門有奇特魅力的科學藝術。

作為靈長類動物最高階段的人類的本質特征就是具有想象力和創造力。想飛，就發明了飛機。想登月，就研制了太空梭。想有千里眼順風耳，就發明了雷達、無綫電和聲納技術。可以說，沒有想象力和創造力就沒有科學的完美和技術的發展。法國、英國、美國的科幻小說大師凡爾納（Julas Verne）、威爾斯（Herbert George Wells）、阿西莫夫（Asaac Asimov）的作品，以其豐富的科學想象力和優美的文學手筆，吸引了多少人，對普及科學知識發揮了巨大作用，至今仍不失其科學意義，許多青年人是讀了他們的小說后才決心投身科技事業的。難怪有人說，一個國家科幻小說的水平在一定程度上反映了她的科技水平！

中華民族是富有想象力的民族。從《嫦娥奔月》到《西游記》，充滿了多少扣人心弦的科學幻想。建國以來，以高士其為代表，不少科學家發表過一些優秀的科幻作品，對科學普及和激發青少年的科學熱忱發揮了重要作用。但是，與發達國家相比，仍嫌數量太少，範圍不廣。近年來科幻文壇仍顯得寂寥，中國無科幻，許多人惋嘆為憾。

讀真正的科幻作品不僅使讀者增加科學知識，又得到文學享受，有所領悟，有所激勵，有所追求。

面向世界 面向未來

国务委员、国家科委主任宋健论科幻

面对佳作频出的大好局面，我们当编辑的喜上眉梢，最令人发愁的稿荒问题开始迎刃而解。

《科幻世界》1993年第11期的卷首语刊登了国家科委主任宋健的《宋健论科幻》。宋健院士说："科幻著作是由科学和文学交叉而派生的科学文化领域中的一门有奇特魅力的科学艺术……一个国家科幻小说的水平在一定程度上反映了她的科技水平！"

看到这段话，我振奋极了。编辑部同事们都很受鼓舞。宋健、温济泽、鲍昌、我父亲、马识途、周孟璞、郑文光、童恩正等，在对科学文艺领域、对科幻小说的认识上，他们高瞻远瞩，一脉相承。

我们这个小团队对国家科学文化发展抱有坚定的信心和极大的期望。国家领导人对科幻小说的高度认同，各级领导的上下共识，对我们都是极大的鼓舞和指导。国家科技水平在不断发展，我们的科幻小说水平也在同频共振。能参与中国的现代化进程，能和国家科技水平共同提高，是我们这个科技文化期刊莫大的荣幸。

童恩正一家在美国的家门口

天亮得很慢

作者队伍已具一定规模，可我心里还在犯愁：刊物尚未能自立。当时杂志销量虽然上去了，但定价也低，1993年《科幻世界》定价1.5元，1994年定价1.8元，还得靠出书囤下的余钱发工资、发稿费、开笔会、发银河奖、打征订广告、付印刷费、付邮资、付差旅费……

1994年秋，缸里的米快见底了，杂志社账上余额早已不足六位数。十年靠出书囤下的钱吊命，这日子也快到尽头了。

说实话，虽然刊物印数已开始上升，但我们所有员工尚未获得实在的经济效益。《电脑报》社长陈宗周有句名言在坊间流传："要让编辑过上体面的生活。"我也很愧疚，自负盈亏十年，刊物还没持平，大家筚路蓝缕，艰难创业，可我们杂志社的薪酬还是略低于行业平均水平。

我内心压力沉重，觉得对不起大家，但我也很清醒，这是黎明前的黑夜，快熬出头了。

"苦难是化了妆的祝福。"（泰戈尔语）而对我们来说，苦难已快结束，祝福已在叩门。

可是就在这时，杂志社一个重要成员离开了，他曾为我们寻找出书之路，为我们刊物改版，为我刊的美术工作做出了重要贡献，但十年苦撑苦熬耗尽了他的耐心与期望。在愤然拂袖而去之时甩出一句直刺我心窝的话："你科幻宗教！""你把我们带上了绝路！"

我痛苦万分：难道我们共同选择的路错了？

我痛心不已，他曾说他和谭楷是我的左右臂，现在，他自己挥刀断臂！我流泪强忍着断臂之痛，毕竟同甘共苦了十个春秋。外部困难尚可共同对付，内部矛盾裂隙最伤心耗神。

那段苦痛时光，我的一个闺蜜听我哽咽述说后，推心置腹地劝导：早就劝你离开杂志社，凭什么嘛，这么苦巴巴地做。杂志做得再好，也不过就是本地方小刊。起点太低，舞台太小。你的青春都快耗完了，要往高台上站嘛。

我承认她说得有道理，我也曾彷徨犹豫过，也曾有高大上的单位来挖过我。可是，“要不负众望”呢？对得起在黄土高坡挥洒的汗水吗？那1991年5月20日的泪不是白咽了？也辜负了童老师，辜负了温济泽、鲍昌等人的厚望。

如果我不负责任地撂下担子，那《科幻世界》咋办？虽说地球离了谁都转，但当时如果我离开了，《科幻世界》这颗小地球肯定转动得慢些。

杨潇、杜江（时任四川省宣传部副部长）、谭楷在1994年科幻年度奖颁奖会上

临阵脱逃，勇者不为；责任如山，不可推卸！

我盯着闺蜜美丽的眼睛，感觉到一种强大的精神力量在胸臆间激荡，我用眼神回答她：No!

那个和我们共同创业的编辑离开了编辑部，走在天将亮时。

正如有个哲学命题所言，恶比善有更大的推动力。那些恶语狠狠刺伤了我，也着着实实鞭策着我。

刊物上升趋势已形成，刊物已接近盈亏平衡点。虽然天亮得很慢，但我确信，《科幻世界》的天空将会云蒸霞蔚。

那时，要把《科幻世界》办成“一流的杂志”，我已有了实实在在的信心和目标。我们杂志社的小团队振奋起来，更专注于《科幻世界》。既然是本小杂志，那就把它做大；既然舞台太小，那就致力于把它做成大舞台，让时代大戏在这特色舞台上演。

我铁下心来，更竭尽全力。

如饮甘泉

从1993年开始，天佑神助似的，除王晋康老师外，又一批新生代作家涌入，到1999年刘慈欣加盟，多年梦寐以求的高水平科幻作者队伍逐步壮大，科幻星空群星璀璨，我们办刊人极为振奋！

精彩绝伦的科幻稿件陆续在《科幻世界》上与读者见面，在科幻迷中引起了巨大的反响。一封封读者来信火烫火烫的，读得编辑们心花怒放。作为编辑，夫复何求！

现在翻看1995年12期我在刊物上写的《岁末致读者》，依然为之激动：

《科幻世界》自1993年初改新版本至今，已完成了当年的策划：1993、1994年不断调整，不断改进，1995年跃上新台阶。

1995年，是我们干得最辛苦的一年：组稿、改稿、校园征文、'95SF奖征文、获奖作者座谈会、赴日交流、筹备王晋康作品研讨会、筹备画刊……

1995年，又是形势最严峻、最残酷的一年，纸张价格暴涨，铁路运费狂涨，为了省一点费用，我们绞尽脑汁地八方买纸，挖空心思改走邮路发

1996年伴随着新年的钟声将向我们走来。

我们以十分喜悦的心情告慰多年来热心于科幻事业的朋友们，《科幻世界画刊》诞生了！

《科幻世界》自1993年推出图文并茂的新版本后，发行量连年翻番，但也暴露出图文争版面的矛盾。为了充分满足喜爱漫画的读者的需要，经过了两年的努力，终于获准办一本画刊。为此，我们汇集四方漫画家，收集国内外漫画资料，从整体策划到每篇画稿编排、印刷等，无不反复推敲，还不断

《科幻世界画刊》问世

征求各界朋友、中小学读者的意见，分析综合、汲收、形成决策，《科幻世界画刊》将随着96年第一道阳光，走向中国的书刊市场，希望大家能喜欢它，支持它。

我们一改过去十六开画刊的面孔，采用了三十二开彩色版页，更方便携带、保存，创刊号内容丰富、活泼，版式设计新颖美观，既有优秀漫画家的力作，也让初登台的"丑小鸭"有展露头角的空间，体现了我们画刊以质量至上，读者至上，共谋发展的追求。

我们将一如既往地听取各种意见和建议，使《科幻世界画刊》这初生儿得到您的关怀与呵护！

（由于明年自办发行，如要订购《科幻世界画刊》，请直接汇款四川省成都市人民南路四段十一号《科幻世界画刊》发行部收 邮码：610041 电话：（028）5552511—205 每册定价：4.80元）

每期一评

1. 在本期《科幻世界》内，您最喜欢的文章或画是：

2. 不喜欢的文章或画是：

3. 对本期版面设计的评价：

4. 有何意见或建议：

姓名： 性别： 年龄： 文化程度：

地址： 邮码：

（此表不用剪下，按顺序填好寄来即可。）

岁末致读者

从稿件和来信堆中抬头望目，初冬的太阳虽然间明亮，又近年尾了。"上下四方谓之宇，古往来今谓之宙"。宇宙浩瀚，时空变迁，就这样，一点点、一寸寸漏走了老编们的年华。昔日满头青丝，今已踏飞雪染。何以解忧？唯有读者的厚爱。

《科幻世界》自1993年初改新版本至今，已完成了当年的策划，93、94年不断调整，不断改进，95年跃上新台阶。

1995年，是我们干得最辛苦的一年：组稿、改稿、校园征文、'95SF奖征文、获奖作者座谈会、赴日交流、筹备王晋康作品研讨会、筹备画刊……

1995年，又是形势最严峻、最残酷的一年，纸张价格暴涨，铁路运费狂涨，为了省一点费用，我们绞尽脑汁地八方买纸，挖空心思改走邮路发货运……

有心人，天不负！刊物在逆境中倒反有了大发展，95年从年初到年底，刊物印数翻了一番，刊物一分为二，发展成了文刊和画刊，实现了更深层次上的改版。

朋友们，让我们举杯同庆！这来之不易的成功，有老编的功劳，更有千千万万读者的功劳，是您们热情的支持，才使《科幻世界》走出困境，走向成熟；是您们不懈的努力，才使中国唯一的《科幻世界》走向未来，与二十一世纪接轨。

离下个世纪只有四年了，站在世纪的门槛上，我们常眺望二十一世纪。不是吗？年轻的科幻迷们早已在科幻中知晓未来。今天，未来在我们笔下，在我们脑中，而明天，未来就将在我们手中！

二十世纪是科技灿烂辉煌的世纪，二十世纪后五十年更是集人类五千年智慧之大成。科技导致人类步入理性社会，电脑开创了现代文明的新时代。38岁的美国微软公司总裁比尔·盖茨，人称三国周郎，雄姿英发；美国奥拉克尔公司首脑埃利森，也刚40出头，他俩都是超级SF迷，成年后，比尔开发了DOS系统，开发了Window软件，几乎独霸了世界电脑软件市场；埃利森也不甘示弱，向比尔挑战，要建一个全球论坛，世界图书馆，把人类有史以来所有的书刊影视都囊括于他的多媒体数据库里。美国著名的《幸福》杂志评论：他俩都具备现代高科技战略家所有的素质：干劲、胆量、无情、狂妄及荒谬的幻想。

让我们为这"荒谬的幻想"大声叫好！靠了这种"荒谬的幻想"，电脑才步入社会生活，我们才能坐在入网的电脑面前，知天下事，购天下物，办天下事，交天下友。专家预言，二十一世纪初，世界各国一半以上的家庭都能进入Internet（英特网）。那时，在信息交流方面，就真正的世界大同了。

朋友，我们伸手去翻世纪的首年历时，作为一个热爱现今，关心未来的科幻迷，我们能不自豪吗？科幻，作为科技时代的文学，已显示出了它强大的生命力。让我们手拉手，唤起更多的朋友，加入到科幻的队伍中来。

岁末，祝福我们的每一位读者。

《科幻世界》全体同仁

42

岁末致我们亲爱的科幻读者

嗨！科幻朋友们好！
左起：谭楷、莫树清、杨潇

货运……

有心人，天不负！刊物在逆境中倒反有了大发展，1995年从年初到年底，刊物印数翻了一番；刊物也将一分为二，发展成文刊和画刊，实现了更深层次上的改版。

1995年期平均印数是1994年的322%！

到1995年底，杂志社收支终于持平！继而开始盈利！十二年苦战，刊物能自立并养活我们自己了，杂志社“全体人民”开心得像过节一样！

1995年底，在杂志社拿工资的员工共有14人，其中正式员工7人：文编杨潇、谭楷、莫树清，美编蓝叶、张蕾、张建翔，发行刘志勇；聘请员工7人：文编邓吉刚、阚孔璧，编务贺静，司机叶绍章，邮购曾康林、吴建中，财会贺世华。

就是我们这个普通的小团队，长期扛着“中国科幻”这杆大旗，终于集九州科幻英豪于旗下。

就是我们这个平凡的小集体，终于摆脱了逆境，终于扭亏为盈。

我们这些书生在市场上摸爬滚打，渐渐练就了金手指，到1995年底期平印数高达15.8万份；我们这个小团队勇于迎接挑战超越自我，在社会转型中接受了洗礼，完成了基本的蜕变。

那种成就感叫人如饮甘泉。在我的编辑生涯中，90年代的激流勇进多么令人怀念啊！

当时，我们费尽心思，想各种各样的方式方法联系作者、读者和征订发行人员。不但作者有“银河奖”“校园科幻奖”，我们还为发行人员设立了“哈里·哈里森”奖。如：新疆乌鲁木齐邮局有个职工叫冷寅奎，他也是个科幻迷，每年我们在新疆邮局的征订和零售数都不少，我们印的宣传品他都尽力四处散发张贴。后来我们特别和曾经的WSF主席哈里·哈里森商量，在销售发行人员中设立以哈里森命名的奖项。哈里森也很高兴，于是每年评出一位获奖人员，我们信告哈里森，哈里森寄来100美元，

在哈里·哈里森奖颁奖座谈会上
左起：刘国宣（四川省科协副主席）、杨潇、媒体人

祝贺成都大学科幻协会成立

我们就把奖状和这100美元寄给获奖者。这样，皆大欢喜，哈里森以很少的资金奖励了我们杂志社的工作，发行人得到奖状和美元，此举也激发了邮局工作人员的责任心。

大概是1994年（抑或是1995年），我收到了一封信，是山西省阳泉娘子关发电厂寄来的。大信封里附来一沓厚厚的稿子，稿名是《超新星纪元》，作者署名“刘慈欣”。我掂着沉甸甸的约莫有30万字的稿子，心想，这位作者也不看看我刊的稿约，刊物只有48页，动漫就占去十多页，哪能容下这么大量的文字。但作者写个长篇委实不易，他是专为我们杂志社写的，除了《科幻世界》和极少数出版社外，长篇科幻稿无处投递。

后来，我看到刘慈欣在《第一代科幻迷的回忆——写在〈超新星纪元〉出版之际》中这么写道：

“小说完成后，第一个问题就是不知把它投给谁。当时我不认识任何出版界的人，对出版社的运作方式也没有最基本的概念。第一个想法就是把它寄给杨潇。……当我在当地的小邮局中把厚厚的稿子寄出后（当时没有E-mail），其实心里是不抱希望的——不是指出版的希望，仅是指得到回复的希望——但没想到那么快就收到了回信。那封信写得十分热情，让我很感动。以后，稿子在杨潇那里放了近一年的时间。这期间，她一直在努力联系出版社，还不时给我来信说明情况。记得在一封信中她是这样说的：'请你再等等，我不相信现在的弟妹们不喜欢看新世纪的文学！'后来，由于当时的环境等完全可以理解的原因，书没能出版。从退回的书稿那磨损的样子看，它一定经过了很多人的手。"

1999年，刘慈欣的短篇《鲸歌》和《微观尽头》在《科幻世界》第6期打响；千禧年，他久蓄的实力爆发，在杂志上连发四个短篇，并以《流浪地球》摘走当年银河奖特等奖。之后关于他的故事科幻迷朋友都很清楚了，从2006年第5期开始，他在《科幻世界》杂志上连载《三体》，这一把火，使他成为了中国科幻界最耀眼最夺目的"男神"。

时光很快滑到了2015年夏，刘慈欣凭借《三体》一举摘取第73届世界科幻大会雨果奖最佳长篇小说奖桂冠！雨果奖相当于科幻界的诺贝尔奖，从1939年世界科幻大会创立以来，这是亚洲人第一次得到全世界科幻迷评选出的雨果奖最佳长篇小说奖！当时，中国科幻界一片欢腾，欣喜若狂，世界科幻界更是惊呼"中国科幻，一匹黑马"！正在美国华盛顿州斯波坎会议中心现场的赫尔博士当即给我发来邮件，与我分享喜讯！

然而，欣喜之余，我心里还有个结，那就是当年曾退了刘慈欣的《超新星纪元》。如果不退他的稿件，等等再发连载，或许大刘会早几年出道，创作出更多恢宏巨著。

Song of Whales

鲸歌

（外一篇）

刘慈欣

沃纳站在船头，望着大西洋平静的海面沉思着。他以往很少沉思，总是不用思考就知道该怎样做，可现在看来处境确实变得艰难了。

这个被一些人称作沃纳大叔的老者，完全不是媒体所描述的那种恶魔形象，而是一副圣诞老人的样子。除了那双犀利的眼睛外，他那圆胖的脸上总是露着甜蜜而豪爽的笑容。他从不亲自带武器，只是上衣口袋中装着一把精致的小刀，他用它既削水果又杀人，干这两件事时，他的脸上都露着这种笑容。

沃纳的这艘3000吨的豪华游艇上，除了他的80名手下和两个皮肤黝黑的南美女郎外，还有25吨高纯度海洛因，这是他在南美丛林中的提炼厂两年的产品。两个月前，哥伦比亚政府军包围了提炼厂，为了抢出这批货，他的弟弟和另外30名手下在枪战中身亡。他急需这批货换回的钱，他要再建一个提炼厂，这次可能仍建在南美某地，或者是亚洲金三角，以使自己苦心经营了一生的毒品帝国维持下去。但现已在海上漂泊了一个多月，货却一克都没能运进美国大陆。

这是因为从海关进入已根本不可能，自从中微子探测器发明以来，毒品是绝对藏不住的。一年前他们曾把海洛因灌进每块十几吨重的进口钢坯的中心，还是被轻而易举地查出来。后来，沃纳想了一个绝妙的办法：用一架轻型飞机，通常是便宜的赛斯纳型，载着大约50公斤的货从迈阿密飞入，一过海岸，飞行员就身上绑着货跳伞。这样虽然损失了一架小飞机，但那点货还是有很大赚头。后来美国人又建起了由卫星和地面雷达构成的庞大空中监视系统，这系统甚至能发现并跟踪跳伞的飞行员，以至于他的那些英勇的小伙子们还没着地就发现警察在地面上等着他们。后来他又试着用小艇运货上岸，结果更糟：海岸警卫队的快艇全部装备着中微子探测器，只要从三千米之内对小艇扫描，就能发现它上面的毒品。沃纳甚至想到了用微型潜艇，但美国人也完善了水下监测网，潜艇在距海岸很远就能被发现。

沃纳束手无策了。他恨科学家，认为是他们造成了这一切。可他突然又想道，科学家是不是同样能帮助自己？于是，他让在美国读书的小儿子做这方面的努力，告诉他不要舍不得钱。今天上午，小沃纳从另一艘船上了游艇，告诉父亲他找到了要找的人："他是个天才，爸爸，是我在加州理工认识的。"

沃纳的鼻子轻蔑地动了动："哼，天才?你在加州理工已浪费了三年时间，并没有成为天才，天才真那么好找吗?"

"可他真是天才，爸爸！"

沃纳坐到游艇前甲板的一张躺椅上，掏出那把精致的小刀削着一个菠萝，两个南美女郎走过来在他肉乎乎的肩膀上按摩。小沃纳领来的人一直远远站在船舷边看大海，这时走过来。他看上去瘦得惊人，脖子仿佛是一根细棍，细得很难让人相信能支撑得住他那大得不成比例的头，这使他看起来多少有些异类的感觉。

"戴维·霍普金斯博士，海洋生物学家。"小沃纳介绍说。

"听说您能帮我们的忙，先生。"沃纳说，脸上带着他那圣诞老人似的笑。

"是的，我能帮您把货运上海岸。"霍普金斯脸上毫无表情地说。

"用什么?"沃纳懒洋洋地问。

"鲸。"普霍金斯简短地回答。这时小沃纳挥了一下手，就有两个人抬来一件奇怪的东西。这是一个透明的小舱体，用类似透明塑料的某种材料做成，呈流线型，高一米，长两米，舱体的空间同小汽车里差不多大。里面有两个座位，座位前有带着

6

《去告诉她们》通过两个幸存者去为殉难者的家属们转交遗物书与抚恤金等物品的过程中，将那六个队员和他们的家属的性格刻画得活灵活现。我读的时候如同在看激光全息影像。

范 磊　四川绵阳市安县河清镇国药店　622658

刘慈欣就是刘慈欣

2016年，杂志社在北京召开“庆祝银河奖三十周年”大会。虽然当初创业的四个老编（我、谭楷、莫树清、向际纯）早已两鬓染霜，都已退休多年，但杂志社团队没忘创业老同志。人已走，茶未凉，社领导班子刘成树、姚海军邀请我们共赴盛会。会前，我们几个老编和作家们先开了个见面会。在会上见到大刘，我有些歉意地对他述说了我的心结。大刘恳切地说：“杨老师，您怎么这么说？你们当时条件不允许嘛，长篇科幻发不出来。要不是您几次来信鼓励我，说不定我就放弃了写科幻，安心在娘子关发电厂当工程师了。我还要感谢您呢！”听闻此言，我内心波翻浪涌，很是感动。想想也是，大刘满脑子充盈着《流浪地球》《球状闪电》，震响着三体人从半人马座三星发来“不要回答！”“不要回答！！”“不要回答！！！”，他早已超越了世俗。

2023年6月10日，刘慈欣到成都来，抽空与四川人民出版社的几个编辑及谭楷、我小聚。其中，他的几句话给我留下了深刻印象：

“生活要求我们去创造，而不是重复。”

他认为最困难的是“新的科幻创意”。

他最大的愿望是“再写出一本合格的科幻小说”。

他预测中国科幻“有着广阔的发展空间”。

大刘曾给我发来几段话：

“您是第一位热情回应我的投稿的科幻界人士，之后还为《超新星纪元》的出版多方奔走，还指定了老编辑对作品进行分析指导。之前的投稿，要么石沉大海，要么没有只言片语退回。如果这次投稿还是这个结果，我很可能往后就不写了，当时也真的不是非写不可。所以说您对我的创作帮助很大，一点都没有夸张，这个我说的是实话……”

“对一个作者最大的帮助是在他的起步之时，那时的帮助十分珍贵，对以后的发展十分关键。”

我明白了大刘为什么在创作上能达到如此高度。以前看《三体》《流浪地球》等，惊叹于其天花板级的科幻创意和令人叫绝的故事，这次小聚，我看出了其境界和魂灵。

2016年中国科幻小说银河奖三十周年庆典前和科幻作家们小聚

《科幻世界》的四个创办者（向际纯、杨潇、莫树清、谭楷）和岩上治先生，摄于2016年

震撼视觉的3D画

1994年夏，我弟弟从美国带来一本画册。他神秘兮兮地说：“姐，你看看这些画。”我翻了翻，看了看，不以为然地说：“这怎么啦？有什么特别之处？”他说：“别急嘛，你凝神定睛再看看。这是三维立体画。”忽然，画中之神奇跳将出来，强烈地震撼了我的视觉！3D画画中藏画，立体感强，层次分明，鲜亮明艳，赏心悦目，绝了！这种视觉效果产生的快感令人叫绝。

当时我非常兴奋，急于把这份兴奋感传递给我刊读者，就立即拿到编辑部，说：“马上换稿，这期就上，封底登这类三维立体画。”有些编辑不同意：“杨老师，为什么要换稿？你这是什么东西呀？”我教他们看，一旦领略出其中奥妙，众人都乐不可支。

我们刊登3D画持续了四五年，3D画又让我刊发行量陡然攀升，风靡全国。当时《读者》和《新华文摘》都转载了我们刊发的3D画，一时间，我刊读者都在调节眼神，斗鸡对眼，那种赏心悦目之神奇感顿时传遍大江两岸。在1994年下半年，我刊应读者要求，在封二、封三、封四登的都是三维画。三维画以其新奇时尚极大极快地扩大了我刊的影响力和市场覆盖率，由于当时影响较大，我们立即联系美国方面，寄去转载费，以免惹版权纠纷。

很多人原来不读科幻小说，但是觉得《科幻世界》新颖时尚，通过欣赏3D画进而阅读科幻小说，这才发现，原来科幻小说这么吸引人，一看就放不下。继1993年改刊收获了一波读者，1994年刊发3D画之后又收获了一大波读者，这使我们悟出，《科幻世界》不仅要以优秀的科幻小说吸引读者，还要以新奇时尚、富有想象力的科幻文化给幻迷朋友解渴。

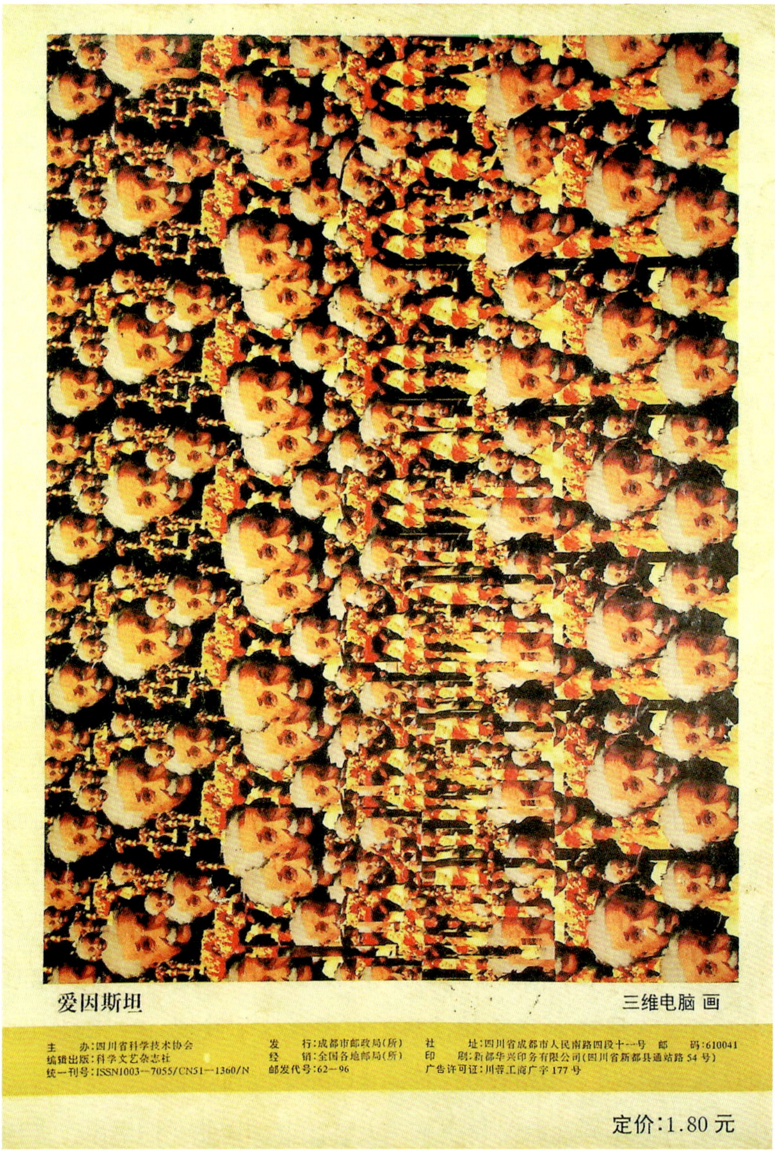

“女人不问岁数，期刊不问印数”

1994年秋，我到成都市邮局开1995年邮发征订会。我刊这年四季度销量增长很快，发行量增长斜率超过80度！虽是深秋，我却感到春风得意，对来年征订数信心满满。在征订会上，我放言1995年《科幻世界》销量会突破10万，全场哄堂大笑，说：“杨社长，你就吹吧！”邮局张局长还幽了我一默：“不愧是搞科幻的，你在‘科幻’吧？”

其实我心里明白，我的话还没说满。

记得刊物火爆时曾有书商给我打电话，堂堂七尺汉子竟然在电话中哽咽着说：他当《科幻世界》的省级代理若干年了，现在

1999年《科幻世界》笔会

另有书商敲他的盘子，杀入他的码头抢生意，要求我主持公道。那时，书商们已经开始抢当《科幻世界》的省销售总代理了。

而虎落平阳时，印刷厂老是拖延刊物交货期。我去要求工厂按合同期交货，那个厂长斜眼看我，不屑地说："杨社长，不满意你就转走啊。你的杂志堆在那儿都没人要。"

我愤然转身，继而转厂，撤走"我的""没人要"的杂志。

科幻红火后，那个厂长来登门道歉，请求再回他们印刷厂。我嘻嘻笑着问他：怎么，"我的杂志""有人要"啦？

期刊业界流行一句话："女人不问岁数，期刊不问印数。"可见一般刊物印数低到不便透露。1991年《科幻世界》第3期低得叫人椎心泣血，哭都哭不出来——600多册。

而1995年，《科幻世界》期平均发行量达到了15.8万册！

从刊物的征订数与社会发行量中，我实实在在看到了《科幻世界》的社会效应，看到了科幻文化与科技发展的一致性，这恰恰验证了我刊与年轻人、与社会发展、与现代文明进程并肩同行。科技与科幻，彼此交叉，相互辉映。

1995年，我们又争取到另一个刊号，欲创办《科幻世界画刊》。感谢省科委科技情报所的贺之强女士，为《科幻世界》争取到国家科委的新刊号付出了大量心血。我们筹备着把喜欢动漫的少年读者分流到《科幻世界画刊》，而《科幻世界》这本面向青少年的、以科幻小说为主的刊物大步迈向新征程。

1996年，我刊的期平均印数接近20万册！在中国，科幻小说再也不是那个可怜的灰姑娘，她已站在舞台上炫目的镁光灯下，享受各方的欣赏、青睐与爱意。

感谢上苍垂青，感谢我刊作者，感谢读者厚爱！也感谢我们自己！

《科幻世界》真是好运连连！

《科幻世界画刊》创刊号

金点子——特邀宇航员

1997年1月3日，国家科委社会发展科技司给我们科幻世界杂志社来函：

“你们1996年12月26日给宋健主任的传真宋主任已阅示。宋主任对科幻世界杂志社取得的成就给予了充分的肯定和高度的赞扬。

“科幻世界杂志社一直致力于振兴祖国的科幻事业，为发展和繁荣我国的科幻事业做出了不懈的努力，取得了令人瞩目的成就……这些成就的取得，是你们辛勤努力和无私奉献的结果，希望你们再接再厉，为发展我国的科幻事业做出更大的贡献。”

宋健主任和国家科委的来函极大地鼓舞了我们。

衷心感谢罗迎难，感谢李小夫，感谢在领导岗位给我们切实帮助的朋友们。

1996年，我们又策划1997年8月20日在成都举办“国际科幻研讨会”。我们的上级主办主管单位省科协为科幻世界杂志社给省科委打了报告，层层上报，国家科委于1996年10月8日很快批复了同意。

那时，作家阿来刚走出四川阿坝高原，来到科幻世界杂志社。他刚来时，在我们新创刊的《科幻世界画刊》编辑部做编辑。为了发挥他的特长，1997年春，杂志社将他调整到了《科幻世界》编辑部，请他协助副主编谭楷负责大会的宣传工作。

我们策划在成都召开“1997国际科幻研讨会”，为的是给科幻扬名，大张旗鼓，大声疾呼，为科幻鸣锣开道！

虽然从1991年刊物就更名为《科幻世界》，但刊物的影响力是逐步提高深入的，到1997年我们已站上20多万册的高台，影响面广，宣传效果与1991年不可同日而语。

1997年初，四川省科协副主席刘国宣带着我和谭楷，雪夜赴京，向中国科协汇报，再敲定一些事项。中国科协党组书记张玉台、副主席常志海对此事高度重视，提出，本次大会的宗旨是“让科学走向大众，让公众理解科学”。

在北京搞大会策划时，CCTV的记者骆汉城（也是我刊作者）斩钉截铁地对我说：“杨潇啊，这可不行！开国际大会一定要来北京！是条狗都要在北京叫，叫声才大，传得才远！”

感谢骆汉城，一下把我们的策划拔高了几个纬度！从效果验证，骆汉城不愧是位老牌的媒体人。

中国科协党组越讨论，对四川省这次国际科幻会活动越重视。结果是，会议升格，由中国科协主办，四川省科协协办，科

吴方（CCTV记者）、杨潇、骆汉城（CCTV记者）

幻世界杂志社承办；会议地点由成都迁到首都北京，大会议题扩展，对国际会议要求提高，与会代表范围扩大。

国家科委和中国科协的领导指导使我们感到天高地阔，能量满满，我们再也不只站在西面一隅看问题。为了更好地体现“让科学走向大众，让公众理解科学”，为了中国青少年能够充分分享大会成果，我们决定在北京召开'97北京国际科幻大会后，再在成都月亮湾青少年活动基地举办四川月亮湾国际夏令营。

1997年初，国家科委的第二次批复下达了。

赴京策划'97北京国际科幻大会时，我刊特邀副主编吴岩提出邀请宇航员参加。他说他曾多次出席国际科幻会议，看到过有宇航员出席科幻大会，引起轰动效应。这项天才建议让我们欣喜发狂，当我恭维吴岩时，他却作难地说，这件事难于操作，因为我们没有渠道。

嗨，西方有句谚语：It's more important to do right thing than do things right。做正确的事比正确地做事更重要。只要有奇特的出其不意的金策划，再困难的事都要力争做到。

吴岩后来跟我说，他仿佛记得他、我和谭楷一起拥到我刊的好朋友齐仲老师（《知识就是力量》编辑，我刊俄文翻译）家里，谈到邀请宇航员时，齐仲老师建议邀请俄罗斯宇航员来参会。齐仲老师印证了吴岩的记忆。我们越想越兴奋，太空是和科幻结合得最紧密的领域，若太空人来，媒体一定会蜂拥而至抢新闻，而青少年更会是狂热追星！这更能展示中国科协提出的“让科学走向大众，让公众理解科学”。

吴岩、齐仲创新性的想象力像星星火种，点爆了我们所有人的想象力。

真该给吴岩和齐仲发个策划金点子大奖。邀请宇航员与会，是大会策划的亮点和神来之笔。

天助神佑

在大会筹备中，我们需要聘请翻译。说来也巧，我刊的编外翻译王荣生（大卫·赫尔《天幕坠落》的译者）临时接受派遣，要去援外，一时没有找到合适的人，就请他的小师妹，四川教育学院外语系青年讲师秦莉暂时顶替，来为我刊做英文稿件的翻译工作。秦莉来时，正是我们筹办国际科幻大会之初。还记得第一次见面时，她身着藕色长裙，齐额的刘海下一双大眼睛温柔恬静。我们接触了秦莉，她聪明美丽，伶俐干练，英文口语笔译俱佳。感触很深的是秦莉对工作相当负责，极其认真，交给她的任何工作，她总是积极主动想方设法完成好，这点非常难能可贵。

秦莉和美俄宇航员列昂洛夫、罗斯、别列佐沃伊在长城上

天上掉下个秦妹妹！天助我也。

秦莉来工作了一段时间后，由于表现出色，我们请省科协人事处与四川教育学院协商，调她来杂志社工作，学院一直不答应。那时，她年纪轻轻，却已经是外语系系主任的重点培养人选了。调动的事拖了一年多，几次协商，他们才放了人。1998年6月，秦莉正式调到科幻世界杂志社，我们杂志社终于有了自己的外文编辑。她以“秦月”“怡雯”等笔名主持过《科幻之窗》《科幻影视》《科幻频道》《宇航员信箱》等栏目，也是《科幻世界译文版》《科幻世界少年版》与科幻世界杂志社图书部的主要创办人之一。

秦莉后来成长为科幻世界杂志社副社长、社长兼总编，现任四川人民出版社总编辑。

秦莉刚来时的主要工作，是负责对外沟通联络，其中最重要的一项工作是以'97北京国际科幻大会组委会的名义联系中国驻美国、驻俄罗斯大使馆等机构，请求他们与美国宇航局、俄罗斯航空航天局联系，邀请美俄宇航员出席会议。

齐仲老师非常热心，也非常认真负责，他在图书馆里查到一本名为《人和宇宙》的苏联图书，仔细阅读并从中精选出三位宇航员，阿·列昂诺夫（太空行走第一人）、德·格列奇科（工科博士，两次上太空）和女宇航员萨维茨卡雅，并写信向杂志社推荐。1997年3月8日，杂志社正式启动了邀请俄罗斯宇航员的工作。秦莉得到中国科协国际部和四川省科协授权后，联系中国驻俄罗斯大使馆，述说了大会宗旨及其他相关情况，请求使馆帮助邀请这三名宇航员与会。中俄关系友好，通过不间断的联系沟通，驻俄罗斯使馆科技处张连瀛参赞在多方协同努力下，通过俄中友好协会邀请俄罗斯宇航员进展比较顺利。4月22日，张参赞复电，因女宇航员萨维茨卡雅为俄罗斯重要议员，不能出席会

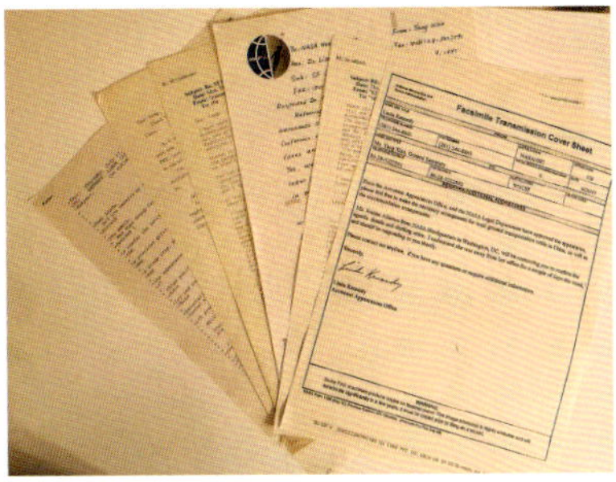

科幻世界杂志社联系俄航天局及美国宇航局（NASA）的部分往来函件

议，俄中友好协会推荐了时任俄罗斯宇航联合会主席别列佐沃伊。别列佐沃伊曾帮助中国培训中国首位飞向太空的航天员杨利伟，是当时全世界上太空次数最多的宇航员。

邀请工作，其实远不只是邀请，还要解决各种烦琐的细节问题。张参赞所在的科技处，工作本就非常繁忙，邀请宇航员赴会一事更是大大增加了工作量。那时，秦莉一个读研究生时的同窗恰好在驻俄罗斯使馆工作，秦莉便请他利用工作之余的时间去做张参的临时助手，加速推进邀请工作。俄罗斯航空航天局出于对他们宇航精英的珍爱，对受邀宇航员的行程、生活安排方案都进行了认真审阅，并要求确保他们的宇航员从入中国境至出中国境，全程接待不能存在任何空白点。他们细心地发现，我们的方案中有一个之前没有考虑进去的细节，就是三名宇航员乘坐航班自莫斯科到乌鲁木齐，再到北京的行程中，转乘赴北京的航班是在他们抵达乌鲁木齐的次日，其间数小时没有专人接待。这样的疏忽让我们感到十分歉意，后经与新疆航空公司国际合作处联络沟通，得到了新航的大力支持，问题遂得以圆满解决。

4月30日，俄罗斯航空航天局终于同意派出列昂诺夫、格列奇科和别列佐沃伊三名宇航员参加'97北京国际科幻大会。

“俄罗斯宇航员可以来啦！三名都来！”秦莉挥动着手中的传真件，眼里跳动着无比的激动和欢喜，兴奋地冲进我的办公室，一把抱住了我。

是啊，真是太令人激动了！人类第一个飞出地球的太空人本来就是俄罗斯宇航员，那位名叫加加林的太空英雄，于1961年4月12日乘坐苏联“东方一号”飞升太空，环绕地球一周，实现了人类飞向太空的千年梦想。

与邀请俄罗斯宇航员相比，邀请美国宇航员的困难就大多了。尽管启动这项工作的时间同样是在3月，直到4月16日，中国驻美国大使馆科技处才得到美国宇航局（NASA）的反馈，但并未明确是否同意派出宇航员来北京出席会议。之后，我们和科技处具体负责接洽此事的二等秘书曹学军经历了漫长的焦急等待。与此同时，我们也请求国家科委国际合作科技司协调联络。尽管多次向NASA发送传真，都没有得到任何音讯。那些天，最着急的是秦莉。考虑到中美时差，她开通了自己家里电话的国际长途，并专门安装了一台传真机，生怕错过任何一个电话、一份传真。

5月中旬，杂志社接到通知，6月3日徐世群副省长将召集'97北京国际科幻大会及四川夏令营筹备专题会议，并听取我对大会筹备情况的专门汇报，而宇航员来华与会是最为重要的事项。秦莉感到不能再等下去了，她决定自己联系NASA。曹学军此前曾提到过，中国宇航协会有过成功直接联系NASA邀请宇航员到北京出席会议的经验。秦莉根据这个线索，设法联系到了中国宇航协会的李英蓉女士，向她了解协会是如何联系NASA的。曹学军为我们提供了NASA的联系方式。自此，秦莉开始尝试直接联系NASA。功夫不负有心人，她的传真、邮件经过NASA几个部门间的传递，6月11日，我们终于收到了来自NASA总部丽萨·沙菲尔博士的反馈。在无数次沟通之后，尤其是在NASA得知俄罗斯三名宇航员将出席大会的消息后，邀请美宇航员来华参会出现了良好转机，事项转由NASA公共关系办公室负责。在我们逐一完成公共关系办公室提出的沟通事项后，6月27日，终于尘埃落定！NASA决定派出两位宇航员参会，随后NASA又将此事转由具体负责宇航员出访的专员进行落地细节的磋商。邮件如雪片般飞来……

我们杂志社这帮人常以科幻的思维幻想、策划，又脚踏实地地把幻想变成现实。1991年如此，1997年也是如此。那时，还没有智能手机，互联网刚起步，与俄罗斯的联系全部通过电话、传真和信件进行；美国走在前面，他们使用传真的同时，也大量使用邮件通信，我们杂志社作为四川期刊界最早使用互联网、使用电子邮件的刊社，在当时还是相当前卫的。只是那时我们使用电子邮件需要拨号上网，网络信号很不稳定，邮箱功能也很不完善，不能储存草稿，以至于我好多次眼睁睁看着秦莉为了成功发送一封邮件，不得不重复地录入几遍，

美国宇航员香侬·露西德在太空宇宙飞船上

我们的偶像——靓丽、开朗、睿智、杰出的女宇航员香侬·露西德博士

因为在写信过程中网络一旦中断，写好的文本也就不复存在了。我们就是凭着对梦想的热切追求，做成了自己都不敢相信能做成的事情。

NASA非常珍视他们的宇航员，对宇航员的食住行提出了一系列严格甚至苛刻的要求，例如安排几星级宾馆、里面有什么设施、详细地理位置、每一天每一餐的地点、安全性能，参加大会及夏令营活动的场地情况，宇航员活动点位联系方式……凡此种种，NASA都要了然于心。为了两位宇航员，美方为我方提供了二十五公斤的图文资料影像资料，为一些烦琐细节通过E-mail联系多达六十多次。这种负责与严谨也给了我们很大的启示。

NASA派出了两位宇航员，香依·露西德（女）博士和杰利·罗斯上校。露西德博士共参加了五次太空飞行，是美国女宇航员中飞行纪录的保持者，罗斯上校也参加了五次太空飞行。此次国际科幻大会完成后，他还将再次进入太空，参加建立国际空间站。

美国宇航员罗斯上校决定和母亲一起前来中国，NASA专电告知我们：对罗斯老夫人不得提供和宇航员同等的任何优惠。这让我们这些大会的筹备者发出了一番感叹。

太空是科幻最常见的主题，太空是人类未来的归宿，那宇航员就是探索外太空的地球人中出类拔萃的佼佼者。我们一定尽我们的努力为宇航员们提供最好的条件。

在国家科委国际合作科技司、中国科协国际部，中国驻美、驻俄使馆的直接指导和帮助下，秦莉独自完成了杂志社的重托，为大会邀请到了三名俄罗斯宇航员、两名美国宇航员。为一次国际科幻大会，美俄两国共派出五名杰出的宇航员参加，或许这项纪录空前绝后！而我们——《科幻世界》，就是这项世界纪录的创造者。

五名美、俄宇航员从天而降，在中国将大大掀起追科学之星的热潮，对《科幻世界》品牌的宣传力度空前。

1997年1月3日，宋健主任指示，国家科委社会发展司给《科幻世界》复函：“积极协助你们办好拟于今年7月召开的国际科幻研讨会。”

1997年3月21日，国家科委国际合作科技司司长李小夫来信，再次提到了宋健主任所说：“科幻是启迪一个民族科学精神的摇篮，朱丽兰（国家科委副主任）也给予多方支持。”同时，国家科委国际合作科技司积极与中国驻美、驻俄使馆科技处联系，竭力促成美俄宇航员与会。

国家科委强有力的支持，给了我们这个小小的杂志社极大的鼓舞和切实的帮助。

当我、谭楷、阿来和秦莉到中国科协国际部去汇报、请求国际部出面帮助时，国际部副部长程宁宁女士一脸的不相信。她摇摇头，那对坠在耳垂上的精致的耳坠子也不停地晃动，分明是说：北京国际科幻大会，你们四川一个名不见经传的杂志社在折腾？还要请宇航员？！哪个国际会议不是筹备一两年，你们只有半年时间？！

会后，我们再次去向中国科协国际部汇报会议情况和成果，程宁宁女士握着我们的手，眉开眼笑，由衷赞赏道：你们这伙四川人太厉害了！

这次，那对漂亮的耳坠子欢快地晃了起来，更加俏皮灵动。

京都扬名——'97北京国际科幻大会

1997年，我们邀请阿瑟·克拉克来参加'97北京国际科幻大会。这位英国科幻作家在国际科幻界广享盛名，是巨星级科幻大师，他的科幻小说《2001：太空漫游》是世界科幻历史上不可超越的至高神作，被誉为“摸到了人类想象力的天花板”，是中外几代科幻人共同的记忆。

阿瑟·克拉克在给《科幻世界》的回信中说：

“中国曾是世界上许多重要科技的摇篮。因此，可以说目前中国方兴未艾的科学幻想正是从前太平盛世的延续。当全世界科幻出版商得知中国《科幻世界》已赢得二十五万读者时，他们将向你们投以羡慕的目光。”

“1997年7月28日，中国科幻发展史在这个早晨将留下浓墨重彩的厚重华章。”后来荣获茅盾文学奖的著名作家、再后来成为科幻世界杂志社社长兼总编、现任中国作协副主席、四川省作家协会主席的阿来激情满怀写道：“就是在这个时刻，一直在沉默中积蓄着发展力量的中国科幻，一直在孤独中寻求理解与支持的中国科幻，终于挺胸昂首，登上了中国最高的科学殿堂，站在了整个世界的面前！”

中国著名科学家、时任中国科协主席的周光召接见了部分中外科幻界代表，会见了五位美俄宇航员。我坐在中外代表中，激动地聆听周光召主席幽默而睿智的讲话，他笑言“全世界最富有想象力的人们”今天都欢聚在这儿了，“如果说，整个世界还徜徉于新世纪的大门之外，与会的各位嘉宾已经比大多数人更早地

杨潇在'97北京国际科幻大会上宣读论文

澳大利亚科幻作家李伟才和杨潇

成都月亮湾国际科幻夏令营部分外国科幻代表访问科幻世界杂志社

进入了下一个世纪。”

'97北京科幻大会取得了非凡成功。活动内容丰富多彩：科幻研讨会、学术交流、科幻书展、科幻美术展、科普影展、“银河奖”与“金桥奖”颁奖仪式、中国科幻作家及其作品研讨会，在中国科技馆举办宇航员、中外科幻作家、科幻迷交流的大型讲座和报告会，中外嘉宾长城游等，引得近百家中外媒体采访报道。在中国科技馆穹幕电影厅，俄国宇航员列昂诺夫将军和美国宇航员罗斯上校等的演讲引得中国青少年狂热追星……谭楷和阿来负责的宣传工作成效卓著，仅中央电视台的各种类型报道就达33次，在社会上造成了轰动效应，引起极大的反响。《科幻世界》也脱颖而出，知名度大大提高，取得社会各界广泛好评。'97北京国际科幻大会组委会提出，本次大会的目的是“让公众理解科学，让科学走进大众”，从会议代表和参与者和社会反映来看，这个目的达到了。

喜相逢
左起：秦莉、罗斯老夫人、杰利·罗斯、香依·露西德

阿来、秦莉和部分会议代表

在国际科幻夏令营开幕式上

本次大会代表的论文集也显得学术交流成果丰硕，尤其是宇航员的太空飞行讲演使宇航题材的科幻作品讨论有了更扎实的依据，会议专门对中国科幻作家王晋康的科幻小说《生命之歌》进入了深入分析探讨。冈恩教授提出了欧美科幻发展的两种模式，即欧洲由主流文学中产生出科幻文学分支，美国由办科幻杂志而造就了一批与主流文学不相干的独立的科幻文学分支。他认为，两种模式对中国科幻发展都有可借鉴之处。中国科幻读者熟悉的美国科幻作家大卫·赫尔则说：学术交流会使我感到压力大，中国读者鉴赏力很高。我必须写出更好的作品才对得起中国读者。澳大利亚华人科幻作家李伟才说：“香港的科幻杂志关门了，台湾的科幻杂志也停刊了，全中国人，包括全球华人，只有一家《科幻世界》杂志，希望她越办越好。”……

杨潇、莫树清和俄国宇航员格列奇科、列昂诺夫、别列佐沃伊

杨潇和美国宇航员香侬·露西德、罗斯上校在科幻世界杂志社

1997年，《科幻世界》创刊十八年，《科幻世界》副主编谭楷代表我们编辑部全员在杂志上庄严宣誓：

“'97北京国际科幻大会，也是《科幻世界》的成

世界科幻大师阿瑟·克拉克和他收养的孩子于斯里兰卡

在科幻世界杂志社，列昂诺夫将军向杂志社同人赠送他的画作

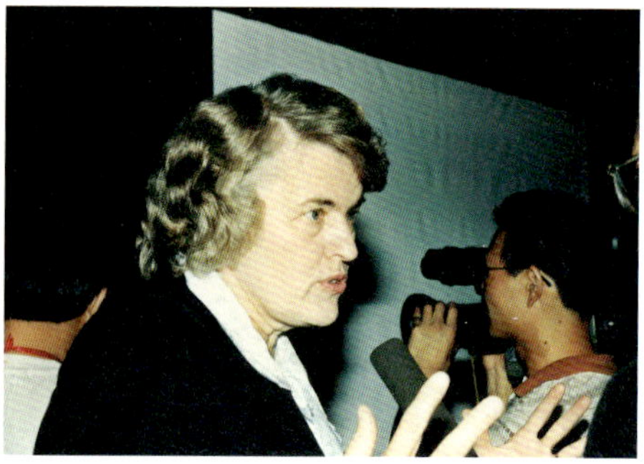

香侬·露西德对媒体说：中国科幻前途辉煌，孩子们太爱科幻了！

三位俄国宇航员
左起：格列奇科、列昂诺夫、别列佐沃伊

人宣誓仪式。他手中握的是鲁迅点燃的火炬，他的誓词是：以科幻振兴中华民族的科学精神！”

7月27日至7月31日，五天的活动充分体现了大会的主旨：科学、科幻、和平与发展。这比1991年WSF成都年会提出的“科学、幻想、和平、友谊”多了重要的一维——发展，而发展，是中国在进入新世纪前最重要的特征：科技大发展，科幻大发展，社会文明大发展，中国处在和平发展新时代。

在中国科技馆穹幕电影厅，俄罗斯宇航员列昂诺夫将军发表讲演，他说，从茫茫太空的飞行器上极目宇宙，只有地球是蔚蓝色的美丽星球。但这颗星球正因过度开发和战争受到极其严重的破坏，他希望全世界人民，尤其是青少年早早觉醒过来，保护地球，保护我们人类美丽的家园。

美国宇航员罗斯上校在讲演中回顾了自己从一个普通的美国男孩成长为一个宇航员的经历。他说，最重要的一个原因就是他少年时代接触到大量的科幻作品对他潜移默化的作用，把他的兴趣引向了未知的广阔世界。

访问科幻世界杂志社时美国宇航员送给杂志社的礼物

香侬·露西德发表论文，翻译秦莉

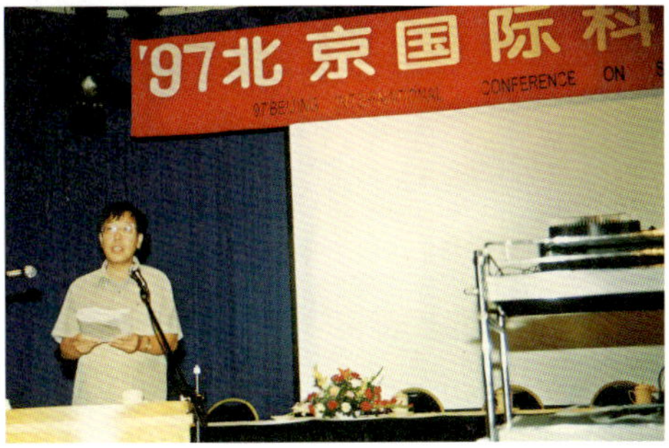

王晋康在'97北京国际科幻大会上宣读论文

五位美俄宇航员在台上
左起：别列佐沃伊、格列奇科、香侬·露西德、列昂诺夫、杰利·罗斯

香侬·露西德和科幻迷在世界第一个宇航员万户塑像前

在中国科协举办的欢送晚宴上
左起：程宁宁、罗斯老夫人、香侬·露西德、秦莉、常志海（中国科协副主席）、杰利·罗斯、锦燕、伊丽沙白·赫尔

在'97北京国际科幻大会上获中国科幻银河奖
左起：吴岩、金涛、邹萍、杨潇、喻金川、谭楷、王晋康、星河

别列佐沃伊上校是俄罗斯宇航联合会副主席，在世界宇航员队伍中，他排列第51名，呼号是厄尔布鲁士——高加索山脉最高峰的名字。他是前苏联英雄。1982年5月13日，别列佐沃伊飞上太空，与其他宇航员一起，完成了飞船与太空站的对接。在航行中，他先后接待了两个宇航组对太空站的考察，领导了联合考察和科研活动。别列佐沃伊飞太空，一飞就是211个昼夜，起飞时春暖花开，回来时已是冰封雪飘，创下了80年代初宇航持续时间的世界纪录。他还获得过宇航救生员资格证书。

谢尔盖·科罗廖夫是前苏联运载火箭总设计师，前苏联航天太空事业的教父。在他的领导下，苏联成功发射了世界第一颗人造地球卫星和世界第一艘载人飞船“东方”号飞船。尤里·加加林就是乘坐“东方一号”飞船环绕地球飞行一圈，在人类历史上首次进入太空的。

科罗廖夫勋章

别列佐沃伊赠给杨潇他的标准像

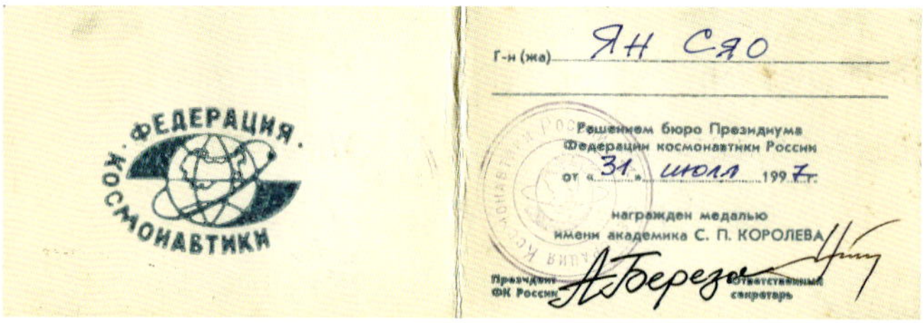

ФЕДЕРАЦИЯ КОСМОНАВТИКИ

Г-н (жа) Ян Сяо

Решением бюро Президиума
Федерации космонавтики России
от «31» июля 1997 г.

награжден медалью
имени академика С. П. КОРОЛЕВА

Президент ФК России — А. Березовой
Ответственный секретарь

颁奖证书

7月28日下午，别列佐沃伊正在中国科技会堂举办讲座“宇宙航行的幻想与现实”，忽然，狂风暴雨从天而降，把会堂西面一棵大树刮倒，会场顿时灯火全灭，会堂内开始安排紧急疏散。黑暗中，别列佐沃伊依旧声色平稳继续发言，他的镇定、他的泰然，使得会场内渐渐开始恢复秩序。随后供电恢复了，别列佐沃伊风趣地说：方才停电，可能是外星人从另一维空间干扰了三维空间的地球。听众们哄堂大笑。真不愧是211天驻守在太空站的宇航员，他的宇空视野令人感慨万千。

7月31日，在中国科技会堂举办的闭幕式上，在激昂的《拉德斯基进行曲》乐声中，别列佐沃伊上校代表俄罗斯宇航联合会走上了主席台，向我颁发了科罗廖夫院士勋章。我站在台上，手捧获奖证书和科罗廖夫院士勋章，心潮澎湃。回望走过的岁月，一路艰辛全都化成了漫天绚丽的焰火。

向大科学家、中国科协主席周光召汇报后合影

杨潇获奖“科罗廖夫勋章”及证书
左起：翻译齐仲、别列佐沃伊上校、杨潇

周光召主席接受媒体采访

美国宇航员杰利·罗斯和他母亲喜登中国长城

别列佐沃伊在给我颁发科罗廖夫勋章时，握住我的手说：这枚勋章是首次授予一个与宇航没有直接关系的人士，人类真正的起飞是灵魂的起飞。看着别列佐沃伊深邃灰色眼睛的赞赏眼神，听到齐仲老师译出诗一般的颁奖词，中国科幻、《科幻世界》得到了在实现人类科幻中迈出了最坚实步伐的宇航界的首肯和褒奖，那一刻，自豪感直冲云霄！

我代表中国科幻站在历史发展的节点上，代表《科幻世界》风雨兼程领取这枚勋章，胜利属于我们这个敢想敢干敢赢的光荣团队！

月亮湾国际科幻夏令营

北京国际科幻大会结束后，《科幻世界》众人又和中外代表移师成都，接着在酷暑中举办四川月亮湾国际科幻夏令营。

还在北京做策划时，我们就聘请了擅长策划又有实际操作能力的四川年轻画家陈小林和陈立蒙，协助杂志社策划和安排四川月亮湾国际科幻夏令营。

由于有过1991年WSF成都年会行程中突发泥石流的遭遇，我们万分注重安全保卫工作。在省市区国际科幻夏令营筹委会的领导下，在成都市武侯区政府的支持指导协调下，月亮湾工作团队对这次活动的安全保卫等做了巨量工作，保证了夏令营活动得以顺利举办。夏令营闭营后我才后怕：天哪，这么大规模的青少年

小小营员欢乐等待成都国际科幻夏令营开营

四川夏令营开营了!

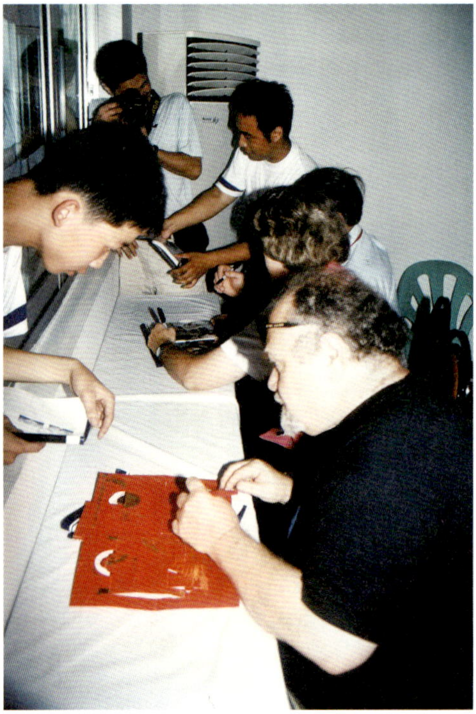
为科幻迷们签名

活动，一两万青少年疯狂追星，竟然没有出一点事故，万一发生挤压、垮塌、踩踏、溺水……后果不堪设想。我打心眼里衷心感谢团队内外所有参与工作的人们!

8月1日，彩旗飘飘，锣鼓声声，盛大的夏令营开营典礼在月亮湾广场上举行，来自全国各地的一两万名青少年聚集在月亮湾。当五位宇航员和中外科幻代表走上主席台，全场海啸骤起，欢呼声掌声雷动。

在四川月亮湾科幻夏令营，“追科幻之星”的狂飙刮得宇航员们站不稳。宇航员们说，在四川成都，他们遇到了比在太空更大的“阻力”，一两万狂热的青少年紧追着他们，要合影，要签名，在营帽上、在本子上、在T恤上——在心头，一签就是几十上百个，最后我们为了保护宇航员的安全，不得不采取某些措施，使得宇航员们突出重围，才能进行下一项活动。

8月2日晨，在月亮湾宾馆的大餐厅里，三位俄罗斯宇航员正在吃早餐，一个约十岁的胖胖的小姑娘手拿小本子朝宇航员跑去。但她被拦了下来，小女孩放声大哭，坚决不肯离开。翻译人员走过去，把她牵到宇航员面前，告诉宇航员，这个小姑娘还没吃早饭，就等着签名。三名俄罗斯宇航员一同站起来，在小姑娘的本子上签上了他们的名字。小姑娘破涕为笑，捧着本子跳着走了。

8月2日下午，五位宇航员都登台做了精彩讲演并回答了提问。小营员们热情高涨，把掌声和欢呼声献给每一位宇航员。

喜盼开营

别列佐沃伊最后一个登台讲演，给少年们讲述了人在太空中的感受，为了展示失重对人体的影响，他当场倒立并保持了两分钟。由于头部充血，他深邃的大眼睛变得细长。他提醒大家注意这种变化，在场的营员都欢声笑语，还有的年少幻迷表示回家就要练倒立，将来也要当宇航员。

别列佐沃伊做完讲演，主动说给大家签名，每位宇航员面前都排起了长队。他们在孩子们一只只小手递过来的本子、帽子、T恤上签名，把宇航梦留给每个少年。

痴迷科幻的营员则紧紧围着来自美国的大卫·赫尔、詹姆斯·冈恩、伊丽莎白·赫尔和查理斯·布朗等，合影签名……冈恩事后写道："我们常被疯狂的青少年围着，拿纸笔索要签名，直到我们觉得自己像老虎伍兹一样，不得不被拯救……"（球星老虎伍兹是美国的高尔夫之神，常被他的粉丝疯狂追捧。）

赫尔和冈恩感慨道：中国科幻大有前途，你们的科幻作家那么年轻，众多的科幻迷那么年轻，那么热情，那么痴迷。而女宇航员香侬·露西德则感动地说："孩子们对科幻和科技的巨大热情，使我看到了未来中国的希望！"

听到这些话，我心里舒坦极了。回想起来，果然如此：克拉克、威廉森、波尔、奥尔迪斯、哈里森，包括冈恩本人……这些星光灿烂的科幻明星，以他们不朽的杰作照耀了科幻天空，但他们已然是美国二战前后科幻黄金时代的骄子，而现在中国科幻的黄金时代还没到来呢。

月亮湾国际科幻夏令营完后，来参加会议的部分德国、日本，还有中国台湾、中国香港十多名会议代表去了西昌火卫星发射基地。台湾代表们说："站在发射架前，一种中国人的自豪感油然而生，中国人能把卫星发射到外太空，这已不是科幻了。""西昌，使我们激动得流泪。"

失误与觉悟

在此，我不得不做个严肃认真的检讨。由于工作作风不严谨，有些事具体分工不明确，在筹备制作'97国际科幻大会纪念册时出现了一个重大错误，把另一位早已过世的英国作家莱德·哈格德（H. Rider Haggard）的照片误当成詹姆斯·冈恩，而这个错误还是被冈恩自己发现的。过后，冈恩说道："尤其是我在纪念册上的照片碰巧是莱德·哈格德，这一意外事件引发了许多令人遗憾的评论，有时还引起了严肃的解释。"

詹姆斯·冈恩是美国著名科幻作家，荣获过雨果奖、朝圣奖及伊顿终身成就奖。他的《科幻之路》四卷及《科幻小说新百科全书》是科幻作家和科幻迷的必读之物。在推广科幻小说的发展上，冈恩先生做出了超乎寻常的贡献。

制作'97北京国际科幻大会纪念册时，杂志社谁都不知冈恩的模样，也不知道谁到哪儿去找了这张照片，误当成了冈恩。当时杂志社十多个人，加上外聘的也不过二十多人，虽有大致分工，但事情太多，一阵乱忙，制作时竟然没人上网去查证。那时我对冈恩仅有的了解，只是看过根据他的科幻小说《长生不老》改编的香港电影《生死搏斗》。我一直不知发生了这个重大失误，直到站在冈恩面前，拿着纪念册翻到他的照片页请他签名时，猛然看到上面印着的头像，再抬头看真实的冈恩，我大惊失色，连连说："I'm sorry, I'm sorry! Mr. Gunn, I'm really sorry!"

伊丽莎白·赫尔博士赶紧出来打圆场，对冈恩说：杨潇不认识冈恩，是赫尔自己事先没把冈恩的照片传过来云云。冈恩先生

永远的失悔，把冈恩的头像弄错了

大度的詹姆斯·冈恩与失误的杨潇

看着我涨红着脸、一脸愧疚地站在他面前，宽容地拍拍我的肩膀，大度地说："Oh，Yang Xiao，No problem! Just like it." 他接过我手中的纪念册，在莱德·哈格德头像下，飞快地签写"James Gunn"。我感激地接过笔记本，深深鞠了一躬，闪身躲进了人群。

过后，我也没有追究责任。如果要承担责任的话，得先追究我的责任。作为杂志社社长，作为'97北京国际科幻大会的秘书长，很多责任分工不明确。因为这本纪念册不是正规出版物，就没有列入正规的审校程序，在忙碌中没有审查就付印了。虽然冈恩宽容大度，但这个低级错误谬种流传，造成了恶劣影响。

之后，我都避着冈恩先生，无颜面对他。不过，我也从此次失误中得到了教训，觉悟到了工作必须严谨，无论大小活动，都要严格谨慎，落实职责，否则，出现问题在所难免。

坚强，是被逼出来的

80年代，我们杂志社只有八九个人（含聘用人员），到90年代末也就那么二十多个（含聘用人员）。我一直倡导造就一种和谐生态小环境，并致力于实现这种上进、互助、和谐的企业文化。在杂志社，同事们基本上是愉快相处，大家互相帮助、相互搭台、彼此成就、协助共进的团队精神让人人都在和谐的气氛中工作、学习。单位里少了龃龉摩擦，就多了合力。我总是说，如果人一天八小时在家里，八小时睡觉，八小时在单位工作，如果在单位这八小时不协调，加上工作繁重，就有1/3的时间又累又不愉快，1/3的人生不快乐，那生活就亏大了。我自己喜欢舒畅的激励前行的工作氛围，我一走进杂志社的门就精神焕发，神清气爽；每周一全社朝会对全体员工小结上周、布置下周时，当我的眼睛扫视他们，常遇到会心善意的微笑，大家心里都舒坦而熨帖。

我喜欢这种顺遂和谐的人文生态小环境。

真是天有不测风云。

1998年6月下旬的一天中午，我接到成都市某厂的电话。打电话的人语焉不详，说得吞吞吐吐，我知道编辑部莫树清的丈夫是那个厂的副厂长，就问有什么事。电话那头传来压抑的呜咽声，说副厂长病情严重，我追问道："到底有多严重？"电话那头一下爆发出凄厉的痛哭声："厂长……他……死了！""什么？！"我一下从椅子上跳起来。我早上还看到小莫笑嘻嘻地来上班呢，这太突然了。一股寒意从我脚下升起。"杨社长，"对方在电话里说，"我们没有他家的联系方式，也不知该怎样和莫

'97北京国际科幻大会前，小小的《科幻世界》编辑部，将在中国搅动起大大的科幻狂飙
前排左起：阿来、邹萍、杨潇、秦莉、贺静、莫树清；中排左起：王茂、蒋雯、谭楷、田子镒；后排：孟舟、邓吉刚

老师说，只有……告诉你，请你尽快跟莫老师联系。”

我放下电话，从家里走出来。我一路走一路想，前两天还听小莫讲，她读高三的女儿兰兰还有几天就要高考了。这事不能让兰兰知道，等考完了再告诉她。

我回到编辑部，悄悄告诉单位员工刘成树，请他到杂志社街对门的省军区招待所定一间房。我走进编辑部的大办公室，见小莫正趴在桌上睡午觉，大大的眼睛闭着，脸上露出惬意的微笑。我不由得走过去，双手从后腰向前伸搂住她，她一下醒来，以为谁在和她捉迷藏，连问道：“哪个？哪个？”我的心一酸，忍不住潸然泪下。小莫一把抓住我的手，摸了摸，笑着说：“啊，是你嗦。”我忍住悲伤，轻声说：“小莫，你跟我来。”小莫转身站起来，疑惑地看我一眼：“你怎么啦，跟你到哪儿去？”我不想让她看到我的泪眼，就急急朝楼下走，她也急急跟了上来。

到了宾馆，小刘刚订了一间房子，我小跑进门，小莫一闪身也进来了。事不宜迟，我必须把噩耗告诉她，工厂还等着下文，等会儿兰兰就要回家了，如果小莫控制不住情绪，兰兰知道后，会大大影响她考试的。

…………

撕心裂肺的号啕大哭后，暴风雨稍停，随后更猛烈的风暴骤起。我只有边抚摸她起伏的背，边陪着她流泪。

在这种意外紧急的情况下，我决断地对小莫说：等会儿叫贺静（编辑部编务人员）到宿舍区去等兰兰，告诉她妈妈有急事出差，这几天叫贺静姐姐来陪她，帮她做饭，让她安心复习功课，准备高考。

我安排小莫这几天就住招待所，不回家。后来，谭楷、田子镒和编辑部的人来了，大家轮流安慰她。我们情同兄弟姐妹，小莫的悲痛也就是我们大家的悲痛。

第二天，工厂的领导来到招待所；第三天，他们家的亲戚来到了招待所。兰兰不知道这一切，照常每天上学，贺静天天晚上陪着兰兰在家里复习功课，编辑部天天有人在招待所守着小莫。

参观科幻书展
左起：胡季英、柴野幸子、莫树清

两天后，我到招待所去找小莫，商量在工厂举办遗体告别仪式。小莫还是那么凄楚哀伤，忽然，她抓起我的手，泪眼蒙眬癔语般地说：“我拜托你一件事，我的兰兰……就……托付给你了……”我一

在第56届世界科幻大会上巧遇老朋友柴野夫妇
左起：谭楷、秦莉、柴野拓美、柴野幸子、莫树清

怔，见小莫流露出极度伤心，便一巴掌扇去："小莫，别胡思乱想！你还有兰兰，她的路还长呢！生活还得继续下去！"小莫泪流满面地看着我，一把又抱着我哭起来……

头七，在成都那个厂举行了追悼会。看到她们母女俩抱头痛哭，工厂师傅和杂志社员工都忍不住伤心落泪。

中国改革在曲折中艰难负重前行，许许多多普通人都为社会变革付出了沉重代价。

之后，小莫坚强地走出了悲伤，带着兰兰好好工作生活。

现在，莫树清早已退休了，兰兰现为成都某大学中文系副教授。

写这本书时，七十岁的小莫对我感慨道，在她一生中，最幸福的就是在科幻世界杂志社工作的岁月，《科幻世界》就是她的芳华。

真好！

念念心愿——我的老父亲

也就是在这个不祥的1998年，我的老父亲在去攀枝花考察时突发重病，坏死性胰腺炎引发原有的心房纤颤，两次下病危通知，立即被送回华西医院抢救。当时，我吓坏了，也悔恨自己只顾工作，没为父亲做点什么。好在华西医生医术精湛，用中西医长期研究胰腺炎的特效药，硬是把老父亲从死亡线上救了回来。

我早就有个心愿，要为我的老爸爸写传。只是工作繁忙，一直没着手进行。

我爱我的爸爸，不只是血缘上的爱，是感激理解、景仰尊崇的挚爱。

我父亲杨超1929年参加革命，在上海做地下工作，1932年被捕入狱。1937年从国民党监狱被营救出来后到了延安。在延安，他曾在中央党校和马列学院学习和工作，曾参加毛泽东六人哲学小组；后又参加了重庆谈判；解放前后任周恩来总理首任政治秘书，后主动要求回川建设。在四川工作中屡屡出彩，1961年任四川省委书记处书记。后来遭到错误批判，在此期间他系统研究毛泽东思想，研究哲学，写下了近四十万字的哲学笔记。

1971年年底，父亲被“解放”到五七干校过渡，后逐步恢复原职。他心念着要把被耽误的时间抢回来，就拼命执着地大抓建设工作。父亲有强烈的人民情怀，1973年，当他看到沼气既能改变几千年来烧柴火烟熏火燎的历史，又能改变农民生活状况差、卫生条件脏的环境，一举多得，就不遗余力和专业科技人员一起推广沼气。在当时那种上下都难以接受沼气的时候，做相应工作

杨超（左二）参观新建沼气池

张爱萍（时任国务院副主理，中央军委副秘书长）夫妇（右）、魏传统（时任中国人民解放军艺术学院院长）夫妇（中）、杨超夫妇（左）相聚蓉城（1982年5月于成都军区）

的人们都遭遇了很多的困难。

新千年后，四川省沼气专家委员会办公室主任黄栗华曾给我讲了个雨中垂钓的故事：

1985年，我受到了不公平的待遇、不公正的处理，我非常痛苦，想不通。觉得自己从小参加革命，工作学习一贯兢兢业业，表现一贯优秀，为什么还遭受诬陷打击？我气愤不平，一肚子冤屈，才四十九岁就愤而病退，进而想一退到底。

不知你父亲怎么听说了。一天，杨书记一行到大邑、邛崃考察，他叫已办了病退手续的我随行。当时我心绪很不好，但不愿拂杨书记的面子，只得勉强同行。到了大邑，小雨淅淅沥沥下个不停。杨书记说下午就安排到一个村干部家鱼塘去钓鱼，我看看杨书记，知道他是个急性子，从没有钓鱼的雅兴，他肯定是知晓我的嗜好而特意为我安排钓鱼的。到了村干部家，他坐在面临鱼塘有遮篷的走廊上，牢骚满腹的我靠在走廊边的柳树干旁，淋着淅淅沥沥的小雨，闷坐垂钓。我心想，对革命几十年的杨书记来说，我的行为是错误之举，他肯定会严厉痛斥一通。我横下心，一声不吭，尽自钩食子、甩竿、拖竿、取鱼……他老人家也一言不发，坐在屋檐下默默地看着水面……

我们就这样在池边默默坐了一个下午。

渐渐地，小雨浇熄了我的怨怒，杨书记默默地陪伴温润了我干涸的心，我平静了许多。

当然，老书记严厉地批评了我，我垂头恭听垂训，心悦诚服。在他面前，我就是心里再乱，只要他说一句话，我挨罚受训也心甘情愿。

从老书记言谈中，我知道他已从多方面了解了情况，也曾想“平反冤假错案”，但我已怒辞病退，木已成舟。为了让我这样的沼气人才继续发挥作用，不荒废我这个“蓝焰使者”，让我生活有着，杨书记组织成立了“四川省沼气专家委员会”，安排聘用我当办公室主任，如此礼贤，我怎能不为沼气事业卖命。

（摘自杨超百年诞辰纪念文集《百年杨超》）

这样坚持原则又富于人性的人，才是真正的共产党的老干部。

1976年，父亲领命负责地震预测预报和防震抗震工作，他依靠专业科技人员为地震预报提供了扎实可靠的依据，及时上报并发出电告全省的“临震紧急通知”，完成了当年8月松潘平武两次大地震的预测预报。自1958年父亲率全家搬迁到西昌，从此

杨超（左一）和杜心源（左二，时任四川省委书记处书记）在四川省科学大会上为获奖者颁奖（1978年7月）

五十年情系攀西，在攀枝花规划建设、攀西资源的综合利用上，在四川省工业科技科研建设等方面，在其主管的多项工作中，都留下了重大影响。

在思想文化领域内，父亲卓有建树。80年代初，他倡导了《山海经》《易经》《道德经》研究，主编了《探索的十年》，主持创办了《大自然探索》《毛泽东思想研究》《中华文化论坛》刊物，出版了专著《实践中的自然辩证法》《唯物辩证法的若干理论问题》《理论·实践·现状》。晚年担任四川省诗书画院首任院长、四川省社科院顾问，主编了《当代中国·四川卷》。

父亲一生，深受四川干部群众好评，特别是赢得了科技人员及知识分子的爱戴。四川学者盛赞父亲是“民族文化现代化星空中的一个重要符号”。

这样的精神与历史怎能化为尘埃消失于时空？

父亲和曾任解放军艺术学院院长的魏传统伯伯、曾任国防部长的张爱萍伯伯号称“岁寒三友”，三人同乡同学同志的终身情谊在四川被传为佳话。

在他们三人中，魏伯伯是老大，爱萍伯伯是老二，我父亲是老幺。魏伯伯叫爱萍伯伯为张二，叫我父亲为“黑格尔”。“黑格尔”是父亲在延安时期的绰号，毛泽东主席也叫父亲为“黑格尔”。

1981年，他们仨京都聚首，诗书共妍，共同吟诵合璧书写联袂作画。

三友曾同吟共书《喜与同窗话当年》：

喜与同窗话当年　州河水不寒（张书）

回首嘎云塔影　浩浩龙爪滩（魏书）

达中校　南坝边　换人间（杨书）

京都聚首　诗书共妍（张书）

岁寒三友

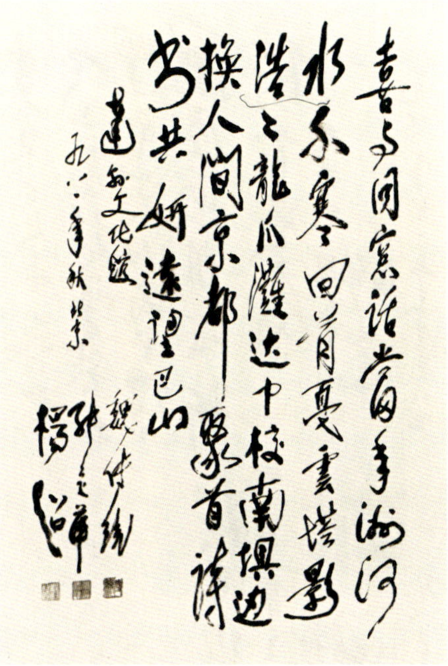

喜与同窗话当年

远望巴山（杨书）

达县文化馆　一九八一年秋北京（魏书）

风格各异的狂草、魏碑、颜体在一纸中堂里浑然一体，相互辉映，这幅合璧书法非同凡响，就像他们耿介放达的性情和一生不渝的情谊。

岁寒三友，永不凋零，（魏书）
高雅挺直，气吞烟云，（张书）
关山万里，仆仆风尘，（杨书）
何惧摧折，（魏书）
俯首为民。（张书）

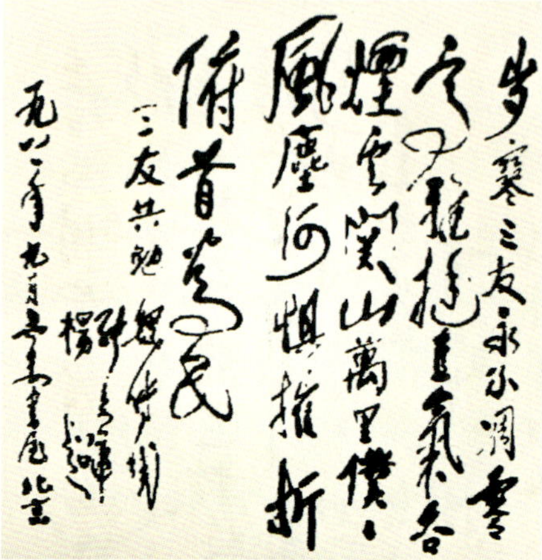

岁寒三友图

三友共勉（杨书）

一九八一年九月（魏书）

老委书屋（张书）北京（杨书）

吟毕书成，三人都喜爱不已。为收归己有各不相让，争执不下，干脆书写三幅，各自珍藏。

…………

写到这里，我仿佛又站在魏家那二三十平方米、窗格约有十米长的敞亮正堂北屋里，围在大画桌前，置身于他们之中，笑看爸爸们挥毫泼墨，抒写胸臆。

联名咏毕书毕，三人兴犹未尽。不知魏、张谁出点子让父亲画三幅《岁寒三友图》，此招一出，三人齐声喝好。父亲也顾不得画笔生涩稚拙，笑曰：“献丑了。”便挽起衣袖，趋笔运墨。想必此时父亲定是豪放潇洒，胸中浩气灌注画笔，行笔挥毫，意托丹青，笔下黑与白，点与线，墨与晕，或浓或淡，或深或浅，勾画出国人历来崇尚景仰的文人风骨松竹梅。老大老二聚在画桌边嬉笑揶揄：“阁下画得可以嘛。”“老黑还是有一手嘛。”父亲笑得灿烂：“承蒙二位老兄抬活（恭维）。”

这些历史镜头如果不捕捉记录下来，那真是历史的遗憾。

1978年5月20日，方毅副总理在渡口市（今为攀枝花市）干部大会上做报告，他着重讲了渡口资源综合利用问题：“我和杨超书记商量好了……我说今后每年在四川开一次攀枝花铁矿综合利用会议，检阅成绩，交流经验，部署新的战斗。我要争取来参加……要横下一条心，不到长城非好汉。不解决攀枝花铁矿的综合利用，我们决不松手，决不罢休！”

方毅副总理言必信，行必果。从1978年到1987年的十年间，他锲而不舍地狠抓攀枝花资源综合利用，先后八次亲临攀西视察，父亲五次陪同。当地干部群众说：攀枝花资源综合利用科研开发，有两个人不能忘记，中央的方毅，四川的杨超。

每次到攀西，他们都直奔工作核心：听汇报，下矿井，到钢厂，视察攀矿选钛厂，走访攀研院，现场解决悬而未决的疑难问

杨超（左三）陪同方毅副总理（左五），冶金部部长唐克（右三）考察攀钢。右一为攀枝花市市委书记翟自强（1980年3月于攀枝花）

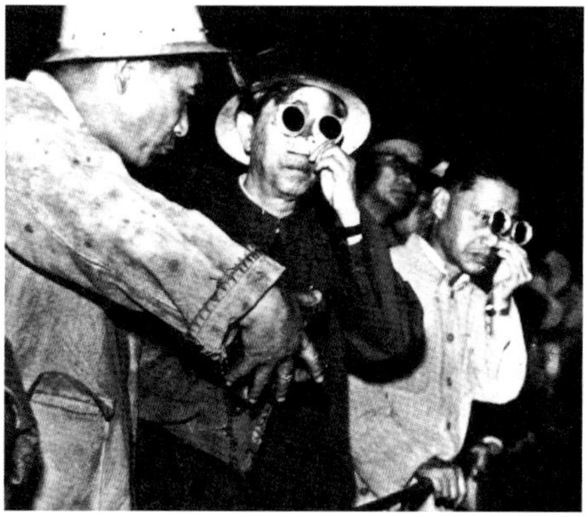

杨超陪同方毅副总理考察攀枝花钢铁厂

杨超陪同方毅副总理考察乐山五八五所

题，向科技人员请教，和专家们反复研究，和当地领导研究部署攀钢体制改革，探讨布局攀西发展的两个“二”：二滩、攀钢二期……

这些看似“流水账”，但却是方老和父亲对共和国大三线建设实实在在的贡献。父亲在四川主管工业、科技和科研工作。他在工作中既高瞻远瞩，又亲力亲为，为推动四川现代化建设呕心沥血，成效显著。

1995年春节期间，我陪父母到三亚休息。我天天缠着父亲，录了十盒录音带。本来想回来后就请假开始撰写，但杂志社工作实在丢不开，我无法开口，就又拖了下来。

2000年千禧年，老父亲九十岁，突发脑血栓，经华西医院抢救过来，但血栓堵塞了语言中心，从此失语。这次，我更是悔痛不已，我明白老父亲的日子确实不多了，而我，已经没法和他交流了。

事已到如今，我加紧了安排步伐。

20世纪最后的科幻盛会

1999年，我代表杂志社到澳大利亚墨尔本参加第57届世界科幻大会，回国后写了下面这篇小文，向科幻迷报告当时的所见所闻。

开幕式

时间：公元1999年9月2日19:30（当地时间）

地点：银河系、太阳系、地球、南半球、大洋洲、澳大利亚、墨尔本、墨尔本会议中心、La Trobe会议厅

太空混沌，宇宙初开。一个蔚蓝的星球在徐徐转动，“40,000 AGO”几个字叠印在星球上。一个澳洲土著人蜷伏在地，在鸟鸣兽吼中舞动，又弯腰捡起岩石和木棒，用石块砍击木

1999年在澳大利亚墨尔本第57届世界科幻大会上喜遇《惊奇故事》编辑同人

澳大利亚第57届世界科幻大会上的科幻书展

棒，钻木取火。星星点点的火花溅出，土著人拿起乌黑花红的木棒，蘸着火星吹奏“呜——”，如秋风萧瑟，狼嗥凄厉。火花从木制乐筒中飞溅，呼啦啦地撒向夜空，闪烁成满天瑰丽的星斗。地球飞旋，“Today”几个字母叠在地球上，一艘宇宙飞船呼啸而起，在星空中欢快地畅游，奔放激越的乐曲响起，“57th World Science Fiction Convention–Aussiecon Three”（第57届世界科幻大会暨第3届澳大利亚科幻大会）的字幕赫然显现，手敲电脑、笨拙可爱的鸭嘴兽（大会会徽）从星空深处推出，慢慢占满整个屏幕。

满天星斗的穹顶灯霍然放亮，银幕暗去，会议大厅里掌声四起，欢声雷动。本届大会主席佩里·米德密斯（Perry Middlemiss）在欢声笑语中大声宣布：第57届世界科幻大会现在开幕！

主席在致辞中热烈欢迎越洋而来的各国代表。他简述了经过四年的策划、活动、竞投，澳大利亚终于赢得了本世纪最后一届世界科幻大会的主办权。他还介绍筹委会经过三年的筹备工作，迎来了会议如期胜利召开。

米德密斯主席有一头雄狮般的棕发，戴着一副宽边眼镜，身穿一件印有大会LOGO的T恤。他热情而幽默，欢快风趣的讲话不时引得会场发出阵阵笑声和掌声。

主席特别提到澳大利亚著名本土科幻作家乔治·特纳（George Turner），感谢他对澳洲科幻创作和科幻编撰所做的卓越贡献。不幸的是身为'99 Worldcon（世界科幻大会）特邀嘉宾的特纳先生因病去世，大会专设议程纪念和缅怀特纳先生。

全副装备的科幻迷

在代表们的掌声中，米德密斯主席向全场介绍了走上台的筹委会主要成员，感谢他们为大会召开做了大量艰辛和无偿的工作。

主席退下场后，一位鬓须皆白的老者出现在舞台的聚光灯下。这位科幻老人是多届世界科幻大会的见证人，他讲述了1939年在美国纽约召开的第一次Worldcon，当时与会者虽然只有200人，但那是一个伟大奇迹的开始。在那之后至今60年，共召开了57届大会（1942年至1945年，

重逢1991年来过中国的日本科幻作家山岗谦

热情的日本科幻作家兜木励悟和另一科幻画家

澳大利亚爱画外星人科幻画家

日本二十多位参展画家的代表

世界科幻大会因第二次世界大战中断了四届）。他历数各届大会代表，出席者包含了全球亚、欧、美、澳、非五大洲的朋友，是真正意义上的世界科幻大会。1984年在美国加州阿纳海姆市举办的第42届世界科幻大会，创下了注册人数高达8,365人的最高纪录。他还动情地追忆了许多投身科幻的人士，虽然他们都通过时间隧道到另一个时空去了，但他们所推动的科幻事业已经在这个星球上波翻浪涌、蓬勃发展，足以告慰逝者的在天之灵。

这位在20世纪生活了八十多年的科幻老人，深情祝福科幻爱好者比世人生活在更无限的时空中。

掌声欢声中，开幕式完毕，我看看表，19:48。

18分钟的开幕式，别开生面而意蕴深长。

大会散记

自9月2日至9月5日，第57届世界科幻大会热烈而有序地进行。

十间会议室，上、下午分别举办各种类型讲座、交流、研讨会。

大会的议题有二十多项，其中主要有：科学处于科幻的中心地位，批判和评论，科幻作家和科幻迷，跨媒体的科幻，科幻和幻想，科幻和教育，其他世界的女性，建设更完善的世界，时间旅行，时间逃逸和时间图景，科幻的源头，在我们之中的外星人，《星际旅行》还会令我们满意吗，太空时代的年龄，想象力之旅，电子出版物和国际互联网的未来……不胜枚举。

第57届世界科幻大会现场

还有著名科幻作家的作品讨论会，作家和读者的交流，十多位作家签名售书。

贝莱恩六号大厅举办科幻书展。在琳琅满目的各式科幻书籍摊点上，我碰到了《科幻世界》的老朋友、美国专业科幻信息类杂志《轨迹》的主编查理斯·布朗。“杨潇，我们第五次会面了！”布朗热情又激动地说，“我们相识在圣马力诺；十年后，我们又相聚在澳大利亚。”布朗热情地把我介绍给在场的许多科幻代表，并由衷赞叹道：“科幻在中国有很大的发展，杨潇是《科幻世界》的主编，《科幻世界》是世界上发行量最大的SF杂志。”

借着《轨迹》的展台，我带去的杂志社制作的“二十世纪科幻大师丛书”波尔卷五本也在展厅得到展示。这套中文版的波尔名著吸引了不少与会代表，赢得了阵阵赞叹。在一家希腊小酒店，我被邀请和北美科幻作家共进午餐。餐桌上，那套中文版的波尔图书集令老外们大为惊叹：“太漂亮了！”“和在美国出版的一样精致！”著名科幻作家罗伯特·西尔弗伯格（Robert Silverberg）、乔·霍尔德曼（Joe Haldeman）、罗伯特·索耶（Robert J. Sawyer）都赞不绝口，希望我们把他们的想象力也凝结成方块字。这些由衷的赞叹和与中国科幻交流的愿望使我兴奋不已，我庆幸杂志社出版了“二十世纪科幻大师丛书”，有这样一套实在的样板，便于老外一眼就看出中国科幻前行的步伐，看出《科幻世界》在国际交流方面所做出的成功。

在琳琅满目的书刊点中，我结识了在美国久负盛名的老牌科幻杂志《惊奇故事》（*Amazing Stories*），结交了《奇幻和科幻小说》（*Fantasy & SF*），和澳洲的小出版集团阿拉尔（Alair）也建立了联系，还认识了澳洲年轻的科幻画家格雷戈·马丁（Greg Martin），后来他的“外星人”系列画作由我刊介绍给中

美国著名科幻作家罗伯特·希尔弗贝格为杨潇签名

Hi! We are all Si-Fi Fans!

又遇见查理斯·布朗

查理斯·布朗、杨潇、兜木励悟

国科幻界。

这个大厅举办澳洲科幻迷创作的各式科幻画展，那个小厅则滚动播出日本科幻动画片……最闹热的是在咖啡小吧旁的大厅里，数个代表团在竞投2001年至2005年Worldcon（世界科幻大会）的主办权。查阅Worldcon的档案，只有在美洲、欧洲、澳洲的举办史，欧美科幻主导着世界科幻，可惜尚未在亚洲举办过。

激烈的辩论，热烈的交流，严肃的讲座，书展，画展，排成长龙的签名售书，热闹非凡的科幻旧书刊拍卖会，作家诵读自己的作品……丰富多彩的活动让人应接不暇。

9月4日晚，世界科幻最高奖——一年一度的雨果奖颁奖会在“蝙蝠人”会议厅举行。大会共设了最佳长篇小说、最佳短篇小说、最佳编辑、最佳画家、最佳科幻迷作家、最佳科幻迷画家等

墨尔本第57届世界科幻大会书展

十三个奖项。雨果奖颁奖会是每年世界科幻大会的高潮。代表们济济一堂，对每一位获奖者都报以热烈的掌声。我们的老朋友查理斯·布朗的《轨迹》杂志得到了1998年度雨果奖最佳科幻半专业杂志奖。当我开心又羡慕地祝贺他“第十九次”捧走雨果奖时，布朗高高举起升天火箭般的雨果奖杯，认真地更正道：“不，是第二十一次。”坐在我身边的《纽约科幻评论》的主编斜睨一眼布朗，翻开《纽约科幻评论》，指着印在封面上的“第十一次雨果奖提名”的字样，不无妒忌地对我说：“瞧，提名已经十一次了，结果雨果奖还是被查理斯赢走了。”布朗侧头瞧瞧我们，仰头开心大笑，连他右边那只假猫眼都放出得意之光。

墨尔本会议中心人头攒动，穿着各式奇装异服的人在人流中穿来穿去。9月5日晚的化装舞会更把热浪中的大会推向高潮。

美国科幻名家罗伯特·希尔弗贝格签名售书

澳大利亚第57届世界科幻大会多个分会场

我本以为化装舞会是与会者穿着各式服装在大厅中跳舞，结果却是一台节目。舞会的演员们分少年组、业余组和专业组，由评委给演员的装饰和表演打分，各式装扮的与会者依次在T形台上表演展示，稀奇古怪的装饰大都是自己设计制作的，大都装扮成科幻影视中的著名形象：超人、蝙蝠侠、机器人、宇航员、《星际旅行》中的船长、《星球大战》中的公主……有的表演科幻影视中的片段，也有许多装扮成想象中的生物。化装舞会中还有自弹奏自演唱的节目，有个独唱表现地球人在浩渺银河系中的孤独之情。有个夫妻二重唱，表达身处不同星球的夫妻在茫茫太空中相互寻找。印象最深的是一组男声四重唱，表现了地球人类对外星文明的向往。来自二十四个国家的两千四百多名代表济济一堂，不时发出赞叹声和掌声，“More, more, encore”（再来一个）的呼声不断，台上台下融成一片。虽然我们种族不同，国籍不同，语言不同，但我们同在一个地球，共同怀着对这颗星球的热爱，怀着对外星文明的向往。

在两千多名代表中，寥寥几十名亚洲代表显得特别显眼。我碰到了日本科幻界的老朋友山冈谦、大迫公成、林田茂、兜木励悟等。四十多位日本代表中，有二十多位是赶来展示日本科幻动画片的，他们带来的二十多部科幻动画片在会场的一个小厅里滚动播出。

墨尔本会议中心，来自五大洲各国最富想象力的人们欢聚一堂，畅想地球的未来，讨论科学在科幻中的中心地位。会场中写着大标语“为了富有想象力的旅行者”，人们笑谈道：“全世界计算机联结起来，Internet就一定要实现。”会议表现出多元文化——多种族文化、科技文化、人文文化的交流融汇，表现出同在一个星球的同一种生物（人类）和自然的和谐共处，表现出人类对自然进程的一种尊重和预测。

身在黑、白、黄三色人种中，和来自五大洲的同行和爱好者交流切磋，真正体会到科幻是一种世界语言。

会场对门，是墨尔本皇冠大赌城，据说是澳洲最大的赌城。会议中心和赌城中只隔着一条二十多米宽的亚拉河，走过亚拉桥不到十分钟。

会议中心沸沸扬扬的两千多人中，只有数十名亚洲人，其中我是中国唯一的代表。似乎亚洲人勤劳务实，不善幻想，不屑于这类远离现实的“胡思乱想”。当我好奇地走进隔河相望的皇冠赌城，在富丽堂皇、灯光幽幽的赌场转了一大圈，却吃惊地发现聚在赌桌旁的亚洲人占了近一半，其中又以我们华人同胞居多！

本世纪即将走完，盘点一下这百年我们对世界文明的贡献，不觉黯然。仅从亚拉河两岸的两幢大楼里参与人数的差别，似乎使我感觉到什么……

身在南半球

在南半球，处处感到和北半球的差异。想想悉尼和成都跨越赤道分布在大致相同的纬度上，一个南纬，一个北纬，因而一个是早春，一个是初秋。夜晚，满天星斗，却不见北斗七星，看到的是从未见过的星空。由于南太平洋上空透明度极高，每颗星星都更大更亮，仿佛伸手可摘，让人生出恍若进入太空之感。白天在地球上走，感觉不到南北半球的“倒着”，只有夜晚仰望陌生的星空，仰望着小麦哲伦星云团，寻找着南十字星，才真正感觉到是身处相反的南半球。特别是站立在澳大利亚海边，看着弯牙形的上弦月缓缓上升，想到故乡，季节相反，星空不同，虽然仰头同是一弯月，但月牙弯弓却相反。眼见这一切，感受到这一切，对我们所在的美丽星球又添了一份热爱，多了一份眷恋，多了一份依恋。

乔·霍尔德曼为他的科幻迷签名售书

站在澳大利亚最东端的海岬，看海上绚丽的日落，听塔斯曼海的惊涛拍岸；想象着在这离国际日期变更线只有不到两小时时差的地点，在黎明前深蓝色的万籁静谧中，欢欣地迎接新世纪的第一轮朝阳，那将是何等瑰丽，何等壮观，何等现代！到那时，比澳大利亚更东头的新西兰将更早迎来千禧年。网络时钟将正式启动，同步监视全球依经度顺序进入2000年。

全世界科幻界祝福你，更加文明的21世纪。

任何事干久了，神就上身了

刊物定位确立以后，主要就是提高刊物质量了。举办银河奖征文，开笔会，建立培养作者队伍，提高刊物稿件质量，这些立刊之本的重要工作，主要是我刊副主编、后任总编的谭楷负责，他为此付出了极大心血，做出了卓越贡献。谭楷老师和我是老搭档，从1984年起，我们就在一起负责编辑部的工作。他文学水平高，专业能力强，为人风趣、谦和、宽容，我们工作协调，合作愉快。

从伏案做编辑工作来说，我个人投入最认真的就是刚改刊后的那几年，也就是1993年到1996年。当时，我和谭楷轮流当责

年年再忙，科幻世界杂志社都要赴春之约会

在2000年中国南京书市上

左起：阿来、陈桂萍、石峰（时任新闻出版署办公厅主任）、杨潇、张泽青

编，比如这期轮到我了，编辑们就把他们初选的所有稿件交给我选、改、编发；轮到谭老师了，他们就把稿件交给谭老师。那几年，我们聘请了陈进（原《四川文艺》主编）老师和邓吉刚老师，还把《青年作家》的资深编辑田子镒挖了过来。后来，田子镒成了我刊编辑部主任。他一流的文字功夫和文学水平为提高刊物质量、为刊物评优做出了重要贡献。田子镒曾荣获国家语言文字委员会“全国社会用字管理先进个人”奖。这样，加上谭楷、小莫和我，美编蓝叶、张建翔和张蕾，我们的编辑力量大大增强了。可那些日子依然很忙碌，很认真，也很辛苦，经常还不得不把稿件带回家，和作者笔谈神交于星光之下。

那些年办刊特别踏实，也特有成就感。当期刊编辑真是不错，是一种能够留下足迹的职业。你一年的春夏秋冬，就凝结在厚厚的一本合订本之中。当你退休后，翻翻几十本合订本，找寻自己的印迹，令人感怀万千，也心生欢喜。

在办刊中，我创办并主持了《科幻之窗》《名家、名著、名画》《科幻邮箱》等栏目，并约请吴定柏老师主持了《科幻百科》栏目，丰富了刊物内容，提升了刊物的品位，也使得《科幻世界》能够一直保持国际化视野。

1987年，我们经上海出海关到日本，在上海时拜访吴定柏老师，得到了他的指点。90年代，我到上海出差，主要是向吴定柏老师组稿并商讨开特邀栏目事宜。吴定柏老师除了为我刊翻译了不少科幻小说外，还撰写了一些他到海外和科幻作家交往的故事，并连续三年承担了《科幻百科》栏目的资料收集与翻译工作，是我刊的主力作者。王逢振老师也是我刊的主力翻译。1989年，他为我们联系了美英两国的许多科幻大家，并舶来不少重头科幻书籍，他也是《科幻邮箱》栏目的主力作者。1991年WSF成都年会之后，又联系上了郭建中老师，也向他约稿。这些知名翻译家为《科幻世界》搭建了和国外科幻界交流的金桥，直接引进了国外优秀科幻作品，满足了读者睁眼看世界的渴求。

那些年里，我们举办过几次“假如我当主编”活动——这也

1994年初进入杂志社的资深员工贺静（左一），刚来时还是个17岁的小女生

沾“谭熊猫”的光，编辑部春游时又围着大熊猫嬉笑

和科幻女作家凌晨（左）、于向昀（右）

是我的创意。例如1996年，就收回7000多位“主编”的回复，从中我们清楚地知道我刊的读者层次在提高。1992年，我们跑市场调查，得知我刊的主要读者是初中学生，所以我们1993年推出的《科幻世界》是图文并茂的新版本；而到了1996年，我们准确地了解到当时的读者中57.9%是高中生，25%是初中生，余下17%是

大学生和大学以上文化程度的成年人。这些调查帮助我们及时准确地调整定位，有针对性地优化栏目、版面和内容层次，以期更精准地服务读者。

1996年，我们基于市场调查及时进行了分刊，把动漫、连环画分到适合中小学生的《科幻世界画刊》，让文刊对准高中生并辐射两端，同时推出有科幻创意的高科技科普文章，并保留了面向中学生的《校园科幻》栏目。

那些年，我们频频到中学和大学开讲座、见面会、读者座谈会。刊物在不断调试不断改进中越来越受到读者肯定，和作者读者的兴奋点频频谐振，《科幻世界》品牌影响力不断扩大，真享受那种成长感。

1994年，《科幻世界》开辟版面，办了“科幻迷俱乐部”。科幻迷是科幻作品最核心的读者，他们大大地成就了科幻文学。国外科幻书刊对科幻迷非常重视，刊物和科幻迷相互成就，我们从中深受启示。“科幻迷俱乐部”第一任主持人是小雪，以后虽然实际主持人不断变换，但以“小雪”名义主持该栏目的惯例一直沿袭下来。

1998年，中国“第一科幻迷”姚海军加盟《科幻世界》，科幻作者郑军也来了。他们俩刚开始是做科幻迷俱乐部的工作。那时我社科幻迷俱乐部在册人数差不多八九千人，他们是读者群中的团粒结构。通过科幻迷俱乐部，我们的影响扩散了出去，读者的需求吸收了进来。我刊的好些好栏目，如《封面故事》《奇想》《名家·名著》等，都来自读者的建议。科幻迷是《科幻世界》的核心读者，起了相当大的凝聚作用，他们热情而坚定的支持也激励着办刊人坚守。

我刊年年举办科幻小说银河奖征文，推出自己的科幻作者，这是《科幻世界》成功的重大举措之一。期刊发行量潮涨潮落，

2016年中国科幻银河奖颁奖会大会

“银河奖”三十岁啦！
左起：吴岩、刘兴诗、刘成树、杨潇、姚海军、赵海虹、小姬、谭楷；右后排：拉兹、宝树、陈楸帆、张冉

我们也及时调整，顺势而为。明星作家群崛起，推出精品佳作，作家、作品和刊物品牌相互辉映，共同成长，这是期刊成功的标志。《银河奖征文》《每期一星》《校园科幻》都是我刊的品牌栏目，每期扎扎实实地推出作品，推出科幻银河奖新星和校园科幻作者，从中学开始培养大量作者。

杂志社有良好的激励机制和鼓励人才脱颖而出的环境氛围。员工提出的好的建议能得到表扬肯定，并支持其实施。比如当时年轻美术编辑蓝叶提出创办《惊奇档案》，经杂志社论证后，给予了大力支持；邮购部年轻员工提出利用科幻IP开发文创产品，也同样得到了大力支持。再比如2002年，我们实施了代号为“拯救”的行动。杂志社紧急派员撒到全国去处理出版印刷错误，被派员工立即快马加鞭赶赴各地。当时派发行部员工刘成树去新疆处理刊物，刘成树考虑得周到，先赶到货运批发站，结果查到这批刊物正准备离站发运，于是马上拦住刊物并当即组织力量修改，紧接着又赶赴辽宁、内蒙古；谭楷去了北京，小莫去了云南；秦莉也去了辽宁、吉林、内蒙古……事毕开总结会时，我表扬了全体员工与杂志社命运休戚相关，特别表扬并奖励了刘成树，他想方设法了解情况并主动解决问题，不但避免了劳民伤财，还加倍完成了任务。

在一种良性竞争的工作氛围中，员工们敢于试错、敢于冒尖，敢于探索，勇于创新，发挥积极主动性。

我们《科幻世界》的命运，我们科幻世界杂志社个人的命运，和社会时代的命运，在科技大发展这一历史正道上紧紧契合。

“任何事干久了，神就上身了。”果然！

黑格尔曾说：一个民族有一些关注天空的人，他们才有希望；一个民族只是关心脚下的事情，那是没有未来的。所幸的是，中华民族有着众多优秀的人在仰望星空。

在若干次的银河奖颁奖典礼上，我都碰到过很多科技界、科幻界、影视界、企业界人士，纷纷说他们当时是我刊《银河奖征文》《校园科幻》的作者，是科幻迷，科幻改变了他们的人生。时间点石成金，把当年的科幻迷变成了各行各业特别是科技界、企业界的弄潮儿。曾经认为的科幻不断地逼近我们的生活，《科幻世界》敏感地紧跟时代，关注着科技界、科幻界的变幻，关注科技科幻界的时尚。《科幻世界》确实是站在历史的必然通道上，参与了当代中国走向世界、向现代化进军的光辉进程。

有离开《科幻世界》的年轻编辑对我说：离开了杂志社后，回过头来看，杂志社不仅是作者的黄埔军校，也是编辑们的黄埔军校，也是员工们的黄埔军校。因为在杂志社期间得到了各方面的锻炼，在《科幻世界》炼过一遭，摔打过一回，出去大都发展得不错，“混得很好”。

我想，是的。但主要是杂志社严格而又宽松的环境让他们的才能得以发挥。

刘慈欣、王晋康、韩松、何夕都是从《科幻世界》走出来的科幻名家，还有吴岩、星河、柳文扬、赵海虹、凌晨、杨平……

从《科幻世界》走出去的编辑中，阿来、秦莉、杨枫，现在分别是中国作协副主席、四川人民出版社总编辑、成都八光分公司CEO；唐风、说书人分别成立了自己的科幻公司；彭柳蓉现为专业作家；美编张蕾现在是一名艺术家，“她在画中构筑了一个绚烂而充满幻想的世界，带领观赏者跨越时空”；美编张城钢现在在开发文创产品，给很多景区供货；而发行部员工袁野现在是一家艺术摄影公司的副总……

现任社长兼总编（法人代表）刘成树，副总编姚海军、拉兹，都是杂志社自己培养起来的梯队领军人物。杂志社成长了，他们也随之成长；而他们和中层干部和员工成长的总和，就是杂

2016年，在杨潇母校北京航空航天大学召开了中国科幻小说“银河奖”三十周年庆典。王晋康、刘慈欣为谭楷和杨潇颁发“银河奖特殊贡献奖”

志社品质的跃升。

银河奖中走出的巨星、新星，科幻迷俱乐部会员、读者，通过我们杂志社这个小小团队的维系，编者、作者和读者完美结合，打造出了我们的品牌。作者、编者、读者共同成就刊物，很少有刊物有这种共生圈。或许推出名作者、名编辑，期刊同人都这么操作，但我刊比较特别的是长期维系科幻迷。

科幻拓展了生命的宽度和广度

很长时间以来，《科幻世界》的边栏语都选自读者来信，还有《假如我当主编》栏目等，从读者来信当中筛选大量内容来丰富刊物。他们提供了很多点子，使我们知道读者想要什么。科幻迷是我们扎扎实实的核心读者群，处理读者来信也成了我刊编辑的一大嗜好。《科幻世界》一直传承了这个传统，我们和科幻迷的关系一直很铁。

第75届世界科幻大会联合主席克莉斯托·赫夫（Crystal M. Huff）就是一个美国科幻迷，他们对科幻的发展起了相当大的推动作用，这是科幻文学不同于其他类型文学的一个特点。走到哪儿，各行各业都有很多的科幻迷。比如说，2007年《科幻世界》承办国际科幻奇幻大会时，我因出车祸伤及脊椎没能参加，在西安给我动手术的医生技术精湛，其助理就是个科幻迷。他说："哎哟，杨老师，您就是杨潇啊！"他对我特别尽心。

我正在写此书时，有一个名叫朱钰婷的科幻迷联系我，她正在浙大读博，博士论文就是《〈科幻世界〉与中国当代科幻文学发展研究》。她写道："我从小便开始阅读《科幻世界》，非常感谢您和科幻世界编辑部带给我童年和青年时期很多美好回忆。当初攻读硕士和博士学位都是决心要研究科幻，在未来很长的路我都会与此相伴。"

这类科幻迷还有很多。每当读到这类来信，我都感到非常感动、非常欣慰。

与世界科幻Hand in Hand

“7”这个年份对《科幻世界》是吉祥数。1987、1997、2007、2017，自创刊开始，逢“7”之年对《科幻世界》乃至对中国科幻都有重大意义，影响深远。

与世界科幻界Hand in hand，《科幻世界》交出了一份亮丽的答卷。

1987年，《科学文艺》代表团一行四人（杨潇、谭楷、莫树清、向际纯）出访日本，参加日本第26届科幻大会。如果说1987年首次走出国门还是无意识的，是基于日本科幻界邀请，之后我们编辑部就是主动、积极、有意识地寻求对外交流合作，共谋世界人类共同体的科幻文化发展，哪怕在刊物经济尚未自立

2017年刘慈欣、赵如汉、拉兹等参加芬兰赫尔辛基第75届世界科幻大会，在《科幻世界》展位前

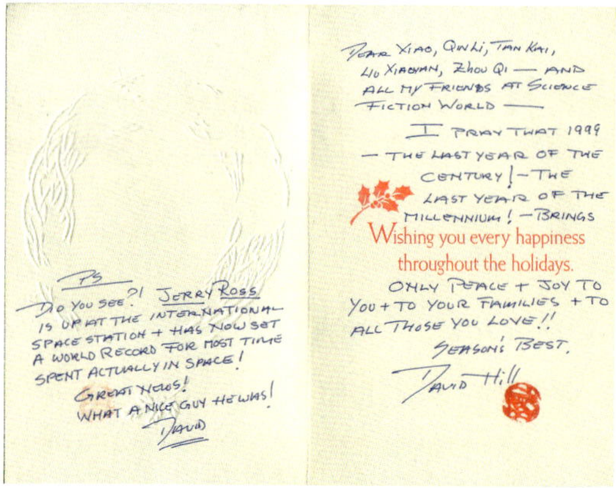

美国科幻作家大卫·赫尔给我们寄来的贺卡

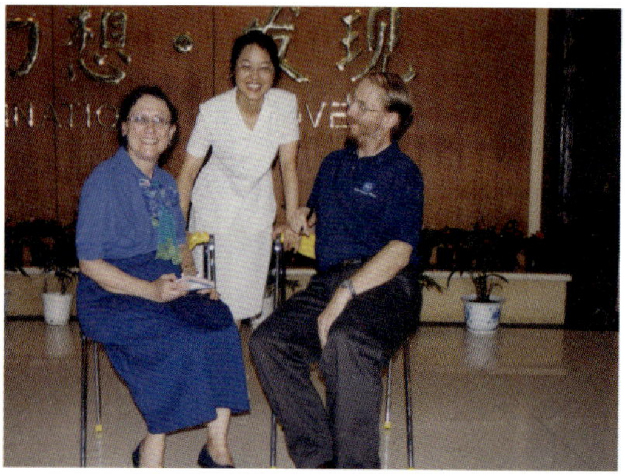

美国NASA科学家、科幻作家兰蒂斯夫妇和杨潇在科幻世界杂志社

时。

1989年，《奇谈》主编杨潇参加世界科幻专业协会（WSF）1989年圣马力诺年会。

1990年，申再望、杨潇、向际纯参加1990年WSF海牙年会，并参加第48届世界科幻大会；这是中国科幻人第一次出现在世界科幻大会的舞台。

1991年，《科幻世界》编辑部在成都承办了1991年WSF成都年会；这是中国大陆第一次举办大型国际性科幻活动，树立了科幻文化在中国的正面社会形象；这次会议也是中国（成都）国际科幻大会的起始。

1992年，科幻世界杂志社副主编谭楷、编辑莫树清赴德国参加欧洲科幻大会。

1995年，编辑莫树清、美编蓝叶赴日本参加日本第34届科幻大会。

1996年，科幻世界杂志社社长杨潇赴美与美国科幻期刊交流，采访科幻作家。

1997年，科幻世界杂志社承办'97北京国际科幻大会暨成都月亮湾国际科幻夏令营。这次会议第一次正式使用了“国际科幻大会”的名称，也是第二届中国（成都）国际科幻大会。

1998年，《科幻世界》副主编谭楷、编辑莫树清、秦莉赴美出席第56届世界科幻大会。

1999年，科幻世界杂志社社长杨潇赴澳大利亚出席第57届世界科幻大会。

2000年，《科幻世界》主编阿来、编辑秦莉赴美出席第58届世界科幻大会。也是这一年，《科幻世界》笔会邀请了美国科幻作家伍家球和以色列科幻作家拉维与会讲座交流。

2001年，科幻世界杂志社社长杨潇、副社长秦莉到英国参加世界期刊博览会，同时拜访英国科幻作家、出版商；编辑部主任田子镒赴欧洲考察。

2002年，美国NASA科学家、科幻作家杰弗里·兰迪斯（Geoffrey A. Landis）夫妇来杂志社讲座交流，并参加《科幻世界》与成都七中共同举办的“追赶太阳”活动。

2004年，科幻世界杂志社副社长秦莉、副主编姚海军、编辑李克勤赴美参加第62届世界科幻大会。

2006年，科幻世界杂志社社长兼总编秦莉赴法国参加期刊研讨会，赴德国参加法兰克福书展。

2007年，科幻世界杂志社承办2007中国（成都）国际科幻·奇幻大会，规模空前。大会首次尝试借鉴世界科幻大会的办会模式。这次会议也是第三届中国（成都）国际科幻大会。同年，科幻世界杂志社社长兼总编秦莉、《科幻世界》主编姚海军赴日参加第65届世

张晓杰（四川省新闻出版局副局长）和科幻世界杂志社财务总监张涛出席2012年伦敦书展

界科幻大会。

2012年，科幻世界杂志社财务总监张涛前往英国参加伦敦书展。

2012年，《科幻世界》编辑部主任杨枫前往美国芝加哥参加第70届世界科幻大会。

2013年，科幻世界杂志社副社长刘成树前往澳大利亚、新西兰进行业务考察。

2017年，四川省科协和成都市科协联合组团，赴芬兰首都赫尔辛基参加第75届世界科幻大会，科幻世界杂志社派出刘成树、姚海军等六位代表策划、组织了一系列活动，并进行了中国科幻图书的展示和售卖，受到世界科幻界广泛关注。正是在这次大会上，由成都代表中国申办世界科幻大会的念头悄然萌发。也是在这一年11月，科幻世界杂志社在成都东郊记忆承办了第四届中国（成都）国际科幻大会，本次大会与中国科协主办的第二届中国科幻大会套开，并进一步学习借鉴世界科幻大会的办会模式，让国内外科幻机构看到了中国科幻界举办国际性科幻活动的能力，也让全国主要科幻机构下决心共同支持成都申办世界科幻大会。

科幻世界杂志社副总编姚海军、拉兹等出席世界科幻大会后，赴日本访问交流，与日本早川书屋社长早川浩等就中日互推科幻专辑、加强版权合作等进行了深入沟通

2018年，四川省科协和成都市联合组团，赴美国圣何塞参加第76届世界科幻大会，科幻世界杂志社社长兼总编刘成树，副社长梁晓林，副总编姚海军、拉兹及编辑魏映雪参会，策划组织了多场沙龙、派对，宣传中

刘成树、经戈（四川省科协副主席）、本·亚洛、姚海军、张达（留学生、志愿者）

国科幻。正是在这次大会上，科幻世界团队代表成都正式宣布竞选2023年第81届世界科幻大会举办权。也是在这一年，科幻世界杂志社副总经理黄河和编辑钟睿一、梁爽赴德国参加法兰克福书展，并赴意大利与科幻机构交流。

2019年，四川省科协和成都市联合组团，赴爱尔兰都柏林参加第77届世界科幻大会，科幻世界杂志社董事长兼总编刘成树，副总编姚海军、拉兹，图书部主任魏映雪、副主任陈曜参会，正式开展一系列竞选活动，接受全球科幻迷代表质询；11月，科幻世界杂志社承办第五届中国（成都）国际科幻大会，邀请4大洲14个国家的60名国外嘉宾参会，充分展示了成都丰厚的科幻文化土壤和举办世界科幻大会的能力，为最终的成功申办奠定了坚实基础。也是这一年，科幻世界杂志社副总经理黄河及图书部主任魏映雪、版权部主任梁爽、《科幻世界》执行副主编迟卉、译文版编辑钟睿一赴德国参加法兰克福书展，并开展多场活动，图书部编辑汪旭、李闻怡赴韩国参加首尔国际书展。

2020年，第78届世界科幻大会因新冠疫情原因改为线上，科幻世界团队通过在线方式参会并开展竞选活动。

2021年，原定承办的第六届中国（成都）国际科幻大会因新冠疫情原因取消，但科幻世界团队仍开展了一系列线上活动，助力成都申办世界科幻大会。同年12月28日，在美国圣何塞举办的第79届世界科幻大会上，成都成功赢得第81届世界科幻大会举办权！

2022年，2023成都世界科幻大会组委会组织代表团赴美国芝加哥参加第80届世界科幻大会，开展一系列宣传活动，科幻世界杂志社营销策划部主任王璐和《科幻世界》编辑曾筱洁作为成员和芝加哥科幻大会志愿者参与各项工作，学习积累世界科幻大会的办会经验。科幻世界杂志社副总编、《科幻世界》主编拉兹和图书部副主任陈曜作为杂志社代表同期参会，与国内外科幻同行进行了深入交流。

2023年，科幻世界杂志社图书部副主任孔祥樨赴英国参加伦敦书展。《科幻世界》编辑部主任陈曜、营销策划部主任王璐和译文版编辑钟睿一赴意大利参加都灵书展。图书部编辑李闻怡赴韩国参加首尔国际书展。动漫开发总监赵伟轩及版权运营总监王姗姗、营销经理廖学文赴日参加东京动漫展。

2023年10月18日至22日，中国成都将举办第81届世界科幻大会！

2023年10月21日晚，举世瞩目的“雨果奖”将在2023成都世界科幻大会上举办颁奖典礼！

从1990年《科学文艺》编辑部第一次参加在荷兰海牙举办的第48届世界科幻大会，到即将在中国成都召开的科幻世界杂志社作为重要参与方的第81届世界科幻大会，我们走了33年！

这30多年来，通过一系列对外交流，杂志社舶来大量国外优秀科幻小说，不断结识国外优秀科幻作家，提高了办刊质量，提升了刊物品位，备受科幻读者喜爱。同时，《科幻世界》和中国科幻的知名度在国际科幻界也日益高涨。

通过参加和举办这一系列国际科幻活动，也提高了杂志社骨干员工的国际视野、眼光眼界、人文素质，锤炼了整个杂志社队伍。杂志社需要的是21世纪能紧跟时代甚至眼光超越时代的人才。我们从事的不是过去时的事业，我们刊物的性质决定我们刊发的作品不是发生在过去和现代的事，即使有，也是穿越式的从古至今至未来的故事，我们团队的成员虽然不能穿越到未来，至少也该具有面向世界的朝向，具有面向未来的眼光。

科幻世界杂志社承办了五届中国（成都）国际科幻大会，参与多次、多类型的国际科幻活动，与国际科幻界建立了广泛联系，极大地提高了《科幻世界》在国际国内的知

科幻世界杂志社举办的“中-欧-韩科幻交流分享会”

大爱无疆（摄于2008年）
左起：美国科幻作家尼尔·盖曼、秦莉（时任科幻世界杂志社社长兼总编）、汶川映秀小学校长、崔俊伟（四川省科协国际部部长）

名度，也在国际科幻交往中锻炼和提升了我们的团队，使《科幻世界》、使中国科幻走向世界，和国际科幻界Hand in hand。

使中国科幻走向世界，和国际科幻界Hand in hand，一直是中国科幻人梦想，是我刊的梦想。但由于早期条件还不够成熟，当时大多是将国外科幻译作介绍到国内，单向交流，将中国科幻作品推向世界舞台，综合实力上还显得薄弱。

1984年，中国科幻小说第一次在国外出版了选集，叶永烈选编的《中国科幻小说选集》在德国出版，其中收录了刘继安的科幻小说《湖边奇案》，该短篇小说发表于《科学文艺》1981年第5期。

遗憾的是，直到21世纪，中国科幻作品才开始再次踏出国门，平等地进行国际交流，其间空白了30多年。

随着中国科幻作家日益成长，科幻作品日益成熟，中国科幻

2000年，阿来在美国芝加哥（时任《科幻世界》主编）参加第58届世界科幻大会

和世界科幻界终于可以平等交流了。在大国崛起、中国高科技迅猛发展的背景下，中国科幻作品气宇轩昂，扬首走向世界。

2015年，刘慈欣凭借《三体》一举夺得雨果奖最佳科幻长篇小说奖，“单枪匹马把中国科幻提升到了世界水平”。

2016年，郝景芳的《北京折叠》再获雨果奖，中国科幻连连站上当代世界科幻小说顶峰，让国际科幻界为之惊诧，为之欢呼。

迄今为止，刘慈欣“地球往事”三部曲、郝景芳的《北京折叠》及王晋康、韩松、吴岩、夏笳、陈楸帆、七月、宝树等的科幻著作，以英、法、德、意、日、葡萄牙、土耳其、匈牙利等多种语种版本广为出版，受到世界科幻读者的热捧。

中国科幻以卓越的世界级科幻名家、杰出的世界级科幻巨著走向世界。31年前，当时的日本中国科幻小说研究会会长岩上治先生曾预言：“出过《三国演义》《红楼梦》《西游记》等巨著的伟大国家，一定能出震惊世界的科幻巨著！”

岩上治先生真是伟大的预言家。

科技和科幻交映生辉，中国及世界科技的飞跃发展加速了中国科幻文学的跃升。科幻文艺是一种世界语言，对外交流促进了中国科幻繁荣，让想象力奔涌不息，使中国科幻在多元文化的碰撞中汲取养分，也让整个中国社会多角度大视野深层次地认识了科幻文化。

卓越的备受读者推崇的科幻作家，杰出的引领时代的科幻作品，这两者是中国科幻走向世界最显著的标志。在中国科幻走向世界的进程中，《科幻世界》团队率先垂范，在艰难的条件下勇开先河，从20世纪80年代直到今天，30多年来锲而不舍，持续前行，星光大道朝向银河。

星星之火终于燎原

现在，科幻文化的层次大大提高了，爱好者也不再是孤独的圈内小众，开始“破圈”，科幻队伍包含了很多科学家、科技界人士，各行各业很多高层次的人共同组成了科幻大群体。我出席过多次中国科幻银河奖和华语科幻星云奖颁奖会，特别是出席第27届、第33届科幻银河奖颁奖会和第七届、第十四届科幻星云奖颁奖会，听了会议的高峰论坛，很多演讲者都说他们是科幻迷，是《科幻世界》的读者。他们现在登台推升科幻事业，发展科幻文化产业，让人倍感欣慰。

这么多年，星星之火终于燎原。

中国科幻乃至世界科幻的壮阔发展，源自人类不断探索、科技进步日新月异，源自人类视野的不断拓展和对未来的无限向往，这是多么宏阔的科幻时代！

我刊的努力付出也得到了上级主管部门和行业的认可。1999年，《科幻世界》被评为全国百种重点社科期刊，荣获国家首届期刊奖提名奖；2003年，评为第二届国家期刊奖百种重点期刊；2005年，获第三届国家期刊奖提名奖；2007年，首获中国出版领域最高奖“出版政府奖”；2009年，《科幻世界》入选国家新闻出版署第九届向全国少年儿童推荐阅读百种优秀报刊；2009年，评为新中国60年有影响力期刊；2018年，荣获第四届中国出版政府奖提名奖；2020年，《科幻世界》和《科幻世界画刊》双双入选中国优秀科普期刊（全国共50家）。

要说做产业的话，我们应该算比较早开始尝试的。80年代成立发行部，90年代成立广告公司。90年代末本世纪初，我们频频和CCTV科技频道接触，想共同做一些影视项目，可能水不到渠不成吧，没有成功。

我刊也曾和美国的迪斯尼乐园接触过，还和美国的“北美频道”（North America Channel）有联系，我们通过他们宣传中国科幻，他们播科幻节目，也和我们交流一些科幻资料。

骆汉城和吴岩参加全球世界华人科幻星云奖走红毯

1997年，我们举办了王晋康作品研讨会，和国内外科幻作家一起研讨王晋康的“核心科幻”。可能当时翻译水平不够，我们各方面操作也还不到位，没能把《生命之歌》推向海外。

'97北京国际科幻大会使我们不仅收获了影响力，也收获了更多国外科幻大师的友谊和支持，为我们在引进优秀海外科幻版权方面打开了一条难得的绿色通路。1998年，经报省新闻出版局同意，杂志社与四川科技出版社联合成立了“科幻图书编室”，由时任策划总监阿来牵头，秦莉任主任，四川科技出版社则指定由宋齐负责出版统筹，正式开启了杂志社向科幻图书进军的新征程。科幻图书编室首批策划出版的图书主要有两个方向：“当代中国原创科幻小说丛书”和“二十世纪科幻大师丛书”——这便是后来成为中国科幻图书闪亮品牌的“中国科幻基石丛书”和“世界科幻大师丛书”的前身。

为了做好图书，我们组建团队，针对引进版权图书，还专门组建了翻译队伍，最初由著名翻译家、时任四川外语学院院长的蓝仁哲教授担任翻译顾问。这支队伍不断壮大，王逢振老师、吴定柏老师也受邀加入，对推动我们图书出版工作发挥了非常重要的作用。同时，我们鼓励有热情、具备能力的编辑人员积极参与图书编室工作，为他们搭建平台，助他们成长，后来成为杂志社图书编辑功臣的姚海军便是其中一个优秀的代表。

2003年杂志社由总编辑阿来主持启动了一项规模宏大的科幻图书出版项目——中国科幻“视野工程”，计划长期系统推出西方科幻文学核心经典和中国科幻文学优秀作品。“视野工程”后由姚海军担纲。其中，“中国科幻基石丛书”到目前（2023年）已出版76部，囊括了中国当代科幻名家、最受读者追捧的科幻作家刘慈欣、王晋康、韩松、何夕、钱莉芳、江波、谢云宁、

2016年，《科幻世界》银河奖三十周年庆典前老朋友喜相逢
左起：吴岩、王晋康、谭楷、骆汉城、魏雅华、杨潇、吴显奎

宝树、鲁般、阿缺、邓思渊等的代表作品；“世界科幻大师丛书”已出版210部，囊括了罗伯特·海因莱茵、阿瑟·克拉克、雷·布雷德伯里、弗里德里克·波尔、小松左京、罗伯特·索耶等大师名著，推动科幻世界杂志社、推动中国科幻从基本的杂志时代进入到图书时代。

特别值得一提的是，进入本世纪，新生代作家携重磅佳作如朝阳般喷薄而出，陈楸帆、郝景芳、江波、张冉、谢云宁、拉拉、宝树、阿缺、杨晚晴、程靖波、顾适、索何夫、王诺诺、陈梓钧、鲁般、慕明、天瑞说符……这一串长长的闪光的名字让人心花怒放，中国科幻的黄金时代真的到来了吗？

回想起1992年我们《科幻世界》大调查大改版，将1993年起的新版本定位放在初中学生，真是定位准确，这个大改版千值万值。90年代下半叶，又将读者定位调到青少年。90年代的中学生到本世纪初，正值青年时期，正在崛起的新生代作家为杂志的新定位提供了有力的内容支撑，新生代的作品也为刊物带来了朝气勃勃的极富未来感的青春气息，他们相互呼应相互成就，形成了作者和作品的正向反馈。

2000年，《科幻世界》销量达到了历史最高点，某期印数接近40万册。那么多年的历练和沉淀，做了海量工作，夯实了坚实基础，期刊影响力不断扩大，明星作家不断涌现，读者规模持续壮大。整个90年代，期刊发行量节节攀升，《科幻世界》的品牌竞争力实现了跃升。当然，我们办刊的成绩和成就从来都不是一蹴而就，所获品牌效应是长期积累所致。《科幻世界》致力于培育持续竞争力，我们切实研究了市场，主动细分了科幻市场。从年龄层次、阅读形式上拉开一个梯度，形成杂志的立体格局。现在，《科幻世界》和《科幻世界·译文版》，就是细分了原创作品和翻译作品的市场，《科幻世界》和《科幻世界·少年版》是从年龄层次上

1999年第7期，我们《科幻世界》撞大运了！

拉开了梯度，而《科幻世界》和《科幻世界画刊》则是从阅读形式上细分了市场。这不是我们自己和自己竞争，这是我们主动细分科幻市场，力争科幻系列群刊在各自领域做到一流。

1999年，我们“撞大运”了。时任主编阿来在这年第7期刊发了由作者王麟撰写的科幻小说《心歌魅影》。这篇小说的核心科幻概念是记忆移植，在这期的《阿来专栏》中，阿来写出的是《长生不老的梦想》，也是关于记忆移植的。而1999年高考作文题就是《假如记忆可以移植》，于是媒体惊呼：《科幻世界》泄露了高考作文题？我社也不失时机地借题发挥，总编谭楷组织宣传造势，借高考命题宣扬提倡年轻人的想象力。千禧年前夕，科幻小说《心歌魅影》与高考作文题的巧合，使社会舆论兴奋不已，不少家长带着孩子涌入杂志社购买订阅《科幻世界》，连过期杂志和往年合订本都扫荡一空。我感慨的是，我们的教育系统终于认识到，一个有好奇心、有想象力、关注人类走向的民族，才能够登高望远，汇入历史潮流。

我们长期坚持提倡想象力终于得到了社会的响应，这个偶然的“撞大运”，是杂志社多年提倡前瞻性、创新性思维的必然。拿《电脑报》社长陈宗周的话来说：《科幻世界》的这场爆发，看似偶然，实则必然，是偶然中的必然。这再次扩展了刊物的知名度，《科幻世界》顺风飞扬，刊物影响力大大提高，发行量再上台阶，进一步提高了品牌的含金量。

1994年，《科幻世界》曾发出一辆《银河列车》，那是一本科幻杂志社员工、科幻作家和科幻迷共享的通信录。2000年，从《科幻世界》又驶出了一列《银河列车》，在这列呼啸着驶向银河的列车上，俄罗斯宇航员列昂诺夫将军幽默地说：“听说车长是杨潇，我想给她换个位置，我的驾驶技术不差，我可是真正的宇航员啊！”

当然，如果列昂诺夫将军来当车长的话，那我们的《银河列车》会风行天下。

告别——卸任

2002年10月31日，我召开了全社大会，在会上，我做了辞职讲演。我讲明为什么主持工作近二十年后，我会提出卸任，也回顾了杂志社整个发展历程。

我在告别讲演中说："我算是个理想主义者，自认为属于那类有社会良知的知识分子，具有平实而坚忍的理想担当。在我所能及的范围内，主动地、艰难地、有时甚至是无奈地实施我的理想，尽我的社会责任。我们竭尽绵薄之力希冀对社会有所改造的这二十多年，'几乎凝聚了中国自1840年开始现代化以来全部的苦恼和追求，希望和挫折，失望与探索'。"

告别——手捧员工献上的E.T.玩偶和鲜花

杂志社那几年吸纳了不少中青年人才，像阿来、秦莉、姚海军、刘成树、唐风、刘维佳、李克勤等。

我个人对有为青年很是推崇，特别看重特别欣赏年轻人。但我的思路已比较固定了，自知难以突破。

那时我们紧跟时代步伐，和《电脑报》等报刊共同组成了现代正规的中科普传媒股份有限公司，尽力朝现代化媒体公司发展。

那些年里，我们杂志社经常组织业务学习，记得常常是在周二晚上。比如说这次由我讲国内期刊行业状况，讲我刊在其中的位置；下周由谭楷讲杂志社发展史，再下周阿来讲文学课，传播公司经理讲营销课，广告公司经理讲广告课，美编讲科幻美术……就是编辑部员工大家来讲课，也请了外界老师来讲课，对员工进行充电培训，提升我们这个团队的整体实力。

那时杂志社一派欣欣向荣，特色小舞台基础坚实，社会影响力大，发展前景看好，社里人文生态小环境正向，团队团结，同心协力，员工满怀希望，争相拼搏。我觉得我也就是做到这个样子了。但是，《科幻世界》要不辜负时代，要持续跨越发展，要在21世纪统领团队开创新天地，要有新的思路、新的目光。

在会上，我引用了美国通用电气CEO韦尔奇的话："累是肯定的，精力不够那倒也是，但最关键的是公司发展需要全新的目光。"我自认为全新的目光不够，我的积累阅历不够，才智学识不够，加上我的身体，我的家庭……我认为该各领风骚若干年，我相信后继者会比我做得更好，所以提出卸任。

在演讲中，我谈道："自我'组阁'近二十年来，我们这个小团队在各级上级组织的领导下，励精图治，锐意改革，不断地告别过去，不断地创新，不断地进行否定之否定，不断地扬弃，结果是在错误中不断地稳步前进。作为创业者，我们栽种了一棵树，一棵有生长力的品牌之树。如今，这棵大树已自立于中国期刊之林，我们的价值，我们的文化取向，我们的理想，乃至我们的忧思和彷徨，痛苦和欢乐，都以坚实的年轮，清晰而饱满地一轮轮地呈现出来。这个过程，并不是我独自的设想和体验，这是我们这个优秀团队的共同经历，是我们共同的心路历程和历史轨迹。当然，作为社长（法人代表），作为杂志社的First，毋庸置疑，是这个团队的盐中之盐。”

我在告别演说中谈到告别的基础，谈到杂志社的人才梯队，谈到我对我的继任阿来的认识，也谈到这四五年杂志社领导班子的变化。“1998年，杂志社聘编辑阿来任文刊（指《科幻世界》）的策划总监；1999年，任命谭楷为总编辑，任命阿来为《科幻世界》编辑部主编；2001年，省科协任命阿来为科幻世界杂志社总编，秦莉为副社长，加上社长杨潇，副总编谭楷，社委会委员莫树清，已经形成了杂志社新老结合、交替过渡的班子。

发表我的告别卸任演说

前排左起：阿来（时任科幻世界杂志社总编）、杨潇、李洪福（时任四川省科协党组书记、省科协副主席）、陈宗周（时任重庆《电脑报》社长兼总编）、秦莉（时任科幻世界杂志社副社长），后排：邹萍

杨潇和编辑部的部分年轻人

目前新老交替的社领导班子已运作了一年多，基本完成了过渡。加之2002年杂志社实行公司制，实行总经理负责制，这年的工作都是公司在运作，是总经理阿来、副总经理秦莉在实际操作。我完全有条件说告别了。”

“为此，我付出了四年的心血：不久前看到杰克·韦尔奇的一句话：‘选择继任者的工作不仅是我职业生涯中最为重要的一件事，而且是我面临过的最困难也是最痛苦的选择。’真如当胸一拳，直击心窝，此言醍醐灌顶般酣畅淋漓地抒发出我的感受。”

我也谈到：“我告别，刻不容缓：1995年，父亲在众人的劝说下，终于同意让人写回忆录。当时，我就对家人说，我要做两件事：一是做《科幻世界》；二是给老爸爸立传。此言众多同人皆知。我并不是觉得父亲为官一世，该给他写回忆录（如果只鉴于此的话，那该是组织上的事），作为女儿，给一生颇富传奇色彩、历尽人间沧桑、活得精彩有价值的老人写传，那是天经地义。”

我还谈道：“今年老爸爸已是九十有二，老妈妈也八十六七，他们那一伙人已走得差不多了。我心急如焚。加之现在老爸爸已失语，老妈妈又一病四个月，吓得我心惊胆战，我急于去采访，抢救历史已刻不容缓!

“我并不是个不负责任的人，条件不成熟时我只能创造条件促使条件成熟。现在水到渠成，我告别的条件已具备。我刻不容缓地请求辞去社长（法人代表）职务，去完成此生我的第二件事。我生怕太晚了，那我会终生追悔莫及。

“我希望，我告别，告别我，对我从事的事业，对我个人，于公于私都是个双赢的局面。”

“作为从业二十余年，其中执掌杂志社近二十年的科幻人，看的科幻作品多了，眼界也开阔拓展了，思路上有了很大的跃迁。我们面对的不只是日常工作生活，我们抬头仰望星空，面对星辰大海。在众多科幻小说中，地球人作为一个物种、一个共同体，直面外太空给地球带来的灾变。在宏大浩渺的宇宙面前，地球仅是个‘黯淡蓝点’，个人更是微渺如尘埃，何须计较短短人生的进退得失。我要去做我能做的事，给我所尊崇热爱的老爸爸留下一部人生印记（《百年长歌》已于2011年由四川人民出版社出版）。《科幻世界》已经有了好的舞台，有正规公司化规范运作，有超出一般杂志社水平的经济基础，有明确的更上一层楼的目标，有众多精英人才，有历练多年的团队，有富于激励性的氛围，有优秀的企业文化，于是，我决定急流勇退，潇洒转身，致辞谢幕。

“作为《科幻世界》的No.1，我已在这个舞台上表演了多年，优否劣否，由众人评说。此刻，大幕已经落下，我正脱下这双有魔力的、叫人无法止步的红舞鞋，该谢幕了。

“从进入编辑部到现在，这二十三年，我倾注了非常的努力和燃烧的激情，跳得艰辛，也舞得动人；舍去了不少，也得到了很多。这么多年来，在这样的工作和生活中，在我们这个难得的团队中，在和大家相处的日子里，得到了很大的快乐与满足，即使是痛苦，也升华而具有了价值。能生活在一群有所作为的年轻人之中，与一伙优秀的人共事，是我的福分。让我真心地说一句：谢谢大家。”

当时众人一再挽留，我也很感谢大家。

这一路走来，成绩多多，错误和失误也多多，留待将来仔细总结。

在我发表了告别演说后，阿来发表了他的就职演说《我只知道我不做什么》，谭楷代表社委会对我的工作做了一个总结，特别谈到我们的企业文化，希望科幻世界这个精神高地的精神要在后继团队中薪火传承，这些都受到了大家的热烈鼓掌。

科幻是一项光荣而伟大的事业，需要承前启后，传承接力，朝向银河，朝向宇宙苍穹。

我回首一路望来——

值得骄傲的是，团结众人，在困境中吹响集结号，把濒临倒闭的《科学文艺》改为《科幻世界》，为中国科幻坚守阵地，并拓展了中国科幻；

值得骄傲的是，我们这个小团队为中国期刊界创办了一份独特的、弘扬想象力的、“一流的”科幻类型刊物，我们办刊人的人生经历也如科幻般酷炫；

值得骄傲的是，当代中国科幻界的许多明星作家都是从《科幻世界》中走出来的。当然这是靠作家自己努力。曾经与刘慈欣、王晋康、韩松、何夕、吴岩、星河、赵海虹、凌晨、柳文扬们同行，和新生的科幻作家们和数以千百万计的科幻迷共同开辟中国科幻天地，足以令人骄傲、欣慰。这是我们科幻人共同的光荣与梦想。

科幻赋予了我生命的价值

其实，我们创业者不过是行了个科幻奠基礼，是科幻基石，数风流人物，还看今朝。我们不过是耐住了寂寞，以科幻情怀长期独自坚守中国科幻想象力，低潮期坚守，复苏期耕耘，发展期拓展，坚持认真地做好平凡的事。

人生能够做成一两件事就值了，理想，追求，然后放下，如此而已。

荣获中国韬奋出版奖

2004年4月，春光明媚，草长莺飞，我有幸到北京领取“中国韬奋出版奖”。

北京，我们伟大祖国的美丽首都，从我一岁起，就生长在你的怀抱，三岁离京回到父亲老家四川，大串联来过，陪父亲在北京“冷宫”里住过，在北京航空学院读书三年半。进入杂志社以后组稿、开会、举办活动来过若干次，这次来，是领取中国出版界的个人最高奖“中国韬奋出版奖”。

以下是我的获奖感言：

荣获“中国韬奋出版奖”后，受到柳斌杰（时任新闻出版署署长）接见并鼓励

听到我荣获“韬奋出版奖”，吃了一惊。出版行业生产智力产品，业界藏龙卧虎，人才济济，全国那么多优秀的记者编辑报人杂志人倾尽一生未得奖励，而我凑巧获此殊荣，我只能说，杨潇获奖，是出版界对常年耕耘奉献的办刊人的奖励。这个韬奋奖，不只是奖给我个人，也是奖给《科幻世界》团队的。期刊产业不是个人智慧辛劳的成果，而是团队群体智慧创新的结晶。在期刊产业中，有品质的团队才是真正的创造力。是《科幻世界》把我拥上领奖台。我是代表我们《科幻世界》团队来领奖的，把获奖当作出版界对经营性文化产业的创业者、探路人的赞许和肯定。

“中国韬奋出版奖”奖杯

《科幻世界》是生长在计划经济体制中的科学文艺类期刊，在社会转型期，我们的作为是把它培育成有特色有生长力的品牌之树。我们的特殊贡献是创办了一份独具特色、富于时代感、面向未来的刊物，并成功地取得了数十万读者用货币投票认同我们传递的科幻文化理念；也许，我们的独特魅力是推荐了一份价值，用创造性思维引领读者去领略科学、科幻和文学之美，在科技文化和人文文化间自由进行跨文化交流。

我们办刊这二十多年，正是中国社会历史上最伟大的文明交替期，多少代仁人志士的上下求索终于使我们国家融进了世界潮流，踏上了追求和实现现代化的进程，我们创造着、经历着、见证着这个伟大时代，这是我们这代人的光荣与梦想。《科幻世界》小水滴因辉映时代之光而璀璨绚丽，一个普通人平实的努力也因时代进步其价值得以升华。

每一代人都有自己的使命。我们共同投身于中华民族伟大复兴，共同追赶辉煌的太阳。至于我个人，不过是和我的团队一起搭建了个特色舞台，让年轻的现代化人才舒展长袖，在太空宇宙恣意挥舞。总有一天，时代的特色剧目，伟大的史诗大戏，将会在我们这个特色舞台上闪亮登场，磅礴上演。

荣获第八届“中国韬奋出版奖”

四川省科协举办的“中国韬奋出版奖”表彰会

在北京中国韬奋出版奖颁奖会后接受记者采访

感谢给了我莫大荣誉的领导和同志们，感谢多年来和我共同努力并肩前行的同事们，感谢《科幻世界》团队的全体员工，感谢所有科幻人的支持和帮助。

尼克松曾在他的总统就职演说中讲道：“阿波罗号上的宇航员在圣诞节前夕飞越月球灰色的表面时，向我们述说地球的美丽……在永恒的宁静中，我们看到了那渺小、蔚蓝、美丽的地球在浮动，就像看到我们这群地球乘客，在漫漫的寒冷的宇宙中，仰赖着光明的挚爱。他们在遥远的视角中发现，不管我们在宇宙中走得多远，我们的命运不在别的星球而在地球上，在我们自己手中，在我们心头。”

我们这群地球的乘客有幸在这个时空中交汇，在现实和科幻中遇见，真要把握住命运。我们只有一个地球，只有一个人生。

谢谢大家！

成功“秘籍”

不少人曾问我：《科幻世界》的成功秘籍是什么？

我想，大概得益于三“道”吧：道法自然，天道酬勤，得道多助。

第一道是“道法自然”。道法自然，顺势而为。“道”即自然，宇宙万物的根源。道法自然是根本，要认识规律、遵循规律才能达到预期，要尊重自然规律才能有所作为。做事要为所当为，顺势而为。

2016年9月8日，于北京航空航天大学晨兴音乐厅，中国科幻小说银河奖三十周年庆典会上，幸运得到刘慈欣和王晋康颁奖。右一为主持人小姬

有书评价：“《山海经》为中国创世史诗，奇幻经典，上古科技史。”著名学者谭继和提出：“三星堆绝不是已经消失的文明，它的传统和文脉都在，它的物质文明成果凝聚着古蜀人精神信仰原动力和奇幻文化创造力。”这些都促进我对中国科技文化之历史传承、时代必然和未来发展的思考。《科幻世界》的创办、发展和成就都不是偶然的，就像历史发展的不同时代、不同阶段都有其必然性。科幻是科技时代的文学，其未来气息浓郁，盛产科幻思想力，是科技时代社会生活的必然反映，既然如此，那在中国必然会出现追随时代、超越时代的媒体。恰好我在1980年走进了《科学文艺》，也凑巧大伙儿信任我，于是我和同事们反复探索，创造机会，几度改刊，创办了《科幻世界》。为其正名，又为其扬名。历史发展的必然趋势必然道路上，总会有人去面对，去担当。此人如果不是杨潇，也会出现李潇、王潇。

第二道是“天道酬勤”。天道酬勤是肯定的，必须要有起码的作为。任何一个企业、任何一个人想成功，必须自强不息、敬业努力、恪守职责，必须要有所作为。我和我的团队，及后来的领军人物和全中国众多科幻人都在孜孜不倦地追求。我们蹬三轮送刊，停电时编辑部全员搬书；我们到大中学校搞活动，宣讲科幻；我们为改刊搞调查研究，亲力亲为跑书摊、蹲报亭、深入到学校；年年开笔会、办有奖征文、与作者读者交朋友；召开全国发行会……我们做杂志，还不像一般刊物那样，按刊物的规律做就行了，我们做的是开创性的事情，还需要向社会、向读者宣传什么是科幻，科幻的正面意义是什么，还得开发能让科幻发展的大环境。我们需要面向世界、面向未来，这是我们刊物的性质决定的。我们的科幻小说大都是讲发生在未来的故事，故事里的角色大都不分国别，大都是讲地球人面对外星人。所以我们的编辑需要有广阔的国际乃至宇空视野，如果只龟缩在西南一隅，很难希望他/她有宽阔的心胸、前瞻的眼光。所以我们坚持派员出国交流，哪怕在发低工资时期，哪怕坐几天几夜火车，哪怕在途中吃方便面。

这几十年，科幻世界杂志社鲜有混日子的员工，每人的工作都那么饱满、紧张。早期要“活下去”，后期要竞争，环境由不得人不努力。事在人为，道法自然基础上的勤劳付出总会得到报偿。

第三道就是“得道多助”。道，正道，得道多助。我们这一路走来，借光借力，不光是靠我们团队这几十个人，而是凝聚了全社会喜爱科幻的人。要感谢的太多太多。首先感谢党和国家的正确领导，感谢国家科委领导从上至下的一贯支持，感谢新闻出版署的指导和帮助，感谢中国科协各级领导，感谢四川省委宣传部、省新闻出版局和我们的主办主管部门省科协的长期不懈的指导、支持，感谢四川省科普作协几十年的大力支持。从科幻界来说，例如，我们做策划，遍寻天下高手，听从高人明鉴，才得以四两拨千斤；再例如，我们编辑部没人懂外语，我们居然能频开国际科幻大会，就是靠了科幻迷、志愿者、同学、朋友热情相助。我们小团队加上国内外的科幻迷志愿者伙同各行各业的科幻人，推动中国科幻以其星星点点之火，燃成满天灿烂星斗。

冥冥中，我仿佛感受到上苍的眷顾，感恩人生中所有的贵人。如果要列出帮助过《科幻世界》的人，那将是个长长长长难以休止的名单。对多年支持帮助中国科幻的朋友，我个人永远心存感激，感谢所有引导我、指点我、支持我，包括批评我、激励我、鞭策我的人，也借此机会表达我无限的感恩之情。

天之道，利而不争；人之道，为而不争。

如今，我心中的波澜壮阔，已化为云淡风轻。

成都——中国的科幻之都

1979年，《科学文艺》创刊了，封三上印着编辑部所在地：成都学道街39号。之后，编辑部迁到成都市国防工办招待所，再之后，又辗转到了四川省军区招待所。

1983年，四川省科学技术协会正式搬入新修成的省科协大楼，于是，隶属于四川省科协的《科学文艺》编辑部也随之搬了进来。这一来，就在成都市人民南路四段11号安营扎寨了整整四十年。人民南路是成都市中心干道，其核心路段相当于北京的长安

2023年5月在四川广汉参加全球华人科幻星云奖颁奖大会
左起：姚海军、姬少亭、杨潇、韩松、杨枫、秦莉、谭楷、张苹

街。从20世纪80年代直到今天，我们的作者、读者、朋友，我们的印厂、邮局都熟悉透了这个地址：四川省成都市人民南路四段11号《科幻世界》编辑部。我们《科幻世界》所承载的起飞于科学的创新型想象力，也就从成都市人民南路四段11号这个原点，飞出成都，发射到大江南北，继而升发到五洲四海、宇宙天穹。

1986年，我们的中国科幻小说“银河奖”征文举办首届颁奖大会，1987、1988、1990年因故没有进行。此后的银河奖征文评选颁奖每年一届连续举办，迄今已过33届了。就像一个初生婴儿一年年长成，其中大部分颁奖典礼也都在成都举办。天南地北的作家参加我们的笔会时，常常相聚于成都。他们很快就爱上了成都茶馆和成都美食，爱上了盖碗茶、撸串、火锅、冷啖杯、夜啤酒。就像欧洲高等学府中的下午茶，有些学者们的理论和思路就是在三五成群聚会时从咖啡杯中散发出来的。而在成都，不知道有多少惊世骇俗的科幻创意，是在看似休闲、巴适、安逸、你一言我一语的小聚中碰撞出来的。

1991年，世界科幻专业协会（WSF）成都年会成功举办，那是成都第一次撩开她神秘的面纱，让来自欧美亚的中外科幻代表一睹藏在东方文明古国西南一隅的年轻科幻的芳容。此后的几十年里，成都也一直是中国科幻面向世界、世界科幻走进中国的主要源头。

2017年，为了进一步推动成都科幻发展，打造好成都作为“中国科幻之都”的城市名片，在主管单位四川省科协和成都市政府的支持下，《科幻世界》决定将由四川省科协主办、科幻世界杂志社承办的在中国成都举办的国际会议常态化、制度化，正式确立了“中国（成都）国际科幻大会”这一品牌名称，每两年一届，并将1991年的WSF成都年会追溯为第一届，将'97北京国际科幻大会暨四川月亮湾国际科幻夏令营称为第二届，将2007年

举办的中国（成都）国际科幻·奇幻大会称为第三届，并从2017年第四届起固定称为第×届中国（成都）国际科幻大会，同时学习借鉴世界科幻大会的办会模式，打造中国自己的国际科幻活动。2019年11月，以为成都申办2023年第81届世界科幻大会助力为目标的第五届中国（成都）国际科幻大会顺利召开。2021年，第六届中国（成都）国际科幻大会因新冠疫情原因取消，顺延至2023年，作为2023年成都世界科幻大会的重要组成部分套开。

借着这些活动，成都成为中国接待世界科幻大师人数和次数最多的城市，前有波尔、威廉森、奥尔迪斯、冈恩、赫尔等，后有多次荣获雨果奖、星云奖的尼尔·盖曼、大卫·布林、南希·克雷斯、罗伯特·索耶等，还有获得过日本星云赏的小川一水等非欧美国家科幻名家。曾获雨果奖的中国科幻作家刘慈欣、郝景芳及多次荣获银河奖的王晋康、韩松、何夕、陈楸帆、夏笳、星河、赵海虹、宝树、江波等，如回家一般常来成都。他们把最丰腴、最瑰丽乃至于最不可思议的科幻想象力奉献给成都和《科幻世界》，其中有的作品被译成多种文字，从成都走向世界，有的则直接以成都为故事发生的背景。

成都，不愧为中国科幻的高地。

科幻世界杂志社在成都深耕四十四年，编辑部驻地就在成都，在成都举办过无数次大大小小的活动，大到国际科幻大会、银河奖颁奖典礼，小到在许多所大中小学、图书馆、社区办的讲座。成都这座城市蕴含的科幻元素最深厚，聚集的科幻人脉最广，科幻气场最强，科幻张力最大，成为中国科幻蓬勃发展的高地。

成都还诞生了中国科幻界另一项大奖“全球华语科幻星云奖”，奖励年度出版的最佳科幻小说、最佳翻译小说、最佳美术作品、最佳非虚构作品、最佳年度评论、最佳年度科幻新星、最佳高校科幻社团和特别奖等等。创立于成都的“全球华语科幻星云奖”十多年来快速成长，通过对华语科幻进行年度检阅，激发华语科幻人才创新活力，推动华语科幻文化产业振兴，凸显华语科幻文学发展成果，在中国科幻界和世界华人圈的影响越来越大，推动了华语科幻蓬勃发展。

成都还诞生了一批科幻创业公司。如八光分文化。八光分文化隆重推出了《中国科幻口述史》三卷，以二十一位科幻名家的集体回顾，记载了中国科幻历史中的人和事。

八光分文化还创造性地推出了“冷湖科幻文学奖”、《银河边缘》系列丛书，并积极参加各种各类科幻活动，得到了业内多

个机构和合作方的认可。

还有时光幻象、赛凡科幻、成都宇宙有画文化科技有限公司、墨境天合、神番动画、奇影动漫……

生长在成都的这些科幻大奖、科幻活动都面向全国，面向世界，共同推高了中国科幻欣欣向荣的大好局面。

全国近百所高校都有科幻迷创办的科幻协会，成都就有十所，其中四川大学的科幻协会在全国办得最早，也极有影响。每年暑假寒假期间，全国各地很多大学生会到杂志社来实习或者参观。杂志社在成都和国内外举办的各种活动，无论是国际科幻大会、银河奖颁奖典礼还是申办世界科幻大会，都有许多科幻迷前来当志愿者。

世界科幻大会很适宜在成都召开。因为它不仅是作家和科幻专业者的学术会，也不仅是科幻名著的研讨会，更是世界科幻迷们快活的科幻嘉年华。大会的重头戏是热爱科幻的世界各国科幻迷凭已购选票投票评选出世界科幻大奖“雨果奖”，其他的则有作品宣讲会、分享会、科幻大咖沙龙、签售会、画展、书展、书画拍卖会、化装舞会、下下届世

界科幻大会举办地竞选活动等等。这些活动适合善于奇思妙想的世界各地科幻迷，也很适合热情好客开放包容对新事物充满好奇的成都人。

我爱成都，我在成都生活了六七十年。历史悠久、底蕴深厚的古蜀文明在灿烂的世界古文明中独树一帜，三星堆青铜大面具千里眼、青铜神树，金沙太阳鸟金箔；“九天开出一成都，万户千门入画图”“窗含西岭千秋雪，门泊东吴万里船”“晓看红湿处，花重锦官城”“锦江春色来天地，玉垒浮云变古今”“当年走马锦城西，曾为梅花醉似泥”……无不以其神秘、美妙、动人和意蕴震撼着我，感动着我，滋养着我。我庆幸生长在成都、生活在成都、吮吸着魅力无穷的古蜀文化；庆幸《科幻世界》生长在成都，金桥般连接世界科幻。成都的高科技产业和科技文化以其日新月异改变着世界，改变着我们的生活，而人文文化中千百年传流的古诗词所洋溢的人性美，至今仍然滋润濡养着我们的心田和精神。

成都有着丰厚的科幻土壤，而且还在不断厚植、更加肥沃。成都所有科幻组织的向内向上向外发展，都得益于成都这座西部城市的迅速崛起。党中央高瞻远瞩，其雄伟的开发西部战略规划，在新世纪初就把成都定位于西部中心城市，成都也不辜负党中央厚望，综合辐射能力不断加大，逐步成长为广阔的中国西部的战略中心、科技中心、制造业中心、金融中心、文化中心、时尚中心、科幻中心，逐渐成长为中国第四城，成为一个前卫立体丰满、充满人间烟火味的、安逸、巴适、懂生活、向往未来的国际大都市。

成都，诠释了人们对美好生活的追求。

21世纪20年代的成都更令人向往。继盛夏八月的大学生运动会后，第81届世界科幻大会又将在2023年金秋十月在成都举行，成都的科幻文化和科幻产业必会因此更上一层楼。

我们的征途是星辰大海

回望岁月深处，即使2004年退休，我觉得自己的人生大都伴随着《科幻世界》成长，所以无论是否退休，内心中的关注和期望一直没变。

我特别感慨中国改革开放汇入全球飞速发展的时代，有了中国加入，世界科幻才具世界性。我们赖以生存的地球，借助跨学科突破和高科技迅猛发展，实实在在地把地球村连在了一起，形成了如今这样的人类命运共同体。在当今世界大变局中，未来已来，未来科幻的发展更是超乎想象，非同凡响。

如今，形势已大不同。国家重视科技，重视创新，提倡想象力，举国上下科幻蓬勃发展。科技、文化、艺术迅速发展，马斯克的火箭回收、ChatGPT的加速迭代、特斯拉电动汽车、脑机接口、xAI成立、量子芯片……高科技发展把一个个曾经的科幻抛在身后，科幻的想象空间又引导高科技飞速赶上来。时过三日，几乎分辨不清是高科技现实还是科学幻想了。

对中国科学幻想文化来说，现在是多好的时代、多好的时机，真是中国科幻发展最好的时候。孟子云：“齐人有言曰：‘虽有智慧，不如乘势；虽有镃基，不如待时。’……故事半古之人，功必倍之，惟此时为然。”依孟子之言，历史浪头打过来之时，乘势待时，就会事半功倍。

科幻书刊、科幻教育、科幻影视、科幻戏剧、科幻绘画，科幻游戏……群英弄潮，风云际会。中国科幻早就不只是作家、画家个人的事。《科幻世界》在四川省科协的支持下开展想象力教育，致力于对科幻文化的推广，不但在无数青少年心中埋下了科幻的种子，也助力成功申办了2023年第81届世界科幻大会。科学幻想，已经成为很多出版机构、大中小学教育机构、影视游戏机构的竞争新热点，也成为大大小小科幻公司、各类科幻协会的核心竞争力。

中国科幻已成长为一棵大树，自立于世界科幻文学之林，卓立于世界科幻文化之林。让世界瞩目的中国科幻作家群像喜马拉雅山脉一样轰然隆起，更有珠穆朗玛峰高耸其间，他们及他们的作品受到国内外科幻迷的喜爱和追捧。科学和文学都是属于全人类的，科幻小说是最具世界性的文学品种。作家和作品是两项重大标志，今天的成就标志着中国科幻已站在新起点上了。

自《三体》获雨果奖以来，中国科幻渐渐迎来黄金时代。“让科幻出圈，让科技跨界”已呈现多样化的产业拉动。2019年，在《科幻世界》创刊四十周年之际，四川科幻世界杂志社有限公司与成都国星宇航公司签署战略协议，致力于推动科幻与科技融合发展，双向赋能。2019年12月20日11点22分，在太原卫星发射中心成功发射了全球第一颗以科幻机构命名的卫星——“科幻世界号”，这是一颗低轨道遥感探测AI卫星。刘慈欣、何夕、宝树、谢云宁、杨晚晴等科幻作家都亲临现场，共同见证、观礼。晚上，当我们仰望星空，“科幻世界号”卫星就遨游在天穹，以其神圣而瑰丽的轨迹，礼赞《科幻世界》，致敬所有科幻人。

中国科幻文化也有了长足长进，我们期盼并努力多年的完善科幻产业链，随着电影《流浪地球》《流浪地球2》和电视剧《三体》全球播出，终于使我们部分梦想成真。未来，还将有更多更好的科幻影视拓展，向社会、向世界宣告中国科幻文化的新高度。四川科幻世界杂志社有限公司也跨界出圈，成为了《流浪

地球2》的联合出品方之一。

今年，2023年，在成都迎接第81届世界科幻大会的历史时刻，回望过往，珍惜时代，展望未来，由衷祝福中国科幻迈向新高，祝福世界科幻蓬勃发展，实现我们科幻人的梦想。

中国科幻在一片渴望的热土上喷薄而出，必将烂漫成现代与未来之光。

下篇·在这个时空遇见

A is for BRIAN

得知布赖恩·奥尔迪斯辞世，震惊，悲痛，沉重。

打开电脑，世界科幻界各式悼念信息铺天盖地扑面而来……

我缓缓走到阳台上，推窗望去，蓉城的初夜薄暮冥冥，云遮雾罩。布赖恩逝去，升腾成星星遨游太空，哪一颗星是布赖恩？

茫茫夜空中，我久久寻觅。

初识布赖恩·奥尔迪斯（1989年5月，圣马力诺）

1989年5月，我到圣马力诺参加1989年世界科幻专业协会（WSF）年会。

WSF是世界科幻专业人员的国际性组织，会员有科幻作家、编辑、翻译、画家、出版商等。该组织成立于1976年。

在圣马力诺国立图书馆，见到了世界著名科幻作家波尔、奥尔迪斯、哈里森、罗伯特·希尔弗伯格和约翰·布鲁纳等。

布赖恩·奥尔迪斯，身高一米九几，高大、魁梧、健硕，鼻梁上架一副金边眼镜，左额上殷红的印记格外醒目。初次见面，就领受了奥尔迪斯先生的英国绅士风度，感受到他的善解人意。他拉着夫人和我合影，我们对着镜头欢笑，陌生和拘泥感顿时消融。奥尔迪斯先生搂着他妻子，对我说，她名叫玛格丽特。啊！玛格丽特，好熟悉的芳名，玛格丽特·米切尔（《飘》的作者）、茶花女玛格丽特……我操着蹩脚英语，节节不拉、半通不通地说：“玛格丽特”是个很美的名字，我在小说中读到过，这才第一次见到个活生生的玛格丽特。玛格丽特笑了，满脸灿烂明媚。他们俩笑吟吟、慢腾腾地对我叽里咕噜，我连猜带蒙，甚至掏出了《英汉小词典》。交谈中，知道奥尔迪斯先生二战期间曾在印度、缅甸、马来西亚抗击日寇，对中国人民很有感情。我不由对这个盟军大兵生出几分亲近，多了几分崇敬。

在会上，我代表《科学文艺》提出申办1991年WSF年会，邀请各国代表到中国四川成都来。

中国代表出人意料的提案大撩人心，惯于奇思妙想的众老外兴奋不已。投票结果12：9，中国赢了！

应该料到的是，东方文明古国魅力无穷，改革开放中的中国对世界吸引力超强，而科幻作家视野超越时空，更超越历史长河之一瞬一时。

中国PK波兰，当然中国胜出！

可没料到，此事后来因奥尔迪斯引起一场轩然大波。

有人以其超级“金睛火眼”探测出藏匿于表象下的“用心”，提请上级“……有关动向值得注意”。其中特别点到奥尔迪斯，说他“偷偷摸摸”访华后曾写过《飞向“长城”星球》，并不联系上下文摘引了几处文中语句。

我疑惑不安。布赖恩·奥尔迪斯？那个有着绅士风度、魁梧热情的英国人，那个在科幻界广享盛名的科幻作家，那个二战在东南亚抗日的盟军大兵——他？

拿着和他们夫妇的合影，看着他率真灿烂的笑容，我暗自叫苦不迭：老奥，你倒是漫不经心随意随笔，哪知给我们惹下多大祸事。

为了洗刷罪名、自我拯救，省科协副主席刘国宣带领杂志社正副主编杨潇和谭楷赴京申诉。在查寻奥氏简历及其作品时，竟然发现奥尔迪斯自述“自孩提起我就一直是个中国迷”，“中国是另一个星球，它像科幻世界里亲善的外星球一样，和我们的星

往事追忆
30 /

Science fiction author Brian Aldiss dies aged 92

The prolific writer behind more than 80 books and editor of 40 anthologies died at his Oxford home after celebrating his birthday

2017年8月21日，英国《卫报》报道布莱恩·奥尔迪斯辞世的消息

A is for Brian

——怀念布莱恩·奥尔迪斯

文_杨潇

得知布莱恩·奥尔迪斯辞世，震惊、悲痛、沉重。打开电脑，世界科幻界各式悼念信息扑面而来……

我缓缓走到阳台上，推窗望去，蓉城的初夜薄暮冥冥、云遮雾罩。奥尔迪斯逝去，升腾成星星遨游太空——哪一颗星是他呢？

茫茫夜空中，我久久寻觅。

■初识布莱恩·奥尔迪斯（1989.05 圣马力诺）■

1989年5月，我到圣马力诺参加1989 WSF（World Science Fiction，世界科幻组织）圣马力诺年会。

WSF是世界科幻专业人员的国际性组织，会员有科幻作家、编辑、翻译、画家、出版商等。该组织成立于1978年。

临行前，我在京匆匆拜访了王逢振老师。王老师是我国著名翻译家，他和金涛于20世纪80年代合编的《魔鬼三角与UFO》风靡中国，滋养了两代科幻迷。王老师和许多外国科幻作家交情颇深，他交给我几封信和一些小礼品，托我带给弗雷德里克·波尔、伊丽莎白·赫尔和布莱恩·奥尔迪斯等人。

在圣马力诺国立图书馆，我见到了令人仰止的世界著名科幻作家波尔、奥尔迪斯、哈里·哈里森、罗伯特·西尔弗伯格、约翰·布鲁纳等。

布莱恩·奥尔迪斯（英国著名科幻作家），身高约一米九，高大、魁梧、健硕，鼻梁上架一副金边眼镜，左额上殷红的印记格外醒目。初次见面，我就领受了英国绅士风度，感受到奥尔迪斯先生的善解人意。他拉着夫人和我合影，我们对着镜头欢笑，陌生和拘泥顿时消融。奥尔迪斯先生搂着他的妻子对我说，她名叫玛格丽特。啊！玛格丽特，好熟悉的芳名，玛格丽特·米切尔（《飘》的作者）、茶花女玛格丽特……都叫玛格丽特！我操着蹩脚的英语，半通不通地说："玛格丽特是个很美的名字，我在小说中读到过，这才第一次见到个活生生的玛格丽特。"玛格丽特笑了，满脸灿烂明媚。他们俩笑吟吟、慢腾腾地对我叽里咕噜，我连猜带蒙，甚至掏出了《英汉小字典》。交谈中，我知道奥尔迪斯先生在二战期间曾在东南亚参加过抗日，

1989年WSF圣马力诺会议上，第一次遇见布莱恩·奥尔迪斯（中）及夫人玛格丽特·奥尔迪斯（右）

对中国人民很有感情。我不由对这个盟军大兵生出几分亲近，多了几分崇敬。

在会上，我代表《科学文艺》提出申办1991WSF年会，邀请各国代表到中国四川成都来。

本来，该协会原定1990WSF年会在荷兰海牙召开，本次圣马力诺会议须选举决定1991年会举办国。会议之初原有两个申报国，波兰和南斯拉夫，中国代表出人意料的提案大撩人心，惯于奇思妙想的众老外兴奋不已。奥尔迪斯（英国）、波尔（美国）、哈里森（美国）、西尔弗伯格（美国）、赫尔（美国）、柴野拓美（日本）、萨姆·劳德沃尔（瑞典）等代表是力主去中国的中坚。哈里森兴奋地说："有了中国参加，WSF将更具世界性。"

最后，会议结果竟是南斯拉夫主动退到1992年举办年会。剩下中国VS波兰，投票结果12∶9，中国赢了！

应该料到的是，东方文明古国魅力无穷，改革开放中的中国对世界吸引力超强，而科幻作家视野超越时空，更超越历史长河之一瞬一时。

中国PK波兰，当然中国胜出！

球直接相关联"。他对中国一贯友好！1988年，奥尔迪斯当选成为英中了解协会副会长。在查其访华期间活动时，竟找到1979年10月16日《人民日报》，里面报道了邓小平接见了英国名人代表团一行六人，其中就有科幻作家奥尔迪斯！还找出《飞向"长

城”星球》一文，奥尔迪斯谈到代表团同邓小平副总理长时间会晤，通篇对中国友好。除由于翻译没表现出作者幽默而造成的一点理解误会外，其余拿高倍放大镜也找不出敌意。

一贯对华友好、英中了解协会副会长、邓小平接见——啊，天救吾矣！

于是乾坤逆转。

回蓉后，我静下心来查阅资料，不觉脸红心跳，惊出一身冷汗：以《科学文艺》一西部小刊，以杨潇一无名小辈，竟傻乎乎一头闯进世界科幻高圈！弗瑞德里克·波尔，布赖恩·奥尔迪斯，哈里·哈里森，伊丽莎白·赫尔，约翰·布鲁纳，柴野拓美……哇！

再遇布赖恩·奥尔迪斯（1990年8月，荷兰海牙）

各种原因，1990年，WSF多国代表变卦，否定1989年圣马力诺年会决定，要求采用波兰代表维克多·布卡托提案，年会改在波兰克拉科夫召开。当届会议秘书李·伍德来函告知，1990年WSF海牙年会将重新投票选定1991年年会举办国。

随意变更举办国，这不是开国际玩笑吗?

为了让世界了解四川，让四川走向世界，为了加强和国际科幻界的交流，四川省政府高度重视，决定由四川省外办和杂志社共同组团与会。申再望、杨潇、向际纯三人代表团急赴海牙。

在海牙，老朋友重逢分外高兴；老对手相见，彼此也彬彬有礼，微笑握手。

1990年8月24日，会议在海牙国际会议中心旁的贝利尔酒店举行。来自十八个国家的科幻人士济济一堂。会员们争论热烈，波兰代表维克多的委屈述说引人同情：原本竞争国是波兰和南斯拉夫，不料圣马力诺会上杀出个中国代表，搅乱一局好棋。那场风波后许多代表不愿去中国，会场竞争变成了激辩。波尔、赫尔、劳德沃尔、哈里森、奥尔迪斯、柴野等纷纷发言，申诉WSF要尊重会员表决权，要求坚持1989年圣马力诺会议决定，不能随意更改，哈里森和奥尔迪斯的发言一言九鼎，几乎一锤定音。

海牙会议结果：中国VS波兰，28：12，中国胜出！

会议主席诺曼·斯宾雷德当场宣布：定于1991年5月20日至24日，在中国四川成都召开1991年WSF成都年会！

大家热烈祝贺中国再次取得举办权。

分别时，奥尔迪斯和玛格丽特分外高兴。我和玛格丽特亲切相拥，彼此祝福，相约次年在中国四川成都再见。

“它在一次远古的撞击中升起，

那力量的来源如此强大，生生不息。”

1991年5月20日下午3时，1991年WSF成都年会开幕式在锦江大礼堂隆重举行。之前，副省长韩邦彦会见了三十多位主要中外代表。会见时，我心里猫抓似的焦躁不安。外宾中最重量级代表奥尔迪斯尚未抵达。我悄悄禀报韩省长，奥尔迪斯先生从香港发来加急电报：由于飞机晚点，改于今晚19：30抵蓉。

当晚，我和省外办司机赶到双流机场。那时，《科幻世界》只有一辆拉书运货的长安小面包，不得不借助省外办轿车。杂志社经济上捉襟见肘，正砸锅卖铁办会。会议翻译大都是志愿者朋友，当时他们正在锦江宾馆忙得不可开交，我只得硬着头皮单独去接机。

从香港出关的旅客走空了，我还在接客处焦急守候。直觉告诉我，奥尔迪斯先生定有难言之隐。他迟迟未到，错过盛大开幕式，甚至没经北京而从香港进出关，哪会是急电中所说“飞机引擎故障，香港转机延误”。

一个多小时过去了，那个高大魁梧的身影终于步出接机口。我兴奋地迎上去，奥尔迪斯又惊又喜，旋即激动地握着我的手，连声说道：“太好了，见到你太高兴了！”然后是一连串的谢谢。我问他怎么拖了这么久才出关，他懊恼不已，说转机时出了差错，行李丢了一件，那是一小箱送给编辑部的科幻书籍。他到处查询也没有结果。

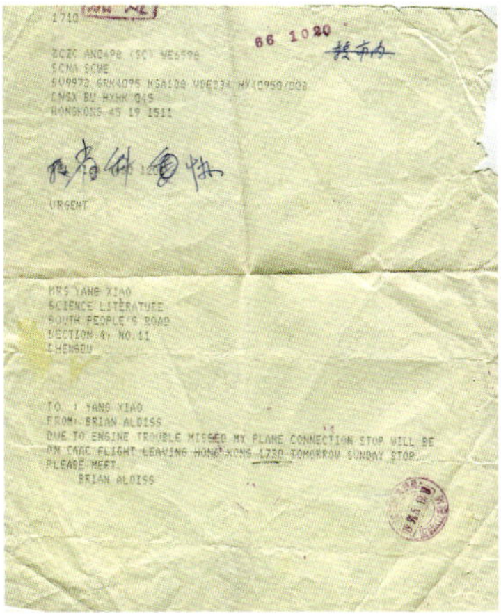
URGENT

MRS YANG XIAO
SCIENCE LITERATURE
SOUTH PEOPLE'S ROAD
SECTION 4, NO.11
CHENGDU

TO : YANG XIAO
FROM: BRIAN ALDISS
DUE TO ENGINE TROUBLE MISSED MY PLANE CONNECTION STOP WILL BE ON CAAC FLIGHT LEAVING HONG KONG 1730 TOMORROW SUNDAY STOP.
PLEASE MEET.
BRIAN ALDISS

1991年布莱恩·奥尔迪斯从香港拍来的电报

我也懊恼，为那箱科幻书。但奥尔迪斯先生能来就是对我们最大的支持。

那晚，我疲惫不堪又兴奋不已。

《科幻世界》为备受责难的中国科幻鸣锣开道，扬幡正名。在古老与现代、东方与西方、科学与文艺的交融中，我刊从《科学文艺》演变为《奇谈》进而蝶变成《科幻世界》；从圣马力诺到海牙再到成都，国际国内，云谲波诡，一波三折，1991年世界科幻专业协会WSF年会终于在成都胜利召开。这昭示着羸弱的中国科幻面向现代化，面向世界，面向未来，将在古老华夏文明中轰然崛起，昭示着生长的力量将长入绚丽神秘的太空，进入无垠的宇宙。

1991年WSF成都年会相当成功，被WSF当届主席马尔科姆·爱德华兹称为WSF成立十五年来最为成功的一次年会。

会议期间，奥尔迪斯活蹦乱跳，简直像个大孩子：与老友王逢振重逢；与中国著名作家叶永烈同台主持学术交流；登台介绍英国科幻文学状况；和部分会议代表参观《科幻世界》编辑部；再度见到写《飞向人马座》的郑文光，他尊崇有加，轻扶轮椅；登二王庙，观千年都江古堰，他无限感慨；和大熊猫安安嬉戏，他心满意足；代表欧洲科幻点燃熊熊篝火，他高擎火把；和抗战老兵韶华（中国著名作家）一见如故，两个反法西斯战友互致敬意；泥石流冲击卧龙，他带头向抢险官兵鼓掌致敬……

那次会议，年轻的中国科幻作家吴岩、韩松、吴显奎等来了，想必他们目睹世界科幻名家的风采，在交流中拓宽视野，想象力将在更高的层次上飞扬。

在卧龙皮条河畔，清凉的绿水波翻浪涌，奥尔迪斯、刘小燕（我的同学、翻译）和我在河畔随意漫步。面对满目青山和盛开的高山杜鹃，奥尔迪斯格外松弛惬意，对我俩说，此行他的确压力顶头，他所在的英国、欧洲其他国家乃至世界上非议不少，谴责他执意来中国，他不得不避开北京取道香港，连夫人都没随行，在开幕式之后独自夜进蓉城，以减少舆论震荡……

布莱恩在科幻论文宣讲会上

我深受感动，反复提到从圣马力诺到海牙到成都，感谢他在特殊困难时期对中国科幻坚定的支持。而他却说：“杨潇，你知道我最感激你的是什么？是我在机场丢失带来的书，反复找寻无结果，一拖再拖，不得不懊恼、沮丧、孤零零地最后一个走出海关，当看到夜幕中你娇小瘦削的身影，那一刻，我真是感动极了。”

Poem for Yang Xiao

Written in the Wolong Reservation

The girl by the fast grey Pitiao River
Looking up to see us standing on the bank
Opens her hand to show us stones & shells
Collected just for fun –
Opens it then closed it again.
Momentarily, organic & inorganic
– are one.
These gorges of the quiet Wolong
Where rhododendron & potatoes grow
Rose skyward from an ancient impact
So mighty that it never end
When the WSF Conference closes
Those who met here remain
Forever friends.

Brian Aldiss

23 May 91

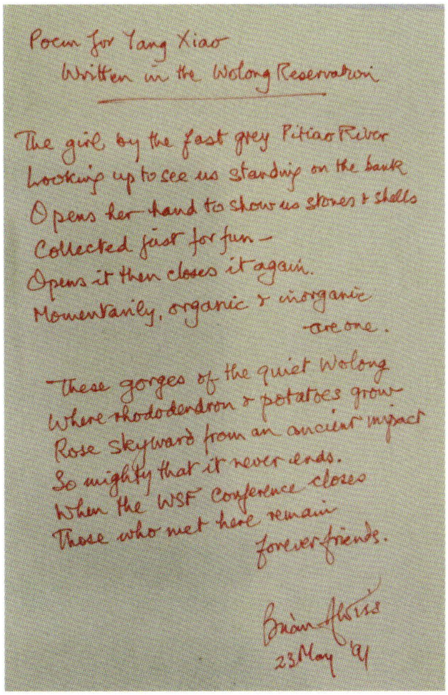
Poem for Yang Xiao
Written in the Wolong Reservation
The girl by the fast grey Pitiao River
Looking up to see us standing on the bank
Opens her hand to show us stones & shells
Collected just for fun –
Opens it then closes it again.
Momentarily, organic & inorganic
are one.
These gorges of the quiet Wolong
Where rhododendron & potatoes grow
Rose skyward from an ancient impact
So mighty that it never ends.
When the WSF Conference closes
Those who met here remain
forever friends.
Brian Aldiss
23 May '91

诗赠杨潇
——作于卧龙自然保护区

灰色的皮条河急流奔涌，河畔的女孩
抬头看到河岸上的我们
她张开手掌，展示她欢喜拾来的
石子与贝壳
手掌张开又合拢。
那瞬间，有机与无机
——合而为一

宁静的卧龙峡谷
杜鹃花和土豆生长的地方
它在一次远古的撞击中升起
那力量如此强大生生不息
当WSF闭幕时
在此相识相交的朋友们
友谊永存

布赖恩·奥尔迪斯
1991年5月23日
（赵海虹译）

1991年WSF成都会议落幕了，奥尔迪斯依然穿行于《科幻世界》之中。

《在历史与未来之间》《户外》《图说科幻》，奥尔迪斯在《科幻世界》上频频出现。

他在“环球邮箱”中与我们刊物的读者谈心：“当我儿子克莱夫还是个三岁小男孩时，在他午睡前我常给他读书……他一再请求，我一遍遍地讲述……他想听，我就喜欢讲，因为我有一个着迷的听众。这就是写作的秘密。我们写作是为了表达自己的思想情感或愉悦自我，而最重要的是要有忠实的读者。”

真是无独有偶，王晋康也是这样被儿子逼着讲故事而成为科幻作家的。

1997年，'97北京国际科幻大会隆重召开，在中国大大掀起了追科学之星热潮，科幻在中国堂堂正正登上高台，想象力大旗猎猎飞扬。

我们盛邀奥尔迪斯先生——如此国际科幻盛会怎能少了布赖恩·奥尔迪斯。在中国现代化的进程中，中国科幻大踏步前进，《科幻世界》销量从1991年说不出口的600册到1997的25万册。我们在首都北京为中国科幻高扬盛名！

奥尔迪斯的论文《世界科幻文学运动》寄到，他们夫妇却爽约了。玛格丽特患病，一病不起，直至驾鹤西归。

从此，奥尔迪斯再也没来过中国。

朝圣之旅（2001年11月，英国牛津）

2001年深秋，我和秦莉（时任科幻世界杂志社副社长）赴伦敦参加年度世界期刊博览会。会后，我俩专程乘火车到牛津，拜访《科幻世界》的老朋友奥尔迪斯。

牛津大学，英国最古老也最享盛名的顶级名校，距离伦敦不到100公里。这座古城魅力无穷、风格独特，竟让人舍不得挪步，哥特式的尖塔楼群、塔楼、钟楼、石墙、碎石小道……

我逼迫自己不要跌落迷失在牛津城里，行色匆匆，穿街走巷，去寻找那条悠长小道，那个幸运门牌号，直到站在那座英伦

2001年杨潇、秦莉参加伦敦世界期刊展
左二为张伯海（时任新闻出版署期刊司司长）、左三为伦敦世界期刊展当届主席

风格的两层小楼前。

摁响门铃，小叩门扉，奥尔迪斯出现在我们眼前。十二年光阴倏然而过，76岁的奥尔迪斯依然高大但却不再魁伟，尽管他不时挺直身板，但稍后背又略微佝偻下来。他穿一件深灰蓝色西便服，灰色眼珠里火花依然噼啪闪动，宽广的前额印记还是殷红，花白华发泛出一层智慧灰光。见到我们，老奥眉开眼笑，乐不可支，弯下腰来张开双臂欢迎，牵着我俩的手走进他的小楼。

我们坐在他的小客厅里。书柜四环，书香四溢。品着英式加奶红茶，我们谈天说地，畅叙友情。秦莉英文一流，使我和老奥得以开怀畅聊，从圣马力诺、海牙到成都，从波尔、赫尔、布朗到他的玛格丽特，再到王逢振、申再望、韶华、刘小燕……

那天，奥尔迪斯兴致极高，中国科幻友人的造访给沉寂小楼带来盎然生机，笑语欢声在客厅里回荡。老奥兴致勃勃，像牵着孩子似的带我们参观奥府花园。

其实，我早就知道他家有个大花园。1993年，我在《科幻世界》开设并主持新栏目《环球邮箱》，邀请各国科幻作家为中国科幻读者写点什么。老奥在他的文章里娓娓讲述："我们家有个大花园，花园一直延伸进树林。我们在散步时常碰到狐狸、野兔和小鹿，那鹿还吃了我妻子种的玫瑰花呢。我家的园子里还有个大池塘，各种各样的鱼儿在里边嬉戏游水。"

因时间有限，我们没往树林的深处走，也就没碰到老奥的友邻——狐狸、野兔、小鹿。抬头望天，伦敦的天空呈现出狄更斯笔下典型的铅灰色，如一幅色彩黯淡、年生久远的旧画作。环顾花园林丛，松树参天林立，槭树满枝鲜黄，植被高低错落，时光掩映着玛格丽特独具匠心的庭院设计，处处保留着她的印迹：弧形石墙、原木躺椅、苹果树、松树、槭树、芦苇、常春藤、鸢尾花……然而，没有女主人的庭院疏于打理，那个大池塘也没有

脚踏伦敦格林尼治时间天文台本初子午线

了，林中小屋也落漆斑驳，荒废弃用。玛格丽特不在，花园少了修剪培植，更少了家的温馨气息。

正如奥尔迪斯来信所说，没有玛格丽特的日子很难。

满院秋色浓郁，一树苹果红红黄黄，几柄芦苇花白如雪，落下的松塔散发出松脂香味，常春藤伸枝牵蔓去挽秋日……不知咋的想起奥尔迪斯最负盛名的《丛林温室》。说实话，我不喜欢老奥在《丛林温室》幻想臆造出来的景象——不再旋转的地球和月亮被壮观的蛛网连接，不喜欢在遥远的未来地球行将毁灭。这儿可不是“*The Long Afternoon of Earth*”（《地球的漫长午后》，美国出版《丛林温室》删节版书名）中的后地球时代，这儿没有奇形怪状的食肉植物，没有具有超人智力的恐怖寄生蕈菇，没有置人于死地的蜘蛛树、火树、哑蓟果、鳄皮藻、绒毛蕈，没有捕食植物，不会葬身绿腹，没有地球停转后永恒不变酷热难当的下午时分……吁，我深深呼出一口长气，我是个地球主义者，我热爱地球，我们生活其中的地球多美好。

在牛津深秋烂漫的藤叶中（布莱恩·奥尔迪斯拍摄）

花园里植被舒心随意地生长，自然天成，有一种近乎原野毫无修饰的天然美。老奥在此优哉游哉，本该谱出绿色地球幻象乐章，怎么反倒臆造出恐怖的《丛林温室》？可也膺服于科幻大家思维想象的异乎常人，或许他是以反喻警醒世人，要倍加热爱、珍惜我们仅有的这一个地球吧；或许他是在展示他无边奇特的想象力，“《地球的漫长午后》描写的并不是人性的胜利，而是生命的本质——有尺度恢宏的生命，也有细胞层面的生命”（尼尔·盖曼语）。

老奥领我们转悠，他悠然自得地踱步，享受地球正常运转的春华秋实。走到苹果树下，树上的苹果没受地心引力自然落下，也就没砸在他头上。枝头还挂有几个被啄缺的果子，是鸟儿享用了。高个儿老奥踮起脚来，从树上摘下几个果子，在西便服上随意揩揩，递给我俩。我拿着苹果，还打算回屋洗洗削皮，老奥却自顾啃了起来，并啧啧称赞，吔，好香好甜。

造访时正值秋末冬初，院中一柄柄白花花的苇子在秋风中摇曳。不由想起法国哲人帕斯卡尔所说：“人是一支能思想的芦苇。”于是邀老奥合影。秦莉的纤纤玉指轻轻一摁，能思想的与不能思想的芦苇合影存留至今。

有朋自东方来，不亦悦乎。共进午餐后，老奥开车带我们参观牛津大学。

真是何等荣幸，布赖恩·奥尔迪斯，英国科幻教父，屡获科幻雨果奖、朝圣奖、伊顿文学奖，被授予世界科幻界最高荣誉科幻大师奖，以《丛林温室》《解放了的弗兰肯斯坦》《户外》和《亿万年的狂欢》（西方科幻小说史）等一系列名著而奠定科幻大师地位的布赖恩·奥尔迪斯，曾任英国文学布克奖评委的布赖恩·奥尔迪斯，亲自为来自中国的科幻友人、为我和秦莉当车夫！

嗨，怎一个“爽”字了得！

2001年摄于英国伦敦牛津奥尔迪斯家后花园

该车夫兼导游兼摄影师尽职尽责，带我们参观了几座牛津特色四合院（一个院子一所学院）、书店、牛津知名古迹。说起牛津，老奥如数家珍。可惜我们当天得返回伦敦，只好匆匆在牛津城中穿行，但即便走马观花，也恍如走进历史、穿越古今。这座广享盛名的大学城令全世界学人肃然起敬，历史悠久延绵900年，日不落的辉煌光耀至今，为世界奉献出数十位诺贝尔奖获得者、国家领袖。从牛津走出的政治家、哲学家、科学家、艺术家极大地推动了世界文明进程，为人类发展做出卓著贡献。

与大师同行，我忽然悟出：奥尔迪斯在古老辉煌的牛津生活了半个多世纪，难怪他想象力奇特非凡，思维能挣脱地心引力在宇宙中遨游。牛津城堪称世界近现代学术文化中心，追求卓越，引领尖端，学术氛围浓厚，连空气中都弥漫着精神的芬芳。奥尔迪斯浸润其中，穿透星际雾霭，俯仰宇宙变迁，站在人类甚至宇宙生命的高度探索萃取，并把深邃思索的结晶馈赠给世界。睿智如斯，难怪被尊为英国教父级科幻大师。

小车在古街窄道上穿行，老奥熟练地左拐右倒。我们两位女士安然享受，还不时揶揄：吔，这老头76岁了，车还开得这么溜，酷！

那天恰逢牛津大学的学位日，秋霜把常春藤叶蔓渲染成鲜黄、殷红、深紫，卵石小径上的落叶在脚下沙沙作响，学子们步履匆匆，来来往往。想到王尔德、萧伯纳、霍金、钱锺书等都曾在这些小径上踱步沉思，仰慕之情油然而生。校园里到处是穿戴各式黑袍方帽的学子与家人和导师合影。老奥也为我们和学位人士合影，分享莘莘学子的喜悦。

那天老奥还邀约了马尔科姆·爱德华兹（1991年WSF成都年会当届主席），我们四人在伦敦一小店共进晚餐。晶莹剔透的水

同喜共祝获得学位

晶杯盛着彤红的葡萄酒，缘于科幻的情谊浓香醇厚，1991年WSF成都年会是餐桌上的主要话题，四人频频举杯，怀念当年的好时光，祝福世界科幻繁荣。

谈到《科幻世界》，我故作漫不经心地说道：“《科幻世界》目前销量近四十万。”“奇迹，真是奇迹！科幻界的奇迹！”奥尔迪斯大喜，举杯一饮而尽，而爱德华兹（身为出版商）则怔怔发呆，惊讶地盯住秦莉，生怕自己听错了。我和秦莉相视一笑，那一刻，我突然回想起当年，终于实现了十年前（1991年征订量600多册）“让《科幻世界》走出困境”的誓言！

在科幻作品中，人类往往作为一个物种共同对付地外生物群落。在科幻界无论国别、族别、性别，彼此共享一个地球，共担地球责任，共享想象乐趣，科幻圈的友谊往往更为深厚绵长。

这短短的一天不啻是朝圣之旅。

Cheers!

2005年春，奥尔迪斯来信，说他8月将举办八十诞辰生日聚会，诚邀我出席。可惜我无法赴会，特意拜托杨蓉（旅居英国的中国科幻作家）代表我参加。杨蓉去赴会了，奥尔迪斯为有中国科幻作家前来参加聚会欣喜不已。

老外异常重视生日聚会，奥尔迪斯家人哪会放过良机。

奥尔迪斯曾送给我一本书——《A is for BRIAN——a 65th birthday present for Brian W. Aldiss》，这是一本珍贵而有趣的合辑，于1990年出版。

该书在约稿信中写道：八月，布赖恩·奥尔迪斯将要65岁了。由弗兰克·哈瑟雷、马尔科姆·爱德华兹和玛格丽特·奥尔迪斯组成的秘密联盟正在筹备一份令人惊喜的生日礼物。书成后，会赠送每人一本可爱的集子。所有捐稿者都将获赠此特殊礼品。生日聚会中将把布赖恩束缚在桌前，直到他签完所有赠书。

哈！太有趣啦！

猜一猜写稿者有谁？家人、朋友、同事、崇拜者。当然有老奥爱妻和两儿两女。还有谁？请看看这串在科幻界熠熠闪光的名字：金斯利·艾米斯、拉利·阿米德、J.G.巴拉德、查理斯·布朗、肯·坎贝尔、弗兰克·哈瑟雷、马尔科姆·爱德华兹、柯林·葛林兰、哈里·哈里森、弗雷德里克·波尔、罗伯特·希尔弗伯格、罗伯特·胡德斯多克、约瑟夫·李德……

再猜一猜体裁和内容？来自世界各地的虚构小说、回忆片段、照片、漫画、奇闻轶事、公开信……

以此合辑来赞美祝贺老奥的生日。

想象65岁生日聚会老奥手捧此书，哇，他会一蹦三尺高！在众人的嬉笑簇拥中，他签名要签到手抽筋！

A is for BRIAN!

A is for BRIAN!

那年，伊丽莎白·赫尔说她正为她的弗雷德（弗雷德里克·波尔）筹备90寿辰。我立即翻选照片，在一家图片公司扫描设计，制作了一本精美小相册，再现他们和中国科幻友人在圣马力诺、在海牙、在威尼斯、在成都。

伊丽莎白和弗雷德非常喜欢这份贺礼，一再来信感谢。

于是照此办理，我给老奥也做了一本，记载我们在圣马力诺、海牙、成都、牛津等，寄去我们缘于科幻的情谊。他收到后也大为赞叹。想到老奥手舞足蹈的样子，我不由得扑哧笑出声来。

哪颗星是奥尔迪斯？

今年二月，伊丽莎白·赫尔来邮件祝贺鸡年春节。回复时我询问奥尔迪斯近况。她给奥尔迪斯打了封邮件，同时抄送给我。

奥尔迪斯没有回复。按奥尔迪斯的习性，他不会不理睬。想到他年事已高，我有些惴惴不安。

直到看见《每日电讯报》发布的噩耗。

奥尔迪斯远远逝去，他会在科幻迷心中永生。

今夜，又推窗远眺，遥望夜空，都市灯光使星宿黯然，可我还在执拗地寻找，找寻。

Brian, where are you now?

Which star is for BRIAN ALDISS?

2017.8.26深夜

永远的赫尔博士——贝蒂

1989年5月，我应世界科幻专业协会WSF当届主席诺曼·斯宾雷德之邀，赴圣马力诺参加WSF第13届年会。当我手持王逢振先生的信被介绍给赫尔博士时，我才知大名鼎鼎的“赫尔博士”原来是位女士。

按照会议议程最后投票决定1991年WSF第15届年会的主办国。改革开放的中国对外国代表有着巨大的吸引力，投票的结果竟然成了12：9（中国12票，波兰9票）。中国一跃而上，成为1991年WSF年会的举办国。

我特别兴奋的是，我们《科学文艺》杂志社科幻式的思维取得了成功，将在中国举办WSF成都年会。

永远的贝蒂——伊丽莎白·安·赫尔博士

真巧，我们都属鼠
左起：罗斯老夫人、刘小燕、杰利·罗斯、贝蒂、杨潇、田子镒

会议结束时，圣马力诺文化部长出席了晚宴。晚宴由与会者自掏腰包，定居爱尔兰的著名美国科幻作家哈里·哈里森（WSF的创办人之一，首届WSF主席）为我支付了四万里拉，热情邀请我与会议代表共进晚宴。他说，我是WSF年会有史以来参会的第一位中国代表，这更彰显了WSF的世界性。

在介绍各国宾客时，玛格丽特被称为奥尔迪斯夫人，李·伍德被称为斯宾雷德夫人，幸子被称为柴野夫人，而介绍伊丽莎白时，却称其为赫尔博士。科幻界人士均知，波尔先生是美国久享盛誉的科幻大家、编辑，是前任世界科幻专业协会主席，赫尔博士是波尔先生的夫人，是美国伊利诺伊州哈泼学院的英文教授、科幻作家、科幻活动家，是美国科幻研究会的前任主席。他俩在国际科幻界是名流伉俪。宴会席间，我端着酒杯走到波尔夫妇面前，称赫尔博士为波尔夫人，她盈盈一笑，说："Call me Dr. Hull."

这个简单称谓表现出她的特立独行。

那晚，赫尔端来了两杯酒，约我在月色中走走。

我两手端香槟酒，披着皎洁月光，穿行在圣马力诺古堡的神秘夜色之中。赫尔博士顾及我的蹩脚英语，尽量用最简单的英文述说，于是，我知道了弗里德里克昵称为弗雷德，我感受到了赫尔对弗雷德的绵绵爱意，还听到了那个感人的故事——波尔与赫尔一见钟情，热恋中的波尔甚至在《轨迹》杂志上刊载："Betty, marry me!"

一位相识才两天、比我年长的异国妇人，和我一见如故，敞露心扉。其间，赫尔博士说伊丽莎白的昵称是Betty，让我叫她贝蒂。

那晚，夜风轻轻，花香郁郁，月光溶溶，在古堡的剪影中一切都如情似梦。贝蒂坐在我对面，波浪般起伏的栗色软发泛着月光，灰蓝色的眸子里清波荡漾，贝蒂陶醉在她自己酿的幸福之中。她软语轻柔，一串串好听的英语音乐般流淌，似乎上帝的手悄悄推开了我愚钝的听力之门，我好像"听"懂了。她抿了一口

贝蒂和杨潇1990年在荷兰海牙

琥珀色的香槟，嘴抿成一弯好看的月牙，渐渐从意醉神迷的幻境中醒了过来，轻轻对我说："杨潇，你知道吗，我感到我等他等了一辈子。"

我怦然心动，人和人之间那种久违的孩童般透明和纯真撞击我心扉，我全然忘了贝蒂的国别和年龄，我俩认识才两天，圣洁月光滤掉了人际间的隔阂、防备和猜忌，结晶出珍贵的友情，我俩——WSF的美国代表和中国代表，似乎成了神交几十年的闺蜜。

与贝蒂第二次相见是在荷兰，我们《科幻世界》代表团赴荷兰参加1990年WSF海牙年会。WSF代表中有人否定圣马力诺决议，意大利、芬兰、捷克斯洛伐克、南斯拉夫、波兰等国代表都发表了异议，提议在波兰召开克拉科夫年会。四川省政府高度重视，派出省外办新闻文化处处长申再望和我们共组代表团，再赴欧洲，力争夺回中国的主办权。

在海牙年会的激辩中，身着火红西装的贝蒂站了起来。面对多国科幻代表的反对，她一脸严肃，用手掠掠额前一绺华发，平静而又有分量地讲到WSF的宗旨，讲到科技发展将给人类的思想

1995年金秋，贝蒂来中国参加第四届世界妇女大会，与吴岩相见

贝蒂、包德珍和北京部分科幻迷欢聚在吴岩家中
前排左起：罗洪斌、苏学军，中排左起：凌晨、杨潇、吴岩、贝蒂、包德珍、江渐离，后排左起：星河、金霖辉

以深刻的影响，最后贝蒂说："我同意奥尔迪斯的意见，政治是暂时的，人民之间的友谊是永存的，我不改1989年主张，仍投中国一票。"

WSF几位大佬都支持中国，不同意改变圣马力诺会议决定。1991年WSF成都年会如期举办。

在卧龙遭遇到暴雨突袭，泥石流塌方断路，当贝蒂看到我在人群和险境中来往穿梭，看到我疲惫而又焦躁，贝蒂依然恬静地微笑，她的笑容舒缓了我的紧张和焦灼。她的弗雷德更是不凡，所有人都在焦急讨论抢险方案，唯有他，独自伏在卧龙招待所简陋的木桌上，手捏圆珠笔埋头写作，沉溺于思辨科学的迷人奇境，在想象世界中欣赏宇宙的科学美。

1995年金秋，我又见到了贝蒂，她应邀来北京参加第4届世界妇女大会。

在北京，王逢振、吴岩、贝蒂和我快乐相逢。在吴岩家中，贝蒂和珍妮斯两位美国科幻女作家和北京年轻科幻作家畅聊神侃。已当外祖母的她华发轻挽，着一袭艳丽的大花裙，笑容依旧甜美，讲话声依旧轻柔，对着中国年轻的科幻作家讲科幻——就像对着她伊利诺伊州哈泼学院的学生。她说道，科幻总是走在生活的前面，我们在科幻中憧憬未来，现在信息时代，我们不就是生活在早先科幻所描绘的世界之中吗？

那些年，大洋彼岸飞鸿频传，贝蒂讲述她成功举办了约翰·坎贝尔奖评奖；忧伤地告诉我她的弗雷德患了肺炎；骄傲地说她的外孙女当上了飞行员，正准备当美丽的新娘，嫁给一个帅小伙飞行员；絮絮叨叨她八十三岁的老母亲来帕拉丁同住一周；还童心未泯地讲她获得了母校奖励的一枚徽章……而落款处，总是那别致秀丽的签名：Fondly Betty。

从1981年以来，贝蒂和中国科幻界交往频繁。

'97北京国际科幻大会成功召开，嘉宾云集。最令全国科幻迷振奋狂喜的是，美俄两国宇航局分别派员参加。在宇航界广享盛名的美国宇航员杰利·罗斯和香侬·露西德来了！人类第一个走出太空舱在太空行走的俄国宇航员列昂诺夫将军来了，宇航员别列佐沃伊上校、格列奇科博士也来了！

贝蒂常说科幻总是走在科学前头。在北京国际科幻大会上，她亲耳听到了列昂诺夫将军讲述，俄国宇航员都爱看科幻小说，他们的启蒙导师就是俄国科幻作家齐奥尔科夫斯基。

当成都月亮湾国际科幻夏令营闭营，在四川省外办举行的告别晚宴上，杰利·罗斯和香侬·露西德代表美国宇航局，赠给省外办、省科协各一幅镶在玻璃镜框里的宣传画。画面是航天

1997年，在四川省外事办公室举办的欢送晚宴上，美国宇航员赠送给四川省外办、四川省科协和杨潇各一幅太空宣传画。这份礼物分外珍贵，上面嵌有上过太空的中国国旗，还有露西德和罗斯的亲笔签名

前排：列昂诺夫中将，后排左起：香侬·露西德博士、杰利·罗斯上校、省外办主任陈麟章、省科协党组书记周新远、杨潇

飞机升空瞬间和在飞船上遥望地球的场面。玻璃镜框里压着一面中国国旗，这面国旗曾被哥伦比亚航天飞机STS–55搭载升空，在1993年4月26日至5月6日随德国太空实验室D–2任务舱在轨飞行。我也收到了一幅，国旗下方印着“赠予《科幻世界》杂志主编杨潇女士”，再下面是杰利·罗斯和香侬·露西德的亲笔签名。

这份礼物太珍贵啦！我激动地捧过镜框，感激地和两位宇航员握手，直说谢谢。

贝蒂也把我拉到身边，向我表示祝贺，并用她的手指轻轻梳理我自北京开会以来无暇顾及的一头乱鸡窝，取下她头上的大朵白色头花给我别上，仔细把我的乱发塞进发网，并深情地和我久久拥抱。

2007年8月，杂志社举办“2007中国（成都）国际科幻·奇幻大会”，我却因车祸不得不躺在西安一家医院里。不料，贝蒂和女儿芭芭拉倏然从天而降，犹如天使，手捧鲜花，站在我的床头。我还以为是病中幻觉，直到贝蒂轻柔地唤道：Xiao, Xiao, Yang Xiao……

原来，贝蒂和她女儿正准备启程前往中国成都参加国际科幻·奇幻大会，收到杂志社邮件，得知我出车祸受伤，于是提前从芝加哥赶到了西安。

为了能站在病床前看我一眼，她们母女不知费了多少周折。我心头一烫，泪水盈了上来……

这是我和贝蒂第六次相见，时间虽短，但却是最令我铭心刻骨终生难忘的一次。

贝蒂母女又匆匆赶到成都，在大会上，贝蒂发表了《科幻小说中的女权主义》。接着，又赴日参加在横滨举办的第65届世界科幻大会。不知贝蒂一生参加过多少次各国科幻大会，莅临了多少届世界科幻大会，她以她的热忱执着点燃了多少不同肤色科幻迷对科幻的挚爱？

2014年，我到美国探亲旅游，特别安排了去探望贝蒂的日程。从妹妹所在的新泽西乘机专程飞往芝加哥，到异国他乡去探望贝蒂。我翻开过去的日记，上面简单地记着：“2014-7-11，到芝加哥见到贝蒂。我大吃一惊，她消瘦衰老了许多。”

我弯腰拥抱她，瞥见一根拐棍靠在她身边，我连忙轻轻扶起她。贝蒂拄着拐棍，领着我慢慢朝停车场走去。坐进车，车前玻璃窗上贴着刺目的残疾人证。

从我们相识的1989年到2014年，二十五年竟然一晃而过。

一年前，贝蒂告诉我弗雷德九十三大寿了。我寄去精美相

·环球邮箱·

贝蒂，你好！

杨潇·文

今年初秋，我又见到了赫尔博士，她到北京来参加世妇会。

五年不见了，她依旧风采迷人，气质高雅。据我所知，这是她的第三次中国之行。1981年，她第一次访华，作为美国科幻研究会(SFRA)的前主席，她访问了北京、上海、杭州，举办了科幻讲演，和中国同行们进行了座谈。国门刚开的中国科幻界，带着惊喜和几分疑惑，注视着尊贵而优雅的赫尔博士，审视着奇特靓劲的美国科幻。当时，我频频听说赫尔博士，不知她是女流，更不知其芳名叫伊丽莎白——一个叫人想起欧洲皇族的美丽而典雅的名字。

89年，我赴圣马力诺参加世界科幻年会，和她相识在欧洲古老的城堡之国。当我揣着王逢振先生的信，被玛格丽特(英国科幻大师奥尔迪斯的夫人，这又是一个常出现在欧美小说中的姣好名字)介绍给赫尔博士时，我真愣了，想不到面前这个美丽而优雅的女士原来就是大名鼎鼎的 Dr. Hull(赫尔博士)。

当晚圣马力诺文化部长举行宴会欢迎世界各国来宾(参加者自交餐费)。在介绍各国宾客时，我特别注意到，玛格丽特被称为奥尔迪斯夫人，幸子被称为柴野夫人，而介绍伊丽莎白时，不称她为波尔夫人，却称为赫尔博士。这个独特的介绍引起我对她的特别留意。科幻界人士均知，波尔先生是美国久享盛誉的科幻作家、编辑，是前任世界科幻协会主席，赫尔女士是波尔的夫人，是美国伊利诺斯州哈波学院的英文教授、科幻作家、诗人，美国科幻研究会的前任主席，他俩在科幻界是名流伉俪。宴会开始后，我端着酒杯走到波尔夫妇面前，称伊丽莎白为波尔夫人，她笑着更正：“Call me Dr. Hull(叫我赫尔博士)。”

一个简单的称谓，表现出她的独立性(我不知这算不算女权主义)。

那天晚上，就着小牛排和加威士忌冰淇淋，披着古城堡皎洁的月光，伊丽莎白喃喃地向我诉说着。于是，我知道他俩怎样一见钟情，沉在热恋中的波尔甚至在 Locus 上刊登“Betty，marry me(贝蒂，嫁给我)!”

我第一次受到这样的信任，一个和你才相识两天，比你年长的异国妇人，倾心地对你讲述她的婚姻，她的丈夫，她的爱……其间，她告诉我，伊丽莎白的昵称是贝蒂，让我叫她贝蒂。

那夜，晚风轻轻，花香郁郁，月光融融，使我如幻如梦。贝蒂坐在我对面，软软的金发幽幽发亮，灰蓝色的眸子闪闪发光，她也陶醉在她自己酿的幸福之中。她话音很轻，软语轻柔，一串串好听的英语音乐般流淌。说来也怪，那晚，我没翻随身携带的两本字典，冥冥之中，似乎上帝之手悄悄推开了我愚钝的听力之门，我好像全“听”懂了。她讲着讲着，慢慢抿一口琥珀色的香槟，嘴抿成一弯好看的月牙，渐渐从意醉神迷的幻境中走出来，轻轻地对我说道：“杨潇，你知道吗，我感到我等他等了一辈子。”

人和人之间那种久违了的孩童般的透明和纯真令我怦然心动，我全然忘记了她的国籍，身份……

我与贝蒂再见是在荷兰，《科幻世界》表团赴海牙参加年会。时值90年夏，面对复杂的形势，各国代表对是否在中国举行’91年会，反映各不相同，意大利、芬兰、捷克、波兰等国代表在会上都激烈地发表了不同意见。贝蒂上台了，穿一身火红的西装(真怪，五十多岁的她，无论穿怎样夺目的橘黄、大红，都衬得她那么雍容华贵)，她一脸严肃——我知道，奥尔迪斯、哈里森、波尔、赫尔等人的意见举足轻重，我的心提到了嗓眼里。贝蒂用手掠掠前额的一绺金发，平静而又有份量地讲到 WSF 的宗旨，讲到科技发展将给人类的思想以深刻的影响，最后她说：“我同意奥尔迪斯的意见，政治是暂时的，人民之间的友谊是永存的，我不改八九年的主张，还是投中国一票。”她侧身把手中的选票交给 WSF 秘书李伍德小姐，说：“这是我带来的五张选票，他们都投中国的票。”她走下讲台，目光扫过我时，粲然一笑，举手打了个“V”型手势，我也回了个 V 型手势，心中又是一热，我就相信贝蒂会支持我们的，果然，一锤定音。

在贝蒂等朋友的努力之下，1991年世界科幻年会如期在成都举办。贝蒂和波尔先生飞到了四川，在卧龙莽苍的森林之中，在和中外同行的交流中，波尔夫妇如一对孩童，欢愉地吮吸着东方文化。就是在暴雨突来，泥石流断路塌方的险情下，赫尔仍是那么恬然，那抹抿成弯月的微笑舒缓了我的紧张。她的老弗雷德更是不凡，所有的人都在焦急地讨论抢险方案，唯有他，独自伏在卧龙招待所简陋的木桌上，埋头写他的科幻。

这几年，大洋彼岸飞鸿频传，讲述她成功地举办了约翰·坎贝尔奖的评奖，忧伤地告诉我她的老弗，雷德患了肺炎，絮絮叨叨她83岁的老母亲与她同住了一周，童心未泯地对我讲她获得了母校奖励的一枚黑徽章……而落款处，总是那个秀丽而别致的签名：fondly Betty(爱你的贝蒂)。

今年金秋，贝蒂、珍妮丝等美国女科幻作家和一群北京科幻迷聚集在吴岩家中，已当外祖母的贝蒂金发轻挽，着一袭艳丽的大花裙，笑容依旧恬静，话语依然轻柔，对着中国年轻的科幻迷讲述 SF——就像对着她伊利诺斯州的学生。她说道：科幻总是走在生活前面，我小时候，全家围着一台电子管收音机；读中学时，几户人合看一台黑白电视机。那时，我们在 SF 中憧憬未来，现在信息时代，我们就生活在原来 SF 所描述的世界之中……

那夜星光灿烂，深邃的黑天幕上，好像闪烁着晶亮的星星语：Hello Betty(贝蒂，你好)!

3

由于铁路运费涨几倍，使市面上零售《科幻世界》受影响，请读者尽量到邮局订阅，也可直接到编辑部邮购。

域外采风

又见贝蒂

杨潇/文

飞机在芝加哥奥黑尔国际机场缓缓停稳，我匆匆赶到行李提取处，却不见贝蒂。临行前，我们曾约好在这儿见面。我一边四处张望，一边想象：七年不见，她现在是个什么样?

行李转盘处已空无一人，我慢慢转到栏杆外，见一老太太正坐在长条椅上与人聊天。我走过去细看，她华发灰白，消瘦萎矮，这就是当年那个雍容优雅的赫尔博士?

老太太显然感觉到了什么，她轻轻转过脸来，“你好啊，杨潇！”她抿嘴一笑，嘴角弯成好看的月牙。真是贝蒂。

我弯腰拥抱她，瞥见一根拐棍靠在她身边，我连忙轻轻扶起她。贝蒂拄着拐棍，领着我慢慢朝停车场走去。

坐进车，车前玻璃窗上贴着刺目的残疾人证。

唔，二十五年竟然就这样一晃而过……

1989年，应世界科幻协会 WSF 之邀，身为《科学文艺》（《科幻世界》前身）主编的我飞抵意大利，拖着装满刊物的沉重书箱，到圣马力诺参加世界科幻协会1989圣马力诺年会。这是中国科幻界第一次有代表出席世界科幻会议。

在会上，我结识了赫尔博士（Dr. Hull）。她的丈夫弗雷德里克·波尔（Frederik Pohl）是美国著名科幻作家，也是 WSF 创办人之一及前任主席。赫尔博士则是美国科幻研究会（SFRA）前任秘书长、WSF 美国分会理事。赫尔博士早在1981年就造访过中国，她与科幻小说翻译家吴定柏、王逢振、郭建中等一见如故；1983年美国科幻作家代表团一行七人访问上海，波尔、赫尔名列其中，著名作家叶永烈作为上海市科协常委、世界科幻协会理事在上海科学会堂接待了代表团。我仰慕赫尔博士已久，可站在她面前，才知大名鼎鼎的 Dr. Hull 是位女士，芳名伊丽莎白。

初次见面，赫尔博士给了我极大帮助。

当时，随行的翻译因病留在罗马，我不得不独自与会。按照会议议程，各国代表介绍本国科幻状况，最后投票决定1991年WSF第47届年会的举办国。当时，波兰、前南斯拉夫是两个竞争国。而首次参加 WSF 会议的我对议程一无所知。临行前，众编辑突发奇想，提议邀请 WSF 到中国举办年会，无知即无畏的我也贸然将此提议加入演讲稿。

WSF 会议历史上首次出现中国面孔，老外纷纷表示欢迎，说中国代表与会，WSF 更具世界性。

轮到中国代表发言，我走上台，宣读了精心准备、熟读多遍的英文发言稿，还不知天高地厚地向各国代表当面发出邀请。结果可想而知，我英文不好，听力尤差，面对 WSF“多国部队”的连连提问，我紧张得发懵，嗫嗫嚅嚅，答非所问，只得重申翻译生病缺席，我英文不好，下来再与各位交流。好在 WSF 秘书李伍德女士善解人意，安排其他代表继续发言。我强自微笑着走下演讲台。李伍德和我走到另一间小会议室，她写下代表所提问题，我借助英汉、汉英两本袖珍字典，再加上日本科幻小说先驱《宇宙尘》创始人柴野拓美的夫人写出和中文字相仿的日文汉字，艰难地连猜带蒙地回答各种问题。

当时我无路可退，狼狈不堪，只得硬着头皮，强带微笑，操着蹩脚英语，讲述中国科幻的广阔前景，欢迎外国作家到中国体验博大的东方文化。

凭借英汉、汉英两本袖珍字典，依靠诚挚执著的态度和 WSF 众多代表的理解和支持，我们反而赢得了许多赞誉和尊重。WSF 圣马力诺会议投票结果竟然是：中国成为 WSF1991 年会的举办国，年会定名为“WSF1991 成都年会”！

具有世界影响的科幻大家布莱恩·奥尔迪斯、弗雷德里克·波尔、哈里·哈里森等纷纷向我祝贺，WSF 各国主席也过来握手拥抱，李伍德说我“With little English done lots of things”，赫尔博士更是赞誉我“勇敢……克服很大困难，为中国赢得举办权”，“Admire you”。

我懵了，自觉此行丢人现眼，遭遇滑铁卢，他们却认为我克服极大困难、坚持信念，为我鼓掌颁奖。

这一懵便是许多年，之后我反反复复比较东西方文

67

册，其中记载着贝蒂夫妇在圣马力诺、在威尼斯、在海牙、在成都、在科幻世界编辑部、在都江堰、在卧龙的美好时光，相册承载着美国科幻作家和中国科幻人的友谊。贝蒂来信说他们非常喜欢这个珍贵礼物。

贝蒂家住在芝加哥西北的帕拉丁区。她说自1984年嫁给弗雷德、嫁给科幻事业，他俩在这儿共同生活了三十年。这栋美国传统风格的小楼有上下两层，楼上有多间住房和书房，楼下有宽敞的客厅、三间大书房、女儿凯西的卧室、厨房、餐厅等，地下室还有藏书房和暖气锅炉房；前庭花园小径弯曲，绿茵茵的鹅掌楸树和灌木花丛掩映小楼；时值盛夏，后院草坪绿草茵茵的，围木栅栏一圈鲜花怒放。扶着木楼梯走上铺着地毯的二楼，凯西为我收拾的小房间整洁舒适，墙上挂着中国小朋友送给“波尔伯伯和

2010年初，我儿子赴美国旅游，也代表我去拜见了弗雷德和贝蒂。那天贝蒂分外高兴，她穿上了艳红的T恤，也给弗雷德换上了大红外套。

赫尔阿姨”的国画。

在客厅里，贝蒂笑吟吟地告诉我，我是到这个家的第三位中国科幻友人。二十世纪八九十年代，吴定柏先生在这儿住过十一天，王逢振先生也来此拜访过，现在Yang Xiao也来了。只是，她略带忧伤地说，波尔离去近一年了。

是的，2013年9月弗雷德辞世，我曾回信安慰贝蒂：你已尽心尽力了，弗雷德是含笑而去的。

楼下两间大书房里堆满书籍、杂志、报纸、信件，客厅里到处摆放着世界各地的物品，墙上悬挂着叶永烈先生所赠的水墨山水画，客厅五排大书架上堆放着厚厚的书籍，恍惚间进入时空隧道，波尔和他的好友阿西莫夫、海因莱茵、布雷德伯里等都在隧道那头。面对广袤宇宙，波尔把他瑰丽奇特的想象，对人类命运的深切关怀，对生物圈的热爱和对未来探索的前瞻思考，都凝结成几十部巨著奉献给世人。科幻世界杂志社20世纪末曾出版了波尔系列丛书，那是波尔坐在这栋富含能量场的房子里编织经纬，在键盘前一个字母一个字母敲出来的。

贝蒂曾说：“波尔的作品旨在规劝世人要更加和睦相处。”是的，波尔的视界早已超越了人类的国别、族别、性别，无论身处什么环境，无论和什么样的生命形式交往，他都以地球人的眼光审视地球生物群落和外星生物的冲突。

波尔已于2013年9月以九十四岁高龄谢世，但在这栋他们曾经共同居住的房子里，波尔气息四溢。门廊前他们共同栽种培植的木兰树绿荫浓郁，后花园花木缤纷茂盛，他们的家庭照片，他的作品、书籍、书信，他的奖杯、奖牌、奖章，夫妇俩的信物，友人的赠品，他俩旅游世界各地购买的纪念品，以夫妇俩的生辰为这栋房子设定的密码，这一切一切都在讲述波尔与赫尔的传奇故事。

和贝蒂拍于1995年

在WSF1991成都年会上，伊丽莎白·赫尔博士宣读科幻论文，翻译官泳松

波尔永生——在贝蒂心中，在他的传世书籍中，在国际科幻界。

贝蒂热情款待了我。她像个干练的主妇，为我烤制美国地道的烤鸡、烤鱼、烤虾、烤芦笋，蒸南瓜泥、青豆，熬煮加夏威夷坚果和红莓的麦片，烘烤抹了奶酪的百吉饼，她的女儿凯西则用卷心菜、小西红柿、奶酪做冰冻菜蔬。贝蒂还带我去品尝芝加哥最美味的比萨。她女儿芭芭拉也特意赶来看望，说我恢复得很好，完全不像是在西安那个刚动完手术的病人。

贝蒂拖着肿胀的病腿，驾车带我“跑车观城”，参观了伊利诺伊州哈泼学院——她曾是该院的文学教授，还开车数十英里带我到芝加哥主城区参观。

真不可小觑芝加哥，它不愧为美国的第三大城市，古典和现代融合得相得益彰，高及云天的摩天大楼栉比鳞次，冷不丁又冒出欧洲古典教堂、老式旧水塔、白金汉喷泉……另一道独特的风景，是老式铁轨横亘于堂皇的现代建筑群中，列车在大都市繁华的大街上轰隆隆地疾驶，像是从18世纪驶来，让人科幻感顿生。

那天，我和贝蒂坐在后花园喝下午茶，小松鼠在花园木栅栏上翻跃，树叶在风中簌簌作响，百合花香随风飘逸。贝蒂说我俩都属鼠（她恰好长我一轮），特意教我学松鼠英文“squirrel”的发音。我说我虽属鼠，但我讨厌rat，我喜欢属squirrel。贝蒂却反其意说道：“我不喜欢squirrel。它咬了我的鸟，而鸟是吃蚊子的。”咦，小松鼠还会咬小鸟，第一次听说，我还以为是我英文太差，听错了呢。

她说到她正在筹办波尔逝世周年纪念，有大量的事要做。

贝蒂轻声地不知是在对我说还是自言自语道：“我这辈子算是幸运的，有好父母、好丈夫、好孩子，有许多好朋友好邻居，还有自己很喜欢的职业和事业，我感到满足，感到幸福。”

当时，贝蒂慢吞吞地走下露台，拿着花剪闲适地修剪花枝，轻轻俯下身拾捡落叶——这就是那个

贝蒂亲自下厨为我烤鸡

活跃在国际科幻界的赫尔博士——宠辱不惊，去留无意。

我在贝蒂家住了三天两夜。离去之前，贝蒂驾车带我去农夫市场。那天小雨淅淅沥沥，天欲留客，我撑着雨伞扶着拄拐杖的贝蒂在农夫市场转悠，每每碰到熟人，她都骄傲地介绍：“这是杨潇，我亲爱的朋友，她来自中国。”

是的，贝蒂，正如你写给《科幻世界》的话：“我是中国科幻迷的老朋友，更是《科幻世界》的老朋友。”

你是中国科幻人的老朋友。

今天，中国科幻界为贝蒂开追思会，我心里已没有哀伤，而是一种暖暖的情谊——贝蒂竭力促进中国科幻繁荣，帮助中国科幻界和世界科幻界交流，她相信在东西方文化的碰撞中，中国科幻一定能崛起。她心系中国科幻，她说刘慈欣《三体》获雨果奖时她正在现场，她欣喜若狂，激动得当即发来E-mail祝贺，祝贺中国科幻真正走向了世界。

正如日本中国科幻小说研究会会长岩上治先生所说：“出过《三国演义》《红楼梦》《西游记》和《水浒传》的国度，一定能出震撼世界的科幻小说！”果然。

此刻，我头上别着那朵白色的大发夹，像贝蒂那样把头发塞进发网，坐在电脑前轻轻敲击键盘。

啊，贝蒂，我们想念你，中国科幻人怀念你。

2022年8月4日

于贝蒂周年祭

绿荫深处访布朗

1996年秋，我随四川省科普期刊考察团赴美国考察，也乘此机会拜访了几位美国科幻界人士。

飞机像一只小鸟，翱翔在浩瀚的太平洋上空。宽体客机的屏幕上不断显示出飞行航线。不久就从显示屏上看到，蓝色的太平洋和北美大陆上土黄色的洛基山脉之间，有一片青青的亮绿，那就是美丽富饶的加利福尼亚州。

据联合国多次考察，称旧金山是这个星球上最适宜人类居住的地方之一。它自然条件好，气候温和，物产丰富，尤其是该市有着优良的保护环境的传统。如今，我终于有缘一睹这个和谐自然现代都市的芳容了。

1996年，杨潇在查理斯·布朗家中

车在旧金山市中心的金门公园里转悠，四周都是合抱粗的大松树和大柏树，海鸥、鸽子、大雁在林间自在嬉戏，三三五五的小松鼠翘起毛茸茸的大尾巴，恬然自得地坐在草坪上，捧着松果咀嚼。据说运气好，还会碰到小鹿哩。我觉得奇怪，依我的孤陋寡闻，美国城市应该处处都是华尔街、曼哈顿那样高楼林立、寸土如金。美国开发西部不过才一个半世纪，怎么就有如此周密的城市规划，在市中心建立了占地三千余亩的金门森林公园？况且，当年的淘金热怎么就放过了这片绿色金子？一个美国通回答了我的疑问，说旧金山市的首任市长上台伊始就决定要在繁化闹市区给子孙留一座真正的大森林。看来，那位首任市长真有远见卓识！

车驶出硅谷不到一小时，就钻进了红杉树森林公园，车道两旁密不透风的合抱之木犹如史前老祖母，携带着挺拔秀逸的子孙树群安恬地沐浴着风霜雨露，为联合国诠释着什么叫最适宜人类居住的地方。

旧金山全市只有七十多万人口，市内大小公园就有二十个，每座公园都是大树茂密、浓荫匝地，令人心旷神怡。

在美国东部，从纽约到华盛顿哥伦比亚特区，我一路都陶醉在层林尽染的锦绣秋光之中。每年九月起，整个北美洲大地的色彩变幻无穷，绚烂如霞光般一泻千里，自北向南延伸，鲜亮明艳。我为这秋光的美所震撼。此时大树由伟丈夫变成了贵夫人，金黄的白杨、琥珀色的槭树、粉红的野榛、猩红的糖枫、泛黄的白桦……在湛蓝的天幕下，大面积灿烂的色彩，美得使人心灵颤动。

感谢上苍，让我深深领受了大自然的熏陶，我心怀一份虔诚的感动，接受了大自然又一次洗礼。当我在奥克兰的山林中找到那座小木屋时，我豁然顿悟，小木屋的主人，肯定也是受上苍感悟的精灵。

眼馋查理斯·布朗多次荣获的雨果奖杯

查理斯·布朗先生的木屋就坐落在奥克兰市（旧金山市旁的一个小市）起伏的山林里，它让我和翻译李小川女士在雨雾山林中足足找了半个小时。在国内，当时这种类似“青城山麓”式的住家，不是贫寒道士，就是山野村民。小川却说：你太Chinese了，老美正相反，穷人都在闹市区挤着，而富人才悠然于海滨、湖畔、山间、林丛。（如今的中国，富人也像当初的布朗先生一样住到郊外去了。）

我们终于在树林里找到了这栋木屋的正门，布朗先生听见木板回廊的脚步声，开门相迎：“欢迎，欢迎！你们自己居然找到了我家，真不容易啊！”他说，他本来想要把他家的位置地图传真到我们宾馆的，可见真的是难以寻觅。

说起来，我和查理斯·布朗该算是老朋友了。几年前，我们曾在圣马力诺和海牙见过两次，他是在中国召开1991年WSF成都年会的坚定支持者，我很感激他。布朗先生是美国科幻杂志《轨迹》的主编，他年近六旬，一头灰花的棕色鬈发，两只眼睛闪烁着异样的光，走近你才会看到，他右眼安装了一只假眼珠。其身壮如一头大棕熊，两只手臂毛茸茸的，人尚未出屋，挺着的肚子先凸了出来。但他的动作却很利索。

布朗先生先领着我们参观他的住宅。他对自己设计自己建造的木屋很是满意。

这幢房子加上地下室共有十多间房间，约二百平方米，院内有个小天井，里边放了个偌大的造波桑拿浴缸。屋外有栅栏的木质回廊。布朗先生不无得意地说，这幢房子从设计到建造都是他自己亲自打理。他喜欢看书、写东西，不喜欢喧闹嘈杂，就从闹市里搬了出来。二十多年前，他相中了这片树林，就在这儿置地建房，一切亲手操作。老外很善于DIY，也很享受自己动手的乐趣。

查理斯很喜欢他自己设计、自己参与建筑的林中小木屋

布朗先生去为我们张罗饮品甜点，我在客厅中悠闲转悠。白色的木条天花板上开了两个天窗，透过绿荫的天光洒落下来。两壁是大幅落地玻璃窗，木壁上挂有毕加索的画、秦始皇一号俑坑兵车图的拓片，有日本、非洲、澳大利亚、爱斯基摩人的各式图腾，还有东欧铜壁挂。木桌上摆着阿拉伯陶罐、非洲人木面具、中国青花瓷瓶等。从他的收藏中，可看出布朗是位世界公民，他的足迹遍布世界各地。

我推开一扇玻璃窗，湿漉漉的山风扑面而来。树丫几近伸进窗口，一只小松鼠探头探脑地打量陌生的我，淅淅沥沥的小雨敲打着屋顶，闭上眼睛，恍若听到了古老国度雨打芭蕉的丝竹调。

我领悟到，布朗只身居住在山林里已二三十年，对他来说，孤独是座美丽的花园，他已融身于自然之中，他和自然有一种与生俱来的和谐。我明白了他二十多年前为何辞去工作专办科幻信息类杂志。科幻爱好者共同的特征原本就是爱好大自然，热爱我们这个太阳系里最具活力的星球，热爱地球上生机勃勃的生命。

和布朗先生的交谈很愉快。他虽然单身独处，但并不孤独怪僻，也并未如隐士般与世隔绝，电脑为他联通世界各地。他热情开朗，谈笑风生，我们坐在宽大的、由于收藏过多而显得装饰味极浓的客厅里，靠在讲究的、挂着一层垂帘的壁炉前尝甜点品茶聊天。交谈中，我知道布朗十一岁开始迷上科幻，从此一发不可收。他原是个电气工程师，由于酷爱科幻，于1967年创办了不定期的《轨迹》科幻迷刊物，自编、自印、自发。经过二十九年的努力，刊物已成为科幻新闻信息类月刊，期发量近万册。它汇集了全美及全世界最丰富的科幻信息，其主要内容有：科幻领域主要机构的报道，科幻作家的最新动态、专栏文章、会议报道，各类科幻评奖报道，世界各地各种科幻活动信息、书评、新书一览、编读往来等。布朗除办《轨迹》外，还编辑了若干中篇科幻选，又与人合作，每年编辑出版一本《科幻总书目》。

布朗先生独辟蹊径，坐在他的小木屋里，汇聚天下主要科幻信息，供世界各地科幻界调配选用。

又聊了一会儿，布朗先生带我们参观《轨迹》编辑部，也就是他家中的另几间小屋。编辑部共五人，布朗是老板、出版商兼主编，另雇了四名女士帮忙。她们是主管编辑玛丽安妮·杰布隆（Marianne S. Jablon），编辑法伦·米勒（Faren Miller）和卡洛莱·库西门（Carolyn F. Cushman），助理编辑柯丝坦·汪（Kirsten Gong-Wong，一个胖胖的华裔姑娘，可惜她完全不懂中文），还有不固定的信息广告资料收集人员。布朗和他的员工在一起工作，大家相处愉快，都很轻松自在。查理斯·布朗的编辑部有两台多媒体电脑，编辑们在彩色显示屏上编辑稿件，每月将

布朗的家就是他的杂志《LOCUS》编辑部，这位女士就是杂志编辑

瞧，布朗开放式的厨房，各式大小锅挂得别出心裁吧

编辑好的软盘拿到印刷厂出胶片印刷。还有几台电脑，主要用于收集各式信息、登记资料、处理广告等。发行则靠科幻迷朋友。往往是周末大伙儿聚到这栋木屋，一块儿边吃边聊边贴订户姓名地址、装信封，然后用汽车送到邮局。其中有一份就是这样送到中国四川成都《科幻世界》编辑部的。我们和《轨迹》是交换杂志，每期互赠。

当我问到每个人的详细分工时，布朗拍拍姑娘们的肩，对我说："Oh，everybody is trying to do everything."在场的三位姑娘都愉快地笑了起来。

自1989年《轨迹》杂志介绍了中国的《科幻世界》后，《科幻世界》的名声就在世界科幻界不胫而走，每年我刊收到的数十份来自世界各地的信件和稿件，寄信者大都是从《轨迹》上了解到我刊的。

布朗还饶有兴趣地带我参观他设在地下室的图书馆。

出乎我的意料，地下室很大。室内地面铺着灰色地毯，满屋整洁、干净，淡蓝色的天花板上安着明亮安静的日光灯，一排排金属柜架闪着银灰色的光泽，摸摸每本书，居然没有灰尘。布朗得意地摇着柜架边的手轮，一排排书架就沿着滑轨移动。我对布朗说：你这是个发明，这样藏书，容积既大，找出也很方便。布朗双手放在凸起的大肚皮上，嘿嘿地笑了，眼睛发出温和的光。这里的藏书很多，四五间整洁、干燥的地下室房间里，全是一排排书架。我问布朗他有多少藏书，他耸耸肩，双手一摊："我没数过，也数不清楚。"我用手摸摸柜架上那一排排站立的用塑料纸包着的破旧发黄的书脊，吃惊地看到了1920年的字样。我回头望望布朗，他读懂了我的疑问，肯定地说他收藏的书最早的有1910年的版本。他自豪地说："知道吗？这些全是科幻书刊，我的收藏史已有四十八年，我的家是编辑部，也是图书馆。"

我惊讶于这位超级科幻爱好者的富有。他收藏了近一个世纪的数万册书刊，无异于拥有人类上百年来的想象力，而他致力于科幻的事业心尤使我敬佩。我不由想起吴定柏老师的感慨，他于1988年在我刊上撰文写道：他与布朗开玩笑，说你这位老板事业有成，又有钱，完全可以安享清福，把《轨迹》交给年轻人去干，而布朗却说："《轨迹》是我创办的，我喜欢它，了解它，别人谁也不会比我干得更好。"从布朗身上显示出美国人的另一面性格，格外自信，并坚持自己的追求。

从布朗的地下室出来，坐在客厅里别致的壁炉边，抬头望着壁炉架上堆放着的十八座雨果奖奖杯，每一座奖杯都是一枚升天火箭。也就是说布朗获得了十八次最佳半专业科幻杂志雨果奖，我真服了这个老布朗！矮矮胖胖的布朗看到我贪婪羡慕的目光，得意地炫耀："我经常得雨果奖，因为酷爱科幻的人能从我的杂志上了解到全世界的科幻信息，连接了世界上的科幻人，所以我的期刊在世界科幻界举足轻重。”听李小川翻译，知道布朗从1968开始创办《轨迹》，现在已成为半专业性的月刊，销售量约万册。盯着欲射向天穹的升空火箭，我在想，什么时候我们《科幻世界》也能得到这枚升天雨果奖？！看着布朗那镶着假眼珠的眼睛泛着自得的光，我衷心祝贺他，同时也骄傲地说，我们《科幻世界》在全中国发行二十多万份呢。

这回，该轮到他祝贺并羡慕我了。

布朗高度评价了我刊承办的1991年WSF成都年会，还友好地提了个意见：会议不要长时间宣读论文，一边读论文，一边翻译，时间拉得太长，大家都快被催眠了。他把毛茸茸的、厚实的大手叠在一起，放在耳边，偏着头做打呼噜状，惹得我们哈哈大笑。

布朗说，他将在1997年第1期的《轨迹》上发表《科幻世界》致《轨迹》的信，向世界各国科幻界介绍中国科幻，诚邀世界各国科幻朋友们于1997年7月到中国成都参加国际科幻大会。他表示，届时他一定再到成都，再去参观《科幻世界》编辑部。

离开布朗家，离开《轨迹》编辑部，我仍屡屡回头凝望林中的小木屋。那里住着一位和善的老头，他毕生所挚爱的，是在绿树簇拥中把奇特的想象力汇聚在电脑上，凝结在木浆制成的纸上，并让全球的科幻迷一同分享他拥有的信息，分享他的理想和快乐。

还没等走出那片林子，布朗先生追了出来，他一定要请我和翻译与他共进午餐。布朗眼睛不好使，就请一个编辑姑娘开车，我们一同下山，来到了一家泰国餐馆。午餐很愉快，布朗不停地回忆1991年WSF成都年会，回忆五年前的大好时光。当我告诉他我还要去好莱坞城拜访弗里斯特·阿克曼（Forrest Ackerman）时，布朗笑着说，他和阿克曼是多年的好友，让我问候他。

好的，查理斯·布朗先生，我不仅要问候阿克曼，还要把他请到成都，到时候，我们中外科幻界新老朋友再欢聚一堂！

1996年初冬

补记：

1997年7月，查理斯·布朗先生果然到来，和詹姆斯·冈恩、伊丽莎白·赫尔、弗里斯特·阿克曼、大卫·赫尔先生一起来了。

我想，布朗这次来过足了明星瘾。无论他们和俄美宇航员出现在哪个地方，那儿都会掀起追星潮。我亲眼看到布朗满足而得意地签名、面有得色地摆出POSE与科幻迷合影，忙得大汗淋漓。

查理斯·布朗在'97北京国际科幻大会上讲演

布朗先生登上了长城

布朗主编再次参观《科幻世界》编辑部

这次'97北京国际科幻大会和四川国际科幻夏令营，比1991年WSF成都年会壮观多了，内容也丰富纷呈。只是仍没有改正布朗先生提出的小意见——学术交流会宣读论文后还得再翻译一遍，时间拖长了，不知布朗打瞌睡没有。

其实，我倒该给布朗先生提个意见，这也是我对赫尔博士、冈恩先生共同的意见：他们对大卫·赫尔不太礼貌，似乎瞧不起大卫。大卫对这几位美国科幻界的知名前辈毕恭毕敬，当大卫弯腰伸手欲上前和他们握手时，他们表现得有些傲慢：布朗先生漫不经心地对大卫摇摇手，冈恩先生则慢腾腾地，头也不朝向大卫，给面子似的示意性地握了握手。大卫受宠若惊，朝圣般虔诚。

过后，他们几个谈道，大卫在美国名不见经传，没听说他写过什么科幻小说。我通过我的同学、我们聘请的翻译刘小燕告诉他们，大卫·赫尔是我去纽约请来的美国科幻作家，他写的科幻小说《天幕坠落》在中国有广泛的影响，《读者文摘》转载了大卫的科幻小说，他有几百万中国科幻粉丝。国家环保署在世界保护臭氧层日那天转载散发了《天幕坠落》文章，以米兰达一家的悲惨命运告诫国人，臭氧层被破坏将对地球造成无可挽回的伤害，将摧残地球人。大卫·赫尔在中国是广受欢迎的美国科幻作家之一。

他们却不以为然。

我想，我国的科幻名家，无论是早期的叶永烈、郑文光、童恩正、刘兴诗，还是现今的刘慈欣、王晋康、韩松、何夕等，他们待人平和，对年轻作家关心备至，鼓励提携。科幻界就是这么亲热友好，相互帮助。

1999年秋，我到澳大利亚参加第57届世界科幻大会，在展览区偶遇布朗先生。他正坐在一间屋子里，面前桌子上摆满了他的期刊《轨迹》。“嗨，查理斯！”他转过头来，一只眼睛放出异样的光彩，“嗨，杨潇！”布朗看到我显然很高兴，张开熊臂，意欲给我一个大熊抱。我赶紧伸出右臂，迎着他来了一个“High five”！

布朗高兴极了，叽里呱啦讲了许多。我聘请的翻译以为今天没他的事，已经溜走了。我连猜带蒙地知道了布朗说他很惊喜在澳洲墨尔本遇到我，说两年未见，很想念申再望、吴岩、刘小燕等。他热情地带我去见罗伯特·希尔弗伯格。希尔弗伯格正在签名售书。我在圣马力诺见过他，只是没有打过交道。我和希尔弗伯格照了相，就转去找寻那个街头科幻画家，我刚买了他几幅画，说不定《科幻世界》用得上。

那天晚上颁发雨果奖，查理斯又如愿抱得大奖归！他快成了雨果奖专业户了，真是恭喜他，羡慕他。

会后，我和朋友到举世闻名的悉尼歌剧院去，很想看经典的歌剧《茶花女》《卡门》《图兰朵》等，来一趟悉尼，怎么也得去欣赏一下歌剧，四川土包子想见识见识。结果，那天只有《咪咪》。我和朋友买的是第三排的票，九十美元一张，比起第四排到第十排普通票一百九十美元一张便宜多了。朋友说歌剧的唱词是用灯光打在舞台前顶上的，前三排票价之所以便宜，是要仰着头看字幕。我想，反正我既看不懂台词又听不懂唱词，看台上表演怎么也能猜出个六七成剧情，回去再找小说补课。

中场休息时，我走到歌剧院宽大的廊坊，欣赏歌剧院那举世无双的建筑，脑海里老响着朋友给我翻译的《咪咪》的唱词："我以绣花为生，平静地享受创造百合花和玫瑰花的快乐……"忽然听见有人叫："Yang Xiao! Yang Xiao!"我循着声音找去，看见布朗先生在招手。咦，查理斯·布朗！正巧在歌剧院相遇。布朗先生看到我很是诧异，我读懂了他的诧异，我猜他或许以为当时的中国人到西方世界来，有空只会去淘地摊货呢。

2000年，从《科幻世界》驶出一辆《银河列车》，同在一辆列车上的查理斯·布朗说道："我这辈子最荣耀的是得过二十多次科幻大奖……是科幻赋予我生命的价值，带给我丰富的体验和充实的快乐。我死而无憾。"

嗨，查理斯，你这一生真是值了！

科幻先生阿克曼

说到弗里斯特·阿克曼，中国的科幻迷并不陌生，我刊就登载过介绍阿克曼先生的《Mr. SF科幻先生》短文（见《科幻世界》1994年第9期）。作为该文的译者，我知道阿克曼九岁时就被《惊奇故事》俘获，变成了科幻迷，知道他十三岁开始写科幻故事《火星之旅》，1934年成为国际科幻联盟的第一名荣誉会员。1940年，他会见了H.G.威尔斯；1941年，他被选为“世界头号科幻迷”；1944年，他出版了科幻迷的百科全书；1953年，他获得了世界上第一个雨果奖；1954年，他首创了“Si-Fi”这一科幻的通俗缩写和发音；他出席过五十多次世界科幻大会，是传播媒介的新闻人物，上过数百次电视……可是，当我走进好莱坞区

在美国洛杉矶阿克曼家中，阿克曼先生端起了他的雨果奖奖杯

亮出了他的演员本色

《科幻世界》封面的临摹画

人物专访

杨潇

科幻先生　阿克曼

说到弗里斯特·阿克曼(Forrest Ackerman)，中国的SF Fan并不陌生，我刊就曾登载过介绍阿克曼先生的《Mr. SF(科幻先生)》短文(见《科幻世界》94. 9期)。作为那篇文章的译者，我知道阿克曼9岁时就被《惊奇故事》俘获，变成了科幻迷；我知道他13岁开始写科幻故事，1934年就成为国际科幻联盟的第一名荣誉会员，1941年他被选为世界上头号科幻迷，1953年他获得了世界上第一个雨果奖；他出席过五十多次世界科幻大会，是传播媒介的新闻人物，数百次上过电视……可是，当我走进好莱坞区坡地他的家中，才真正理解到科幻先生的含义。

我揿响了一幢小楼的门铃，主人的声音从门边一个小喇叭响起："谁啊?"我和翻译还没回答，喇叭里就传出了主人愉快的声音："啊哈，中国客人来了，欢迎，欢迎!"门自动开了，我走进院里寻找主人，发现他显然已透过什么机关看到了我们。

"啊哈，杨潇!"阿克曼从阁楼里钻出来，握住了我的手，如牵小孩般，把我牵进他的阁楼。我还没放下包，阿克曼就拉着我走到木板墙边，指着墙上一帧黑白照片，偏着头，神秘地对我说："看看这小孩子，你想把他带回家去吗?"照片上是一个鬈毛小老外，睁着一对大眼睛天真地看着我，蛮可爱的。领养个小老外?有意思。"Of course."我答道。看我上了当，阿克曼扬起头恶作剧般哈哈大笑："那就是我，是75年前的我。"75年前?轮到我睁圆眼睛了。我的惊讶又惹得阿克曼开怀大笑："那时我五岁，现在我已庆祝过了我的八十大寿。"

我这才定睛看阿克曼，他高达一米九，前额光秃秃的，头发花白，鼻梁上架了一副玳瑁镜框的眼镜，身着艳红底白花衬衣，一脸狡黠的笑意，不时爆发一阵有感染力的笑声。我真无法相信这个如顽童般的Mr. SF竟是个耄耋老者。

阿克曼又指着墙上的另一帧照片，告诉我，那是他母系世族五世同堂的合照。她母亲高寿才仙逝于这幢小楼。我说："你家族长寿，那您一定长寿。"阿克曼又作了个受宠若惊的滑稽表情，笑腻了似地说："我期望。"

"来，我带你参观。"阿克曼兴致勃勃楼上楼下地领我参观，步态并不蹣跚，我几乎跟不上这个八十老头。他的家十八间房子，迷宫似的。有的屋子全是书架，从地面到天花板堆满了书；有的屋子全是机器人、恐龙模型、科幻人物石膏像，铜面具，电影道具。彩色绘画和SF影视图片占据了房间甚至过道和走廊所有的墙壁。在五彩缤纷的画片和各种模型中，我的眼光几乎无隙可停留。我穿行在书架、模型、道具和绘画图片之间，有时得侧着身子，不是怕碰翻了翼龙，就是担心撞倒了E·T；拉着机器人合个影，转过身来，额头就触到弗兰肯斯坦恐怖的鼻子。一瞬间，我仿佛坐上了时间机器，面对雪莱夫人奇特的想象力催生出来的这个科学怪人。

客厅里的机器警卫

30万件各式模型、收藏品!包括五万多册书刊，数百幅绘画，125，000幅影视图片，两千多盒电影磁带!我这才理解到阿克曼为何被称为Mr. SF。1949年，德国火箭专家威里·雷首次称阿克曼为Mr. SF，半个世纪以来，这个称号随着他传遍了世界科幻界。难怪执导了《E·T》、《大白鲨》、《侏罗纪公园》的金牌大导演斯皮尔伯格说："弗里的家一半是博物馆。"依我看，他是把家安在博物馆内，连卧室里、枕头边都是模型、图片。据说，阿克曼将来要把他的家——科幻图书馆捐给洛杉矶市。洛杉矶市长汤姆·布雷德里感慨道："弗里斯特是独一无二的，他创造了一个全球为之喝彩的科幻收藏。"

"来，杨潇，闭上你的眼睛。"我不知这老头又要玩弄什么花招，只有听任他摆布。他把闭上眼的我推到另一处，悄悄说"睁开眼"，我一睁眼，不由拍手笑起来，原来屋里一弯月形的墙上贴了一幅彩画，那是《科幻世界》94年10期封面的临摹画，上面还照猫画虎地描了《科幻世界》几个汉字。在异国他乡，看到这几个熟悉透了的歪歪斜斜的汉字，我不觉眼中一热，分明感受到他对中国科幻界的友好。"中国SF朋友，就是王逢振和你来过我家。"我说"以后会有很多很多的"。阿克曼歪着头，满足地将双手叠在他隆起的大肚皮上。

"来，坐坐这把椅子，这是我父亲当年收藏的，知道它的价值吗?林肯总统曾经坐过呢。"瞧，这片枫叶，它来自玛丽·雪莱墓前。"

阿克曼坐在林肯总统曾坐过的木椅

"看我无名指上这枚大戒指，想知道它的历史吗?"

"看，这是我的剧照，我演过54部电影，还演过世界总统哩……""这份关于科幻的短信是威尔斯亲笔写的，珍贵吧?"阿克曼手不停脚不停地忙着，眼里燃烧着年轻人才有的热情，他并不是在炫耀，而是沉醉在他的痴迷之

绝密消息：2281年发行的《科幻世界》中，存有从人类世界到科幻世界的绿卡，凭此绿卡，可开采科幻世界中的丰富资源，救助资源用尽的地球。

孙　璐　山东省青岛市第九中学　266012

46

透过窗户，我望着那个永远不落的人造月亮，不禁叹了口气。

王晓南　辽宁省沈阳市铁西区第三十一中学9807班　110021

47

坡地上他的家中，才真正理解到科幻先生的含义。

1996年秋，我在我小弟的陪同下，揿响了好莱坞区一幢小楼的门铃，主人的声音从门边一个小喇叭响起："谁啊？"我和我小弟还没回答，喇叭里就传出了主人愉快的声音："啊哈，中国客人来了！欢迎，欢迎！"门自动开了，我走进院里没找到主人，他显然已透过机关看到了我们。

"啊哈，杨潇！"阿克曼从阁楼里钻出来，热情地握住了我的手，如牵小孩般，把我牵进他的阁楼。我还没放下包，阿克曼就拉着我走到木板墙边，指着墙上一帧黑白照片，偏着头，神秘地对我说："看看这小孩子，你想把他带回家去吗？"照片上是一个卷髦小老外，睁着一对大眼睛天真地看着我，蛮可爱的。领养个小老外？真有意思。"Adopt a baby? Of course."我答道。看

阿克曼先生的家就是个小型科幻博物馆

我上了当，阿克曼扬起头恶作剧般哈哈大笑：“那就是我呀，是七十五年前的我。”七十五年前？轮到我睁圆眼睛了。我的惊讶又惹得阿克曼开怀大笑：“那时我才五岁，现在，我已庆祝过我的八十大寿了。”

我这才定睛看阿克曼。他高达一米九，前额光秃秃的，头发花白，鼻梁上架了一副玳瑁镜框的深度眼镜，身着艳红底白花衬衣，一脸狡黠的笑意，不时爆发一阵有感染力的笑声。我真无法相信这个顽童般的Mr.SF竟是个耄耋老者。他那身夺目的大红底白花衬衫那么惹眼，似乎眼熟，但又想不起在哪儿晃到过。

阿克曼又指着墙上的另一幅照片，告诉我，那是他母系世族五世同堂的合影。他母亲高寿，才仙逝于这幢小楼。我说：“你家族长寿，那您一定长寿。”阿克曼又做了个受宠若惊的滑稽表情，笑腻了似的说：“我期望。”

“来，我带你看看。”阿克曼兴致勃勃领着我们楼上楼下参观。他高寿八十，但并不老态龙钟，步态也不蹒跚，我几乎跟不上这个老头。他的家有十八间屋子，迷宫似的。有的屋子全是书架，从地面到天花板堆满了书；有的屋子全是机器人、太空人、恐龙模型、远古时代的飞禽模型、火星人模型、科幻人物石膏像、铜面具、太空武器、电影道具。彩色绘画和科幻影视图片占据了房间甚至过道和走廊所有的墙壁，五彩缤纷的画片和各种模型，让我的目光几乎无隙停留。我小心翼翼地穿行在书架、模型、道具和绘画图片之间，有时得侧着身子，不是怕碰翻霸王龙，就是担心撞倒E.T.。拉着机器人合个影，转过身来，额头就触到弗兰肯斯坦恐怖的

博物馆中的家

家中的博物馆

鼻子……一瞬间，我仿佛坐上了时间机器，面对雪莱夫人奇特的想象力催生出来的科学怪人。

三十多万件各式模型、收藏品！包括五万多册书刊，数百幅绘画，125,000幅影视图片和科幻电影中的道具，两千多盒电影磁带！我这才理解阿克曼为何被称为Mr.SF。1949年，德国火箭专家威里·雷首次称阿克曼为Mr.SF，就像头牌足球运动员被称为足球先生一样。半个世纪以来，这个称号随着他传遍了科幻界。难怪执导了《E.T.》《大白鲨》《侏罗纪公园》的金牌大导演斯皮尔伯格说："弗里的家一半是博物馆。"依我看，他是把家安在博物馆内，连卧室里、枕头边都是模型、书刊。据说，阿克曼将来要把他的家——科幻图书馆捐给洛杉矶市。洛杉矶市长汤姆·布雷德里感慨道："弗里斯特是独一无二的，他创造了一个全球为之喝彩的科幻收藏馆。”

“来，杨潇，闭上你的眼睛。”我不知这老头又要玩什么花招，只有听任他摆布。他把闭上眼的我推到另一处，悄悄说：“好了，睁开眼睛。”我一睁眼，不由拍手笑起来，原来屋里一弯月形的墙上贴了一幅彩画，那是《科幻世界》1994年第10期封面的临摹画，上面还照猫画虎地描了《科幻世界》几个汉字。在异国他乡，看到这几个熟悉透了的歪歪斜斜的汉字，我不觉眼中一热，感受到他对中国科幻界的友好。

“中国的科幻朋友，就是王逢振和你来过我家。”我说：“以后会有很多很多的。”阿克曼歪着头，满足地将双手叠在他隆起的大肚皮上。

“来，坐坐这把椅子，这是我父亲当年收藏的，知道它的价值吗？林肯总统曾经坐过呢。”“瞧，这片枫叶，它来自玛丽·雪莱墓前。”“看我无名指上这枚大戒指，想知道它的历史吗？”“看，这是我的剧照，我演过五十四部电影，还演过美国总统、世界总统哩……”“这份关于科幻的短信是威尔斯亲笔写的，珍贵吧？”阿克曼手不停脚不停地忙着数点他的珍藏，眼里燃烧着年轻人才有的热情。他不是在炫耀，而是沉醉在他的科幻痴迷中。

阿克曼的爱妻温蒂，她收藏了世界最大的收藏科幻珍品的收藏家

走到一帧巨幅照片前，阿克曼慢慢弯下腰，深情地吻吻巨照前的花瓶里艳红的玫瑰，对我说：“这是我爱妻温蒂的照片，她几年前就离我而去

了。她是个德国人，翻译了一百多本德文科幻书，其中包括德国最著名的科幻小说《比利·罗丹》（*Perry Rhodan*）。”我想起曾看到阿克曼夫人一句令人难忘的话：“至于我，四十年来，收藏了世界最大的收藏科幻珍品的收藏家。你瞧，我每天都看着我的这份收藏哩。”

难怪阿克曼充实地生活在他营造的科幻氛围中，原来他的温蒂每天都在看着他哩。

“我的家，也是博物馆，每周六对公众开放一次，免费参观。”又轮到我惊讶了。可他现在不是开玩笑，很认真地说：“是呀，我这么多的科幻收藏，希望更多的人能享受。最多的一次我接待了186人参观我家，其中有两名宇航员。不过，平时只是周六才开放，对你们——中国科幻客人——是个例外。”

我在客厅里摆弄他的望远镜，从望远镜里，我望到灿灿星空。真的，比河外星系更遥远的，是人的想象力，正如阿克曼所说：“我常常插上想象的翅膀

挤挤挨挨、琳琅满目的科幻书画，令目光无隙停留

到地球中心，到银河系漫游，从时间开始到时间之终……‘看’到了隐身人，拜访其他星球和多维空间的生物，到地球之外去冒险……坐在家中，足不出户阅读科幻，在无边的想象中遨游，这就是读科幻的价值。”

“杨潇，过来看。”一个铁丝笼子里，跳着一只毛色灰黄的澳大利亚小花鼠，阿克曼不知给了它点什么，小花鼠支起身，两个前爪捧着食物吃着。“瞧，这儿还有只松鼠，一个冬天它从树上掉下来，不是我救起它，它可能就冻死了。”阿克曼一面喂食，一面叨叨地说。这时，他一点儿不像个老顽童，完完全全是个慈祥的老外公。“我周末常和几个科幻迷在这儿秉烛聊科幻。我的朋友们常来，我们常在星光下想象。知道吗，我和阿西莫夫是老朋友了，雷·布雷德伯里的第一篇科幻故事也是我编发的。”

这里是个家吗，不是被模型面具侵领，就是被恐龙霸占

夕阳西下，阿克曼开一辆老式汽车（大概也是他的收藏品）带我们去餐馆。路上，他指着一家小影院对我说："那个老板也是个科幻迷。所以我看电影从不付费。明天，我要第87次去看《大都会》，那是一部德国的无声黑白早期电影，它的想象力滋养了我一生。"

第87次看同一部科幻电影！他不愧是世界头号科幻迷。

餐桌上，我正式邀请阿克曼到中国参加明年举办的国际科幻大会，老头高兴坏了，说他几乎游遍了美洲和欧洲，但从未去过中国。他兴奋地站起来，弯下身子，右手心朝上放在左腰处，做了个感谢的姿势。

话匣子打开了，阿克曼滔滔不绝地盘点他奇异的科幻经历："1936年，我与当时一位名作家合作发表了我第一篇名副其实的科幻小说；1939年，我创办了科幻迷杂志《幻想家》，我还首先穿未来服饰出现在世界科幻大会上；52次世界科幻大会中，我出席过51次，只由于那年我父亲去世而缺席……""我无法一一列举我的成就，仅前二十五年我记忆中最精彩的部分就够讲述三四十个小时。"阿克曼津津乐道地讲。

接着，他在衣服兜里摸索，从皮夹子里拿出两张两美元的纸币，压低了声，神秘兮兮地对我说："杨潇，收藏好，这可是绝版的美元。"我当着他的面，不在意地把两张面值两美元的"绝版美元"拿给了我弟弟，让他来见证收藏的价值。

餐桌上，他不慌不忙地解决了一碟红红绿绿的生菜沙拉，消灭了一大盘箭鱼，一大杯冰淇淋又装进他的胃里。他用话下饭，谈波尔，讲阿西莫夫，说奥尔迪斯，他活生生是一部科幻百科全书，滔滔不绝地说古论今，丝毫没有老人的沧桑感。当我说到日本科幻元老柴野夫妇时，老头儿睁大眼睛跟我较劲儿："Mr. Shibano和我才是朋友呢，我们是几十年的朋友，你比得过？"

看到他孩童般认真，我哈哈大笑起来。笑着笑着，我戛然止住，猛然醒悟：老阿克曼是从时间隧道那头钻出来的——我敢打赌！

发表于《科幻世界》1997年第2期

补记：

为祝贺《科幻世界》创办100期，我刊约请世界头号科幻迷寄来了专稿。在稿件中，他说：“我最大的愿望是本世纪末到中国去，拜访《科幻世界》编辑部的同人，并尽可能多地会见《科幻世界》的读者朋友。那时，我们将欢聚在中国。”

啊，我想起来了，1990年我曾在海牙见到过阿克曼。那件大红花衬衫就是他的标配

热情似火、风趣幽默的世界头号科幻迷阿克曼与夏令营营员们谈笑风生

1997在北京科技会堂三见阿克曼，他仍然穿着他的大红花衬衫

如他所愿，1997年，阿克曼来到了中国，参加了'97北京国际科幻大会，然后赴川，投身于热浪滚滚的月亮湾国际科幻夏令营。

在中国科技会堂，中国科协主席周光召会见部分中外科幻嘉宾，当介绍到阿克曼时，我注意到，阿克曼弓腰同周光召握手，脸上浮现出我没见过的谦恭，对大科学家毕恭毕敬。对五位美俄宇航员，阿克曼以诚相待，全然没了那种风华自傲。

这个可爱的老头。

在北京科技大会堂，阿克曼满足了许多科幻迷的心愿，做了主题为“世界头号科幻迷”的演讲，听众反响热烈。他也如愿拜访了《科幻世界》编辑部。在我们不大的办公室，外宾客人和编辑欢乐合影，欢聚在编辑部。他可能意想不到的是，他这个世界头号科幻迷被上万中国青少年科幻迷包围追赶，要和他合影，索要他的签名。

阿克曼曾说：“如果我能死而复生，我希望能看到21世纪科幻小说更大的发展和繁荣。”

阿克曼先生，21世纪科幻小说已经有了更大的发展和繁荣，如果你转世复生，那请亲眼看看吧！

天幕永不坠落

《天幕坠落》在《科幻世界》1995年第4期发表后，引起了强烈反响。当年9月16日，为宣传世界保护臭氧层日，中国环保署将该文作为普及臭氧层知识的教材大量翻印散发。《读者》杂志同年第12期也转载了这篇作品。这样，《天幕坠落》和大卫·赫尔的名字便在中国科幻读者中不胫而走，名播九州了。

1996年冬到美国之前，我曾委托我的大学同窗吉平博士为我联系拜晤大卫事宜。事隔半月，当我第二天就要飞往纽约时，身在纽约的吉平却回答我："还没联系上呢，只知大卫已从他家里搬了出去。"料想拜访可能泡汤，我好生怅惋。

可很快情况又发生了变化。次日，我走出纽约三角洲航空公司机场，等在那儿的吉平一见我就说："走，已联系好了，大卫一定要我们上他家去。这个大卫，还是个作家哩，却没有车，新搬的家连电话也没有，真不知他是怎样一个人。"我简单介绍了大卫的作品，吉平对作者也很感兴趣，兴致勃勃地陪同我去找大卫。

车停在纽约亚裔区一条没有树的街道上，苍茫暮色中，好不容易辨认出一幢七层公寓楼面上挂着的137—20字样的标牌。家住长岛（纽约富人区）的吉平停了车，不安地前前后后望了望："车停在这儿……安全吗？"

我们在楼前大门旁的门铃上按了几个数字，门开了，人一走进去，门就自动关上。窄窄的楼道里，摇滚乐震耳欲聋，伴随阵阵声浪，两个高挑的黑小伙亢奋得又扭又跳。我不由得抓紧了提包，闪身躲进简易小电梯。刚出电梯门，一个英俊少年走过来，稍做踟蹰而后肯定地问：“是找大卫·赫尔吧？”我吊在嗓子眼儿的心才放了下来。

“嗨，见到你太高兴了！”大卫热情地开门相迎。

走进门，我不觉愣了——这就是大卫的家？一间二十多平方米的房间，包括小小的厨房和卫生间，空荡荡的房里摆着一个布沙发、一个木茶几、一排简易木书架，连床都没有。墙角摆着一台电脑，一台健身器，光地板上放着个21英寸彩电，一台小音响和唯一一把竹藤椅。

家徒四壁，一览无余，这就是大卫·赫尔的家。

“来，坐啊，坐。”大卫一脸热诚率真的笑容，请我坐沙发。为了不让主人尴尬，吉平干脆席地而坐，大卫也用一只手按住光溜溜的木地板，整个胖胖的身子也就歪坐了下去。

大卫·赫尔，四十多岁，高高胖胖，双下巴，一头浓密的黑发，灰眼珠。不知是屋里空调开得太烫，还是太兴奋，他一张脸红得发亮。一入座，他就急急宣布，他精心烹制了中国菜，一定要请中国客人品尝他的杰作。

美国纽约法拉盛区大卫·赫尔家的书墙

人物专访

父子情深

天幕永不坠落

杨潇

《天幕坠落》在我刊’95·4发表后，引起了强烈的反响。当年9月16日，为宣传世界保护臭氧层日，中国环保署曾将该文作为普及臭氧层知识的教材大量翻印散发。《读者》杂志同年12期也转载了这篇作品。这样，《天幕坠落》作者大卫·赫尔(David W. Hill)的名字便在中国的SF读者中不胫而走，名播九州了。

去冬到美国之前，我曾委托旅美的大学同窗吉平博士为我联系拜晤大卫事宜。事隔半月，当我第二天就要飞往纽约时，吉平先生却回答我：“还没联系上呢，只知大卫已从他家里搬了出去。”料想可能泡汤，我好生怅惋。

可很快情况又发生了突变。次日，我走出纽约三角洲航空公司机场，等在那儿的吉平一见我就说：“走，已联系好了，大卫一定要我们上他家去。”还说，“这个大卫，还是个作家哩，却没有车，新搬的家也没电话，真不知他是怎样一个人。”

车停在纽约黑人区一条没有树的街道上，苍茫暮色中，好不容易辨认出一幢七层公寓楼面上挂着的137—20字样的标牌。吉平停了车，不安地前前后后望了望：“车停在这儿……安全吗?”

精心准备的美食转眼就杯盘狼藉了

我们在楼前大门旁按了几个数码，门开了，人一走进去，门就自动关上。窄窄的楼道里，摇滚乐震耳欲聋，伴随阵阵声浪，两个高挑的黑小伙亢奋地又扭又跳。我不由得抓紧了提包，躲进简易的小电梯。刚出电梯门，一个少年走过来，踟蹰而肯定地问：“是找大卫·赫尔吧？”我一颗吊在嗓子眼的心才放了下来。

“嗨，见到你太高兴了！”大卫热情地开门相迎。

走进门，我不觉愣了——这就是大卫的家?一间二三十平方米的房间，包括一小间厨房和卫生间，空荡荡的房里摆着一个布沙发，一个木茶几，一排木质书架，连床都没有。墙角摆着一台电脑，一部健身器，光地板上只放着个21英寸彩电，一台小音响和唯一的一把竹藤椅。

一览无余，家徒四壁。这就是大卫·赫尔的家。

“来，坐啊，坐。”大卫一脸热忱的笑容，请我坐沙发。为了不让主人尴尬，吉平干脆席地而坐，大卫也用一只手按住光溜溜的木地板，整个胖胖的身子也就歪坐了下去。

身居陋室　心忧未来

大卫·赫尔，四十多岁，高高胖胖，双下巴，一头黑发，灰眼珠。不知是屋里空调开得太烫，还是太兴奋，他一张脸红得发

有人发明了一种飞行器，只需很少一点动力，便让人真正像鸟一样飞翔。

张宵宇　山西省运城师范211班　044000

20

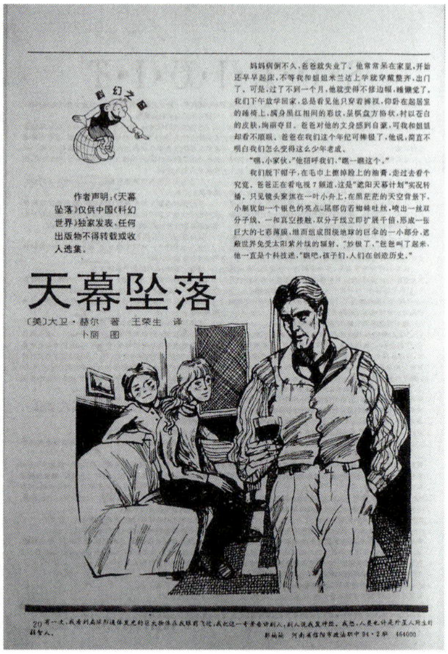

作者声明：《天幕坠落》仅供中国《科幻世界》独家发表，任何出版物不得转载或收入选集。

妈妈病倒不久，爸爸就失业了。他常常呆在家里，开始还早早起床，不等我和姐姐米兰达上学就穿戴整齐，出门了。可是，过了不到一个月，他就变得不修边幅，睡懒觉了。我们下午放学回家，总是看见他只穿着裤衩，仰卧在起居室的躺椅上，满身黑红相间的彩纹，呈棋盘方格状，衬以苍白的皮肤，绚丽夺目。爸爸对他的文身感到自豪，可我和姐姐却看不顺眼。爸爸在我们这个年纪可棒极了，他说，简直不明白我们怎么变得这么少年老成。

“嗨，小家伙，”他招呼我们，“瞧一瞧这个。”

我们脱下帽子，在毛巾上擦掉脸上的油膏，走过去看个究竟。爸爸正在看电视7频道，这是“遮阳天幕计划”实况转播。只见镜头聚焦在一叶小舟上，在黑茫茫的天空背景下，小艇犹如一个银色的亮点，尾部仿若蜘蛛吐丝，喷出一丝双分子线，一和真空接触，双分子线立即扩展千倍，形成一张巨大的七彩薄膜，继而组成围绕地球的巨伞的一小部分，遮蔽世界免受太阳紫外线的辐射。“妙极了，”爸爸叫了起来，他一直是个科技迷，“瞧吧，孩子们，人们在创造历史。”

天幕坠落

〔美〕大卫·赫尔 著 王荣生 译

卜丽 图

房间里唯一可放杯盘的茶几上，摆满了红烧排骨、麻辣鸡块、黄瓜拌肉片、卤鸡蛋、凉面，还有一小竹笼蒸米饭。我一边用筷子在盘子里扒拉米粒，一边言不由衷地恭维着——其实，排骨不咸不甜，鸡块寡盐少味干辣，但老外能把美式中餐烧到这个份上已经不错了。大卫乐颤颤地找出《家常川菜》《川菜集锦》的中英对照本，对我说：“瞧，还是你寄来的呢。我照本宣科，我烧的麻婆豆腐还真有那么点味儿呢。”他又喜形于色地自我表扬开来。

饭后，当我拿出杂志社送给他的礼物，大卫兴高采烈地把它们全搂在怀里，然后小心地摊在地板上，从中挑出发表和转载他那篇作品的《科幻世界》和《读者》，翻了又翻，居然翻到了《天幕坠落》那页。而方块字对他来说，无异于天书啊。

此时的大卫满脸如沐灿灿阳光，灰色的眸子也熠熠闪亮。他单手撑着地板站起来，光脚踩在木地板上，双手搓一搓，眉梢一挑，兴奋地朝站在身边的儿子挤了挤眼，说：“怎么样，奥斯汀，你爸爸不错吧！”奥斯汀抿嘴笑笑，把头亲热地凑近父亲，和他小声地说着悄悄话。

“嘿嘿，”大卫转头来，指着儿子满怀欣喜地对我说，“这小子说，有个有名的爸爸真不错，可不明白，为什么他的父亲只是在说不同语言的另一个遥远的国度才有名。”

我想起几天前我才对查理斯·布朗说起过大卫·赫尔。记得当时布朗满不以为然，说大卫在美国没什么名气，只是个无名作者。我对他说，大卫已在我刊发表过四篇作品，至少有二十多万科幻迷熟悉他。布朗当即从电脑中调出大卫·赫尔的写作档案，告诉我：你说的那个大卫迄今为止只发表过八篇作品。我说，中国《读者》转载了《天幕坠落》，《读者》在中国的发行量有好几百万，大卫在中国就拥有了几百万的读者，尽管他目前在美国还没有名气，但在中国，大卫·赫尔已有庞大的粉丝群了。

和大卫聊着，我感觉到有一双黑逗逗的眼睛始终在注视着我们。这是个帅气的英俊少年，十三四岁，足有一米七高。漆黑的眼珠，英气的剑眉，挺秀的鼻梁，两手老揣在牛仔裤兜里，内向，文静，不是我印象中混天搅地的小“扬基”。他静静地坐在他父亲身边，不时给父亲飞去一个赞许、亲昵的眼神。大卫和我说着，也不时侧过头去，眼角一扬，丢去一个会心的笑容。父子情深，使我好像想起了什么。

因为家里冷清和缺少女主人，大卫歉然地说他刚离异不久，自己独自搬到这儿来。他说，他可以舍弃较丰厚的收入，甚至可以舍弃家庭，但他没法放弃对科幻的痴迷。他爱坐在电脑前，

1996年初识大卫·赫尔，他热情坦诚，是虔诚的科幻迷、典型的理想主义者

敲打键盘，编织着他的“天幕”。周末，他喜欢和一群科幻迷聚会，租个小厅，动情地朗诵自己的作品，尽情宣泄他的喜怒哀乐。他自十岁迷上科幻，从此便罩在这张“天幕”之下。他二十一岁获得纽约市立大学文学硕士学位，二十五岁出的第一本书，却不是他钟爱的科幻，而是他的职业（法国菜系厨师）和想象力的产物——《情人菜谱》（*The Menus For Romance*）。为了生活，他不得不如此。三十五岁以后，他彻底告别了十五年的厨师生涯，开始寻找文职工作，以便有更多时间写作。“我现在在一家咨询公司工作，并不图收入高，我喜欢从事电脑工作，可偷空写稿。”“还玩游戏机呢。”奥斯汀在一旁揭发，大卫亲昵地揉揉儿子的一头黑发：“可我现在真没工夫玩游戏，除了工作，就是写作。”

奥斯汀玩着堆在地板上的礼物，放下狼毫湖笔，又拿起画着山水的折扇。大卫也把玩着折扇，爱不释手。我们刊物每次采用了大卫的稿件，我都去信询问他怎么支付稿酬，得到的回答都是：“要中国画。”收到《读者》的转载稿酬后，我自作主张，买了些工艺品送他的妻子儿女。他回信道，礼物太好，丝绸头巾太美了，女儿马上要戴，但他要替女儿把头巾收藏到她十六岁才送给她，否则，“三周之后，来自中国的礼物就会丢失”。

我独自坐在布沙发上，吉平、大卫、奥斯汀都坐在光滑的地板上。在美国室内，没铺地毯的客厅太少了，连办公室、博物馆展厅、过道……到处都铺着茸茸地毯。我拿出去年刊发他《追踪人狼》的稿酬要他签收，大卫却说：“还是给我中国画好，那些画很美，就像我写的文章，给人一种人性的美感。我宁愿要画，不要钱，让美长存。”稍停，他指着长条茶几上的残汤剩羹，喟然叹道：“你看，我花很大精力准备的美食，一下就杯盘狼藉了。从前我当厨师，精心烹调的工艺品似的法国大菜，顷刻就被刀叉破坏，被胃口消灭了，而我，愿美感长留。”在物欲横流、金钱至上的国度里，大卫很浪漫、很诗人气质地如是说；坐在黑人区公寓家徒四壁的光地板上，大卫无限向往、无比陶醉地如是说；物质上暂时贫困，精神上永远富足的美国科幻作家大卫一脸圣光地如是说：“我写的文章，给人一种人性的美感，愿美感长留。”

坐在光地板上的吉平显然受感动了，努努嘴对我说：“还是要把稿费给他，这一百美元，对他是很大的一笔钱，他家能过一个不同凡响的圣诞节。”

《天幕坠落》中米兰达一家的悲剧，眼前这位拉响悲剧警钟的大卫——我胸臆间升腾起激情，坚持要他签收他应得的稿酬，同时对他说：“会送给你中国画的，会的。让美感长留。”翻译吉平满含感情地重复：会送你中国画的，让美长留。

窗外，大西洋凛冽的海风敲打着玻璃，公寓里却暖洋洋的。大卫穿着一件白条蓝格衬衫，他圣洁的理想、飞扬的神采、勃发的活力和人性之美，使得简陋的小屋流光溢彩，熠熠生辉。

我怦然心动。每个民族都有一大批埋头苦干、仰望星空、执着追求的人，这个民族的文化才能秀于世界民族之林。大卫身居陋室，心忧未来，臭氧层枯竭，随意改变生物基因的后患，电脑网络的负效应……科幻作家在严肃认真地思考科学家该操心的事，并在地球村上空敲响警钟。我不由得又环顾这只有一间屋子的家，四壁空空的墙上只有一幅世界地图，窗户上零零落落地挂着两幅窄窄的中国竹窗帘，一座木质简易六层书架上堆放着几百本书。屋里最现代的就是那台他自装的连在因特网上的电脑，最富有的就是他头脑里涌动的无边想象，最明亮的就是他笔下涌动出的人性之美。大卫·赫尔说：“如果我死了，我的小说却能留下来，也就是说，我创造的美能长留人世，能引起不同人种的共鸣。而那些无法留下来的公文却能让我赚钱养家糊口。人世间生活就是这样，并不很公平。”

他又抚着坐在他身边的奥斯汀的头，满含希望地说：“等我的儿女都长大成人、不需要我负担时，我就重操旧业，当厨师，但要到船上去当厨师，好周游世界。”他把厚实的大手叠在奥斯汀头上，父子俩又互递个眼神，彼此温馨会意地笑了。

蓦地，大卫身上的衬衫触目地刺醒了我：“红黑相间的格子！”啊，原来他就是那个父亲——“他牺牲自己的肺来爱，自己的腺来爱，自己的皮肤来爱”的那个父亲！

刊于《科幻世界》1997年第3期

补记：又“见”大卫·赫尔

2023年第4期《科幻世界·译文版》出版了大卫·赫尔专辑，摸着散发着油墨香的杂志，心中充满喜悦，总算在刊物上又“见”到他了。自2007年起到2022年，大卫和《科幻世界》断了联系，刊物上不见他的作品，过年也不见他发来贺卡，他怎么啦？今年十月将在成都召开世界科幻大会，大卫会来吗？

是布朗的《轨迹》使大卫结缘中国的，他在《轨迹》上发现了中国《科幻世界》的联系方式，于是，大卫的科幻作品《美食》在《科幻世界》1994年第1期上发表了。接下来是《因祸得福》，再下来就是《天幕坠落》。

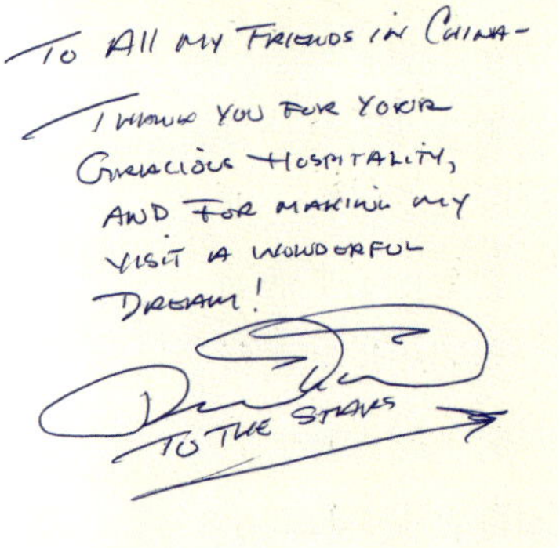

科幻迷们说，大卫是中国、是《科幻世界》培养起来的美国作家，此言言之有理。自从1996年我第一次面见大卫以后，谭楷、莫树清、秦莉又在1998年参加世界科幻大会时去拜访了他，还干脆住在大卫

家里，睡在他家的光地板上。2000年，阿来、秦莉赴美参加在芝加哥举办的世界科幻大会时，也去拜访了他，他鞍前马后当过多次车夫。2004年，《科幻世界》派员赴美参加在波士顿举办的世界科幻大会，秦莉、姚海军、李克勤同样也去纽约见了大卫，和他进行了深入的交流并约了稿件。从1994年到2007年十四年间，大卫一共在《科幻世界》上发表了十二篇科幻小说，为1997年、2007年举办的两次科幻大会发来了两篇科幻论文，两度来中国参加国际科幻大会。

美国作家大卫·赫尔的高光时刻是在中国。1995年，当他的《天幕坠落》在我刊第4期刊发后，在科幻读者中激起了强烈的反响，好评如潮。

我们《科幻世界》陆续将科幻迷的反应反馈给大卫，不断激励他创作更上高峰。大卫确实受到了鼓励，那些年里，几乎是每年在我刊刊发一篇作品，只可惜到现在还没出现超越《天幕坠落》的佳作。

我们科幻世界杂志社注重培养大卫·赫尔。1995年，在刊发《天幕坠落》时，他给杂志社来信，说他最大的理想是到中国来。我们杂志社成全了他，1997年邀请并出资帮助他来中国参加'97北京国际科幻大会和四川科幻国际夏令营。在会上，大卫受到科幻追星族的热烈追捧，赞誉、签名、合影，不少青少年读者对他说他们喜欢他的《天幕坠落》，他们为伟大的父亲而感动。这样的经历在2007中国（成都）国际科幻·奇幻大会上又重演了一遍。这一切都让在美国默默无闻的大卫感动不已，结缘中国让他过足了科幻名家的明星瘾。

1996年我去大卫家，他那帅气又英俊的儿子就曾悄悄问大卫："为什么你的作品只是在一个遥远的说着不同语言的国度有名呢？"

大卫·赫尔兴奋地步入夏令营营地

1997年在成都月亮湾国际科幻夏令营，大卫·赫尔给小小营员签名

真不知为什么。科幻是一种世界语言，保护臭氧层是全世界的事，又不是只有中国头顶上的臭氧层才需要保护；父爱，是全人类共同的人性爱，又不是只有中国人才重父爱。那为什么《天幕坠落》只打动中国人?

酷啊!

后来，据国内科幻研究者三丰透露，2011年大卫和他的朋友合伙成立了一家小型出版社“特穆隆出版社”（Temurlone Press），出版他自己和朋友的书，已出版书目包括了大卫的短篇科幻小说集《天幕坠落和其他故事》（*The Curtain Falls and Other Stories*），还有另一本长篇历史冒险小说。

与大卫“失联”十六年后，2023年，大卫的三篇科幻短篇小说飘然而至，出现在《科幻世界·译文版》第4期上，大卫和我们又结上了前缘，并将出席今年十月在中国四川成都召开的第81届世界科幻大会。届时，中国科幻作家和科幻迷们可以好好和大卫聊聊，聊科幻，聊未来，还可以聊聊法式大餐。

祝愿大卫·赫尔早日超越自己，早日被他所在国度挑剔的科幻迷追捧，祝愿大卫·赫尔在其科幻小说中创造的美长留。

天幕永不坠落。

深切怀念叶永烈老师

庚子年初夏，突闻叶永烈老师与世长辞，震惊之余不胜悲痛，哀悼缅怀之情涌上心头。

自1979年《科学文艺》创刊以来，叶永烈老师就积极支持我刊，从《科学文艺》到《奇谈》再到《科幻世界》，一路都有他深切关注的目光。

20世纪80年代，作为《科学文艺》的编辑，我曾拜访上海漕溪新村75号302室，一个普通却因德而馨的小单元屋。那次是和我刊美编向际纯同行组稿。记得那是一个炎热的夏日，我们敲开了漕溪新村那扇小门，叶永烈老师热情接待了我们。三十多年过去了，叶老师伉俪二人的音容笑貌至今还历历在目。我们相谈甚欢，也挺深入，作家和编辑在共识中彼此扶助，在顶着"精神污染"的重压下砥砺前行，这份战斗友谊重似千钧。在这次拜访中，我惊讶于叶老师的勤奋和孜孜不倦。他自称"万卷户"，小屋四围书架壁立，从地板直顶天花板，他的著作和收藏书籍之巨，令人顿生敬佩之情。

1988年，《科学文艺》第4期刊载了叶永烈老师的社会科幻小说《巴金的梦》。此文一经面世就好评如潮、直抵人心。《新华文摘》《法制文学选刊》《报刊文摘》等多家报刊争相转载，也载入了《1988年全国短篇小说选》。一篇软科幻小说有如此影响力，我刊编辑全都欣喜不已。须知，这篇稿件几经周折，连连遭遇退稿，还在大牌的《收获》杂志搁置了两年，不料，却被我刊轻易收获了。

在《巴金的梦》里，叶老师以黑色幽默的笔调，借助巴金、叶秘书、郑老三人的梦，在纸上寄托了一个愿望——一个只能在纸上、在梦里、在心里构筑的愿望。

“梦是一种愿望的实现。”弗洛伊德言之凿凿。

特别策划——叶永烈纪念专题

18 /

小灵通漫游未来，未来仍有先生

——沉痛哀悼叶永烈先生

著名作家叶永烈于5月15日上午在上海长海医院去世，享年80周岁。

叶先生18岁开始发表科学小品，1959年在上海少年儿童出版社出版第一部科学小品集《碳的一家》。1960年，他成为《十万个为什么》主要编写作者，1961年完成《小灵通漫游未来》，影响一代代年轻人爱上科学、爱上科幻。叶先生不但亲身参与科幻创作，还编选多部科幻选集，撰写《论科学幻想小说》等多篇理论作品，积极推动科幻文化传播，共发表、出版了300多万字的科幻小说和1400万字的科普作品，其著作也成为无数科幻迷不可替代的美好回忆。1979年3月，他被文化部和中国科协联合授予“全国先进科普工作者”称号。

叶先生一直关心和支持《科幻世界》发展，多次为杂志撰写文章。1991年，科幻世界杂志社承办世界科幻协会年会，叶先生作为重要嘉宾出席，在中国科幻发展的转折期给予了科幻界巨大鼓舞和支持。1993年《科幻世界》改版，叶先生专文祝贺，发表在当年第3期杂志。2019年11月，科幻世界杂志社策划举办第五届中国（成都）国际科幻大会时，特为叶先生颁发“科幻世界40周年特别纪念勋章”，并诚邀叶先生莅临出席，可惜最终先生因身体原因未能成行，未想竟成永别！

叶先生的去世是中国科幻界的巨大损失，科幻世界全体同仁为失去这样一位良师挚友深感悲痛！我们也坚信，叶先生的著作和精神必将永存，若小灵通漫游未来，未来仍有先生。

先生一路走好！

叶永烈生平简介

叶永烈，上海作家协会专业作家，国家一级作家，上海文史馆馆员。1940年8月30日生于浙江温州。1963年毕业于北京大学化学系（六年制本科）。11岁起发表诗作，19岁写出第一本书《碳的一家》，20岁时成为《十万个为什么》主要作者，21岁写出《小灵通漫游未来》。此后，多年从事科普创作，曾先后创作科幻小说、科学童话、科学小品、科普读物1000万字。1979年3月，文化部和中国科协联合举行隆重仪式，授予“全国先进科普工作者”称号以及奖金。曾任全国青联常委、中国科协委员、中国科普作家协会常务理事、上海市科协常委、上海科普委员会主任、上海市科普创作协会副理事长、世界科幻小说协会理事。2017年由四川人民出版社、四川科学技术出版社出版28卷《叶永烈科普全集》。

作品《小灵通漫游未来》获第二届全国少年儿童文艺作品一等奖；《借尾巴》获全国优秀读物奖；科学杂文《首先要做“马”》《文与理》《真理诞生于一百个问号之后》选入全国统编中学语文课本；科学童话《圆圆和方方》、科学小品《给自己写信的人》选入全国统编小学语文课本。《科学

1991年，我刊更名为《科幻世界》，叶老师特来专稿热情致贺。更为重要的是，他以世界科幻专业协会（WSF）第一名中国会员、WSF中国分会理事身份，出席了由四川省外办和四川省科协主办、科幻世界杂志社承办的1991年WSF成都年会，这也是后来中国（成都）国际科幻大会的滥觞。

1991年5月20日上午，省政府会客厅。在和省外办新闻文化处处长申再望正一起忙于安排中外代表接受韩邦彦副省长会见时，我看到了叶老师，便兴奋地迎上前去，握住叶老师的手，忍不住直摇晃。叶老师神采奕奕，镜片后目光炯炯，他连道祝贺。后来我才从他的文章中得知，他发自肺腑地感慨道：“五月的鲜花，终于在成都开放！”

五月的鲜花，终于在成都开放！

为争取大会在中国成都召开，我们经历了多少艰难险阻，叶老师感同身受，并鼎力支持。

“我专程赶往成都，在这次世界科幻专业协会年会上，我担任了大会主席，并致开幕词，题为《世界科幻小说协会是友谊之桥》。”

在盛大的开幕式上，成都锦江大礼堂彩旗飘舞，锣鼓喧天，群狮欢腾，四川省委省政府主要领导亲切接见中外代表，并热烈欢迎WSF各国科幻嘉宾莅临成都。面对这般盛况，面对官方对科幻小说正名，为WSF正名，叶老师心中百感交集："我深感欣慰，背了多年的世界科幻小说协会'黑锅'，从此终于端掉了！"

我们共同端掉了"黑锅"，我们身在同一个战壕！

1991年5月初夏，阳光分外灿烂，鲜花竞相怒放。

开幕式结束的当天下午，WSF论坛在省科协招待所二楼的一间会议室举行，由中外代表分别宣读科幻论文。叶永烈老师和当届WSF主席爱德华兹共同主持论坛。

那间会议室约四十平方米，挤满了与会代表和自发前来的科幻迷，只见黑色头发、栗色头发和花白头发挤挤挨挨。不少人睁大眼睛扫视这一屋最富想象力的头脑，气氛热烈而又轻快。介绍

在1991WSF成都年会上，叶永烈老师与柴野夫妇，还有另一个代表

来宾之后，论坛开始。往往是代表宣读一段论文，翻译人员翻译一遍。美国科幻专业杂志《轨迹》主编查理斯·布朗对我嘟嘟囔囔抱怨："杨潇，宣读论文后没有提问？大家就这样念、念、念，天又热，我……"他大熊似的两臂在胸前一抱，头歪着，闭上了眼睛打呼噜（意即要睡着了）。

那时，省科协会议室只有几把电风扇在摇头晃脑，呜呜地吹出不凉的风，而叶老师却端坐在长条桌隔成的主席台前，认真倾听每篇论文，努力汲取科幻思维的精粹。

由于叶老师和出版社有约在先，他没能继续参加科幻论坛，也没能和中外代表同赴卧龙大熊猫基地考察，第二天便匆匆离开成都。但他郑重写下："世界科幻小说协会1991年年会在中国胜利召开，成为科幻小说在中国重新振兴的重要标志。"

1998年夏，我到上海出差，也去拜访了叶老师。叶老师在他的新家接待了我。他的新家敞敞亮亮，宽大的书房，有五万卷书

在叶永烈老师新家拜会了叶老师

的巨型藏书室。在藏书室里徜徉，满室书香，智慧之光熠熠生辉。交谈间，叶老夫人端给我一碗红豆凉粥，甜甜的、凉凉的。我就着书香用小勺一勺勺享用，体会着叶老师言辞中的深意，在感动于小屋壁立的书墙之际，记住了叶家一味消暑美食——红豆凉粥。

1998年秋，在南京书市上，我们和叶永烈老师及夫人不期而遇。我们团队热烈欢迎叶老师光临。他在我们《科幻世界》展台前注目观看，热情赞扬，鼓励我们团队不懈努力，更上一层楼。

叶永烈老师不仅是中国科普科幻界的大师、纪实文学大家，他还出版了许多科普科幻史料，给历史留下了重要而珍贵的档案。他把他一生创作的皇皇巨著连同所有的笔记手稿书信采访录音等悉数捐给了上海图书馆，只留下一句话：“请到上海图书馆

2000年，科幻世界部分员工在南京书市上

找我。”

呜呼，斯人已去。叶永烈老师光辉的科学思想和崇高的科学精神永远炽烈，他3500万字的传世巨著如同“主力舰”，永远猎猎航行在智慧海洋之中。

抬头仰望，星空璀璨，叶永烈老师会化作一颗明亮的星星，在太空在未来游弋。他在太空，我们在地球，但我们都迎向未来。

恭送叶永烈老师远行。

闪光的生命

2010年8月，在第21届中国科幻小说银河奖颁奖会上，漂亮的女主持小姬儿番噙泪说到柳文扬。她说她从没有见过“柳公子”，只是被他那些轻盈灵动的文字所打动，是“柳公子”的科幻小说吸引她爱上科幻。

我潸然泪下，对柳文扬的怀念浪潮般涌来。

“我想亲亲你”

1995年夏，柳文扬第一次到成都出席银河奖颁奖会。他那篇《圣诞礼物》荣获了1994年年度科幻小说二等奖。他在科幻世界编辑部遇到了美编蓝叶，于是人生轨迹由此改变。之后，柳文扬频频出现在成都，频频现身编辑部。我很纳闷，这小伙子在北京工业学院教书，怎么老来成都出差？他一会儿说来交稿子，一会儿又说来找人。

直到1996年，他老来成都老来找的那个人才和他一起浮出水面。原来我们美丽的美编成功地把有实力的作者牢牢圈进了《科幻世界》！

于是全社欢呼，为美编庆功，为他俩祝福。

柳文扬对苗条纤细林妹妹似的蓝叶一见钟情，义无反顾从北京辞职来到成都，为了能俘获蓝叶的芳心，为了他心中的爱情。此举在科幻界引起不小震动——哇，柳公子好酷！

1997年秋天，我们在新都桂湖庆贺编辑部招纳女婿。藕花深处，桂子飘香，我们大伙衷心祝福赞美，柳文扬和蓝叶陶醉在秋景和爱情之中。还是那套传统的“审讯”：“说，你们怎么样开始的？”“交代，你是怎样拐骗我们美编的？”其实编辑部的故事大家都知道，他俩诡秘的往来早已是公开的秘密。

情投意合——1997年，柳文扬与邹萍在四川新都桂湖公园

一片哄笑声中两人招架不住了，蓝叶扯扯柳文扬的衣袖，央求道：“嗯，要不然，你说嘛。”柳文扬笑得很开心，圆圆的脸上圆圆的眼睛扑闪扑闪，真诚、温和、淘气，像个快活的大孩子。他说话原本声音就轻，吐露心迹更像窃窃私语，连满园秋蝉都止住嘶鸣屏息静听。在荷香荡漾中，柳文扬轻声说道：“有一次，我对她说：‘我想亲亲你。’她把眼一翻：‘不干，我要告我妈。’我说我不怕。她又说：‘我要告我爸。’我嘻嘻一笑说：‘我还是不怕。’她低眉垂眼，不胜娇羞，轻轻说道：‘那我就没办法了……’”

柳文扬幸福地坦白，笑得坏坏的。

才华横溢的柳文扬不说时髦的“吻”啊“爱”啊，而是民间纤夫似的说着也许他爸爸他爷爷都曾说过的——我想亲亲你。

桂湖满池的藕花都听见了，还没吐蕊的桂花也急急探头探脑，秋风轻轻把“我想亲亲你”吹拂得很远很远。

出手不凡的《惊奇档案》

柳文扬成了《科幻世界》备受读者喜欢的作家，多次银河奖得主，更是《惊奇档案》的主力作者之一和编外编辑。

凭空得来个柳公子，《科幻世界》笑开了眼。

柳文扬（左三）参加《科幻世界》笔会

我们的《科幻世界增刊》做得不错，发了不少好稿，广受幻迷喜欢，还增加了我刊的“GDP”。

大概是1999年，蓝叶成天缠着我，说她有个成熟的想法，希望用增刊号来做个刊物，刊名都想好了，叫《惊奇档案》，基本上是科幻画刊，但是是一本高端杂志。那时，我还在为《科幻世界画刊》犯愁，拿着个刊号做不出来，画刊又成为一个亏损刊物。蓝叶的建议打动了我，要是用增刊号来试水，成功后再转成《科幻世界画刊》，那不是事半功倍吗？

我对蓝叶说，要创个品牌杂志哪有那么容易，《科幻世界》熬了那么多年，头发都快熬白了，培养了那么多作者，搞了这么多活动宣传，才达到这个水平。蓝叶打住我说：“杨老师，相信我，你知道我是从不说大话的。”她坦白说，她和柳文扬早就做了切实的市场调查，还反复协商了众哥们姐们，认定此举可行。

果然，《惊奇档案》出手不凡，令人惊奇，市场一片叫好声，读者反馈迅速，回复和订单雪片一样飞来。当然，批评叫骂

"高大上"的《惊奇档案》，"柳公子"是主力作者和编外编辑

声也不少，说有些血腥暴力，太怪诞了。"惊奇档案组"一边出刊一边改进，力争不重蹈《奇谈》的覆辙。

《惊奇档案》中，柳文扬的作品不少。他是《惊奇档案》的主力作者之一，是编外编辑，他以独特想象、魅力故事和灵性文字为《科幻世界》和《惊奇档案》赢得了大量粉丝。

柳氏奇幻念头、柳氏灵动笔法深得读者喜欢，还加上姚海军的灵光主持，加上唐风、潘海天、何夕、杨平等灵性加盟，再加上蓝叶们擅长的灵精古怪飘逸惊悚又现代的画风和表现形式，的确招揽吸引了不少年轻读者，致使《惊奇档案》当年创刊、当年打响、当年就持平。我确实欣赏柳文扬，他脑子灵活，文笔漂亮，为人又谦和。我试了试，逼他作“七步诗”，往往下午布置的题目第二天早上就交稿，真是快手。而且稿件点子新，视角独特，想象奇特，文笔清新流畅，轻松亲切，调侃幽默，深受科幻迷喜爱。当然，蓝叶变成“柳嫂”后更是妻唱夫随，琴瑟和弦。《惊奇档案》开始是蓝叶策划，后蓝叶成为副主编，柳文扬及他的一帮哥们给蓝叶“扎起”，这一伙年轻人创办了《惊奇档案》。

2001年的新春年度总结会上，我代表杂志社社委会总结了去年的工作，特别表扬并奖励了美编室勇于开拓，善于创新，又为杂志社创下了一个招牌。

由于当时柳文扬只是个业余编辑，只取得了正常的稿费和编辑费，连总结会都没能参加。我当然想把柳文扬调来，这么现成这么成熟的编辑加作者。但我太受传统思维束缚，觉得夫妻同在一个单位可能干扰工作，可能带来某些负面影响，就放弃了调动他的想法。

回想起来，心都在痛！

去看银杏树

那时，我都退休了。一天，蓝叶打来电话，说她和柳文扬要离开杂志社回北京工作，他们要来给我告别。我就说我去看他们，但蓝叶坚持一定要来看我。

他俩来了，柳文扬还是那么一张娃娃脸，说话轻声柔气的，蓝叶还是仰起头，那么呆呆地看着柳文扬。我们聊了一会儿，陪他俩在院子里转转，蓝叶说他俩要走了，我一再留他们吃饭，无奈蓝叶说还要回去收拾东西。我只得做快餐，煮了一锅饺子，草草地算是送别他俩。从前，孩子奶奶还在世时，蓝叶和张蕾（杂志社另一个美编，她俩常“红黑穿连裆裤”，在一起捣点小乱）时常受奶奶宠爱，来家里蹭饭。

唉，小两口回京发展，柳公子倒反把我们的美编拐走了。本来是有凤来栖，结果却双双飞去。

有年初冬，我到北京采访父亲的老朋友，承蒙柳文扬和蓝叶盛情款待。

一桌子北京菜肴量足味不足，挑剔的我只得拿话下饭。柳文扬问我除了采访外还想干什么，我说要看北京金灿灿的银杏树。柳文扬明白了，他说你们成都的市树就是银杏，要到北京来看银杏的话，那就是要看蓝天晴空映照下的金灿灿的银杏树。我点头

北京西山灵光寺金灿灿的银杏树

称是。柳公子推荐了两大观赏去处，西山八大处灵光寺和钓鱼台门前长长的银杏林荫道。柳文扬还说："杨老师，如果您不嫌弃，就让我媳妇开小奥拓陪您去。"

被宠坏了的蓝叶白了他一眼，娇嗔道："讨厌嘛你。"

依柳文扬所言，蓝叶开着她那黄黄的小奥拓带我去了那两个去处，果然妙不可言。蓝天艳阳下，金灿灿的银杏开得如火如荼，特别高贵，特别明亮，美得炫目，令人心颤。同样是银杏，蓉城的树叶小家碧玉、纤秀精巧，北国的阳光却把树叶的柄柄扇面都镀得通体金黄，整棵树、整个树林屹立在蓝天之下，耀眼地诠释什么叫金碧辉煌。入冬的银杏树从容地吸收阳光、储藏能量，然后片片落叶飞身伏地去滋养来年的葱茏。我踩着脚下簌簌作响的落叶，如同聆听大自然动人的生命之歌。

因了柳文扬所荐，北京西山八大处灵光寺和钓鱼台前林荫道的银杏树对我有了特别的意义。日后若是初冬赴京，我还会去那两处，去看柳公子推荐的晴空艳阳下灿烂的银杏树。

柳文扬，你听见了吗?

后来有一次，我在成都碰见柳文扬，他面无表情地在街上闷头行走。我也知他有时要回成都处理事情。我走到他面前大喊一声"柳文扬"，他猛抬头，表情尴尬地连声道歉。我以为他边走边在构思，也没多想，只是觉得他的表情很奇怪。

后来，蓝叶从北京来电话说，柳文扬视力锐减，下降得特快，要我为他推荐北京的医生。

郑文光老师的夫人陈淑芬老师曾带我去看过眼疾，北京一所中医研究院的吴烈医生看眼病比较有效。后来蓝叶从北京来电话说，他们已找吴烈医生看了，正在吃药。

不久，蓝叶从北京来电话说，吴烈医生治疗了一段时间后发

柳文扬和朋友们。左一为科幻作家杨蓉，右一为科幻作家彭柳蓉

现问题，让去检查脑部。后来又来电话说，检查了，照片了，脑部有肿瘤。

天妒英才啊，柳文扬才三十七岁！我听后揪心极了，立刻给吴岩打电话，请他寻关系找医院。

后来……

再后来……直到2007年7月1日。

“午夜的灯蛾，向黎明跋涉。”——这是《闪光的生命》的题记，宿命般的题记。

柳文扬，我们都在怀念你，你闪光的生命长留人间。

柳文扬，你听见了吗？

有一种传奇，叫“马识途”

2023年端午节，我前往马府拜见了马老——一位癸卯年过完就满110岁的老人马识途。

眼前这位老人尽管要百十了，仍然显得魁梧。时值仲夏，他身穿一件浅蓝色条纹的衬衫，外套一件深红色的薄毛背心。

说来话长，马老与我们《科幻世界》相交四十四年了。

1979年，四川省科普创作协会主办的《科学文艺》创刊，马识途任《科学文艺》编委会顾问，创刊词就出自他笔下。曾任中国科学院成都分院院长、后任四川省作协主席的马识途，在题为《祝科学与文艺的结合》（代发刊词）一文中大声疾呼：鲁迅在七十年前就提出“导中国人群以行进，必自科学小说始”。他说：“我们要培养明天的科学家，就需要今天的科学文艺。”“安知一部星际旅行的科学探险电影，不能启迪一个未来的宇宙的征服者？安知一部历精察微的科学幻想小说，不能鼓舞一个未来的生命奥秘的探索者？”

他用诗一般的语言写道：“就是一片彩霞，一声雷霆，一片风，一丝雨，池塘里一泓绿水，古树上一抹斜阳，深林中一声鸟唱，天际边一钩新月，峰峦间一缕云烟，都能勾起我们多少奇思遐想。宏观大至宇宙，微观小至粒子，都会激励人们去幻想，去探索，去追求，去创造。”

他热情地呼吁：“中国的科学家们，中国的文艺家们，让我们为了明天，为了明天的科学家，为了明天的美好生活，来创作

祝科学与文艺的结合

——代发刊词

马识途

在我国，科学的春天已经到来，文艺的春天也已经到来，科学与文艺的万花园中正是百鸟争鸣，众芳争艳的时刻，又有一本新的刊物，呈现在我们面前——《科学文艺》出版了。

科学文艺，也许有人会感到惊奇：科学是以自然世界为研究对象，文艺是以人类社会为描写对象；科学是逻辑思维，文艺是形象思维。科学和文艺怎么能搞到一块呢？

能！不特能，而且十分必要！

谁是祖国明天科学的主人？我们社会主义的广大人民群众。要向群众普及科学知识，培养对于科学的兴趣，我们必须在他们的心田里播下科学的种子，使之在阳光雨露的滋润下，茁壮成长，开花结果。但是，科学知识往往艰深难懂，正如鲁迅说的那样，"常人厌之，阅不终篇，辄欲睡去"，因此，必须使科学通俗化，这就要借助于文艺这个形式，用生动的形象来表述玄妙的道理。这就是科学文艺。

科学文艺在中国和外国都受到有识之士的重视。我们的鲁迅在七十年前就提出"故于不知不觉间，获一斑之知识，破遗传之迷信，改良思想，补助文明……导中国人群以进行，必自科学小说始。"苏联大作家高尔基也在五十年前赞扬科学小说显示了"人们预见未来现实的一种惊奇的思想能力。"我们知道大科学家法拉第自认他是读了玛尔赛特的科学通俗作品《谈谈化学》才引起他从事科学研究的念头的，他自己写的《蜡烛的故事》就曾经引导几百万青少年对科学发生兴趣。而比利时的大诗人梅特林克称赞法国以清新文笔描述昆虫生活、写出了《昆虫记》的法布尔是"昆虫世界的荷马……他的额上理应戴上一顶双层的灿烂的皇冠。"

我们要培养明天的科学家，就需要今天的科学文艺。也许一篇引人入胜的科学通俗作品，能引导出一个明天的非凡的科学家，象法拉第自认的那样；也许一堂生动活泼的数学猜想的通俗介绍，带来一个未来的大数学家，象我国数学家陈景润所经历的那样。安知一部星际旅行的科学探险电影，不能启迪一个未来的宇宙的征服者？安知一部历精察微的科学幻想小说，不能鼓舞一个未来的

•1•

马识途所著:《科学文艺》创刊词《祝科学与文艺的结合》

更多更好的科学文艺作品吧。"

马识途院长写的发刊词曾强烈地吸引了我，他也是主张科学文艺、提倡科幻小说的，在思路上同我父亲如出一辙。当初我从工厂转行到《科学文艺》编辑部，就是受到了他们的召唤和鼓动。

1980年第1期，马识途在《科学文艺》上发表文章，呼吁解

1988年，四川省作家协会召开科学文艺座谈会，讨论繁荣科学文艺。杂志社年轻编辑胡季英代表《科学文艺》发言
左起：周继尧（四川省新闻出版局副局长）、胡季英、杨潇、马识途

放思想，繁荣科学文艺创作。

1988年，《科学文艺》发行量掉到了谷底——8000册。我们编辑部在这沉重的大环境下，还遭遇“稿子”“票子”的压力，两眼茫然，何处是路。

就是在这样困难的背景下，当年2月5日至6日，省作协主席马识途和著名作家流沙河，安排我、谭楷等人到四川省作协开会，特别就繁荣科学文艺进行了讨论，专门成立了中国作协四川分会科学文艺委员会，还选出了四川大学教授童恩正、《科学文艺》主编杨潇等八人为委员；童恩正为主任，杨潇、林树仁（《成都日报》副刊部编辑）为副主任。

当时已从省人大常委会副主任职位上退下来的马老在会上热情鼓励：“前几年，许多刊物纷纷下马，《科学文艺》面临严峻考验。刊物坚持下来了，就凭这一点，他们是强者。一个刊物，能够赶上浪潮是容易的，难就难在锲而不舍埋头苦干，任风吹浪打，仍然坚持办下去。”

在科普类特别是科学文艺类期刊一片萧条时，马主席反其道而行之，夸奖我们编辑是强者，鼓励我们坚持办下去，还逆那时的潮流而动，在省作协里成立了“科学文艺委员会”。

马老的肯定和鼓励给了我们很大的信心。当时，可能中国任何一个省作协都没有这类创举，在20世纪80年代就在省作协成立了科学文艺委员会。只可惜，他的思维太超前，目光太前瞻，工作又太富于创意，当时的四川省作协跟不上，这项工作并没有实质上的跟进，只是徒有个虚设而已。但马老能在他力所能及的范围给《科学文艺》以支持，我们已经感到备受鼓舞了。

不辜负马老的鼓励，不辜负全国科幻迷的厚望，我们顽强地坚持下来了，并凤凰涅槃，将《科学文艺》升华成了《科幻世

2017年，103岁马老到中国成都“东郊记忆”看望科幻作家
左起：夏笳、赵海虹、杨平、刘慈欣、王晋康、马识途、姚海军、吴显奎、何夕

界》。马老前瞻的目光一直注视着我们，从《科学文艺》一直到《科幻世界》。

时光一晃就到了21世纪。

2002年，马老到科幻世界杂志社培训中心听江浦视察。当他了解到如今的科幻世界杂志社已有系列刊物，其中《科幻世界》两次获得全国百种重点社科期刊，获得了国家出版最高奖政府出版奖，还获得了首届中国期刊奖提名奖，大为赞扬；又了解到我们刊物月发三十多万份，还出版了科幻系列丛书，不仅刊物自立，养活了杂志社几十口人，买了办公楼层，还在郊县买地建立杂志社自己的培训中心听江浦。深知办科幻类期刊艰难的马老非常激动，盛赞科幻世界杂志社创造了奇迹！他也很兴奋，《科幻世界》的发展验证了他二十世纪七八十年代的判断和提倡。

当年，全国科普期刊编辑学会在成都举办研讨会。我们四川省科协党组书记聂秀香和与会者一起来到听江浦，当天活动的内容之一就是参观杂志社新办公室，参观科幻世界杂志社培训中心听江浦。全国其他期刊的同人们都说中国科普期刊的第一形象当属广东的《家庭医生》，而四川的《科幻世界》的办公条件和培训中心是中国科普期刊的第二形象。

2004年，因我获“中国韬奋出版奖”，科幻世界杂志社的主管主办部门四川省科协决定召开表彰会。那天，马老也来了。他非常高兴，为四川《科幻世界》同人获得了“中国韬奋出版奖”。

2013年，马老百岁，我专程去拜访贺寿时，马老给我布置了篇“作业”，以下就是：

拜谒百岁老人马识途

癸巳年冬月初十，大雪节气已过，街头好些银杏还树树金黄，不时有灿灿叶片在微风中上下翻飞。冬的脚步懒洋洋慢腾腾的，比往年约莫晚了十多天。

照着和煦阳光，我走进熟悉的院落，还是那个小小的单元，窄窄的过道。轻按门铃后，万梅笑盈盈地迎了出来，我轻声问道："马叔叔可好？""爸爸还不错。"话音还没落，叔叔已从书房走到客厅。他老人家步履稳健，健硕硬朗，双手温暖有力，真难相信眼前这位老人晋百岁了。

我环视客厅，十多平方米的小客厅还是那个老样子："人寿百岁"挂在沙发对面墙上，横幅左边是尼玛泽仁画的骏马图，右边是马叔叔自书篆书条幅"常乐"。沙发后壁墙面镜框里嵌着马叔叔撰写的《桂湖双序》和《迎巴金归蜀》，张秀熟、巴金、沙汀、艾芜、马识途五人签名赫然在上，中国现代文学馆早已将此定为馆藏珍品。沙发前左面放着一张简易书桌，书桌上鲁迅、巴金半身铜像并肩而立，深沉的目光从上个世纪一直审视至今。

在翰墨书香中与鸿儒大家注目神交，令人顿入不凡境界。

挽着马叔叔坐在沙发上，仔细端详他，老人家银发稀疏，面色红润，精神矍铄，精气神俱佳。他拿起桌上的一瓶药，取下眼镜，看着那些洋字母顺口译道："一天一次，一次一到四颗，或遵医嘱。"我诧异地拍手："咦，马叔叔英语那么好？！"他不以为然地把玩药瓶，说道："那有啥子嘛，我小时候就学过。"我竖起拇指，赞叹道："马叔叔真棒，童子功夫深，难怪那么厉害！"

马叔叔握着我的手说道："看到你就想到和你爸爸一起去看桃花……杨潇，余之至交与难友杨超同志之女公子也。"最后这句话是他辛卯年给我的题词，老人家居然记得如此清楚。

老人的思维一下子从看桃花跳到了昭觉寺："你看过我写的《沧桑十年》，你晓得那段故事。我那时是昭觉寺牛棚中的工头，我们这些'走资派'在里头自己修石板路、挖种菜坝子什么的。”“晓得，晓得。”“你爸爸那时想从牢房里出来透透气，参加劳动，找彭光伟给我说，我说，要得，喊他来。”“咦，马叔叔雄啊，要做活路还得先打通你。”老人家呵呵一笑：“嘿，不要小看我这个工头，我手下这些，除了个别人，几乎包括了省委班子。记得不，我给你爸爸写了首诗？”“记得，你写的‘凌烟书记种瓜来，古庙拓荒两鬓衰’。”

“哦，还有，有一次斗你爸爸把我拉去陪斗。我听了半天都是批判你爸，没有批我的。结果才听到台下有人说，看，那个人就是写《清江壮歌》的马识途。我才晓得拉我来陪斗，是想看写《清江壮歌》的马识途是哪个，原来批斗人中还有我的读者。”

老人仰头大笑，笑声震得阳光中的尘埃也在舞动，他哪里像个高龄老者。

我盯着对面墙上的条幅，“常乐”二字乐呵呵地看着我。我恍然大悟，“人生在世乎常乐”，常乐者，长寿也，难怪他百岁了还超然。

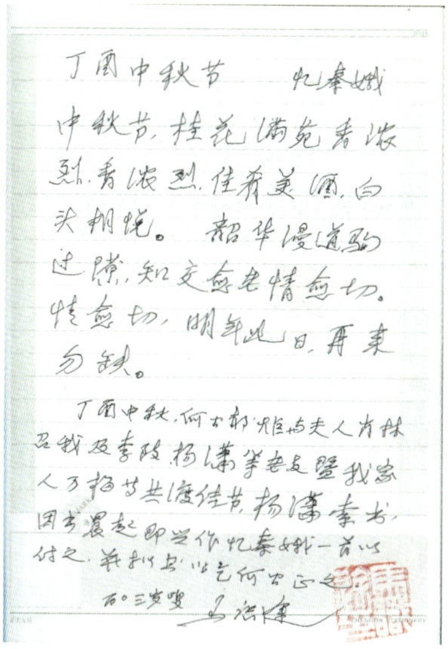
丁酉中秋节 忆秦娥
中秋节，桂花满苑香浓烈。香浓烈，佳肴美酒，白头相悦。韶华漫道驹过隙，知交愈老情愈切。情愈切，明年此日，再来[illegible]。

“嘿，还不要说，你爸爸练字还是我劝他的。那年他血压高住医院，我去看他，劝他练练书法，修身养性又运气。他本来就有功底嘛，哪想到他一发不可收，还创办了四川省诗书画院。”“高！马叔叔出了个高招！爸爸得到了您高手指点。”我又竖起拇指恭维，老头显几分得意还露几分顽皮，又是朗声大笑，那笑声胸音浑厚，极富感染力，我也笑得前仰后合，泪珠却不觉滚落下来，好久好久没有这种依在爸爸身边的感觉了……

马叔叔还感慨：“你爸爸没有官僚习气，开会讲演从不念稿子，一讲就是两三小时。他真诚，说的是心里话，没有假话。他从不整人。他和他那个老哥张爱萍都是这个样子。我就喜欢他，我和他是心心相通的。”

看着这个还有二十多天就晋百岁的老人，想起父亲健在时常有人来讨教长寿秘方，父亲乐呵呵地笑着说：“哪有什么秘方嘛，不外乎就是心宽，看得开，放得下。”

他们真是心心相通，他们活得那么透彻。

想起20世纪80年代末，国内科普期刊一片凋零，我们《科学文艺》苦苦支撑着。曾任中国科学院成都分院院长、后任省作协主席的马识途却站出来，热情洋溢地激励我们说：植根于科学和文艺的《科学文艺》是两栖类，有杂交优势。办刊一哄而上很容易，在困境中坚持下去很难，办《科学文艺》的几个编辑是强者，向强者致敬。他还在省作协成立了科学文艺委员会，给我们以实际支持。

我还想起另一件事：爱萍伯伯去世时，爸爸已患病在身，无法亲书挽联。妈妈让我去找马叔叔。马叔叔一口允诺，第二天就找人送来他撰写的巨幅挽联。

我代表父母赶赴北京，亲手将马叔叔撰写的挽联献上，挂于爱萍伯伯灵堂。

万梅对我说，2014年1月3日是马叔叔的农历生日，那天将在四川省博物馆举办“马识途百岁书法展”。按马叔叔九十岁寿时的做法，义卖老人家的书法作品，收入全部捐给贫困大学生。马老百岁当天，我去省博物馆《马识途百岁书法展》观展，只见人头攒动，义卖非常成功。这是最好的贺寿，也了了老人家多年的心愿。百岁书法展的收入在四川大学设立了马识途文学奖（补记：105岁时的书法展收入也全捐给了该奖）。

万梅还告诉我说：“我爸最近一直闭门谢客，以养精蓄锐出席书法展，今天见你是个破例。”

我大喜过望，又受宠若惊，连连拱手致谢，也深为马叔叔对我老爸爸那份情谊感动，他与父亲至交，故移情于后辈了。

马叔叔话锋一转，说道：“我马上就满百岁，100岁我写了本《百岁拾忆》，我哥哥103岁了，他也写了一本书，叫《百岁追忆》。我们兄弟俩是国共兄弟，一个国民党将军，一个共产党干部，两个百岁老人，同出两本书。我参加我三哥百岁大庆时就约定，要请他来参加我的百岁生日。”

我不由得又击掌叫好。马叔叔浑身都是故事，连每根银发都散发出智慧，他本人传奇，国共兄弟传奇，两兄弟都是百岁老人更是传奇。

马叔叔还兴高采烈地告诉我，他的手稳稳的，写字一点儿也不打抖，直到现在还在挥毫泼墨。他伸出手，果然稳稳的，我趁机把笔放在他稳稳的手里，扭着老人家题词。

我扶着马叔叔从沙发上起身转到书桌前，老人家坐在圈椅里，翻看我的大本子，略略思忖，捉笔写道：

2013年12月12日，……你为孙女做高级保姆归成都来访。本是祖母，却仍是当年，可喜可贺。嘱书数语，因书：

金蛇隐退窸窣去
骏马奔腾鞑鞳来
迎马年书对联以赠
百岁老人　马识途

老人书毕，说道：“我给你写的这些字里有几个关键词，时间地点事由都说明了，点到你虽是祖母，仍依旧当年。最关键的是这副对子。”

老人家意犹未尽，指点道：“我这副对子，是为中国作协作的。对仗平仄都有讲究，金蛇对骏马，隐退对奔腾，去对来。你还看，窸窣是象声词，形容它在草丛中游走，窸窸窣窣，而鞺鞳也是象声词，形容骏马在大道上奔腾，鞺鞳而来。马年嘛，骏马奔腾。”

他说着，我分明听见马蹄声嘚嘚鞺鞳奔腾而来！壮哉，识途老马！

我看着马叔叔，他那杆旌旗自1915年亮出，猎猎招展至今。他早年投身人民解放事业，后从政之余笔耕不辍，《清江壮歌》壮怀激烈，《沧桑十年》创深痛巨，《夜谭十记》散打诙谐（演绎出电影《让子弹飞》），《党校笔记》反思深刻，还有即将问世的《百年拾忆》……他一生坎坷跌宕，却将酸甜苦辣化作警示世人的文学作品。他一辈子从事建设（四川省建设厅厅长），搞科技（中国科学院成都分院院长），搞文化（西南局宣传部副部长、省作协主席），干公务（省人大常委会副主任），伏枥老骥志在千里。高龄老人大多在岁月中备受煎熬，而马老爷子始终奋蹄鞺鞳、熬煎岁月，从中提炼结晶出著作。百岁了，依然步履稳健，依然才思敏捷，既能挥毫行笔，还能玩时尚iPad，百岁高寿仍在敲击键盘著书立说，更在挂念培养后人。他不甘悠享清福，他始终置身于时代洪流之中。

百年磨砺，百年耕耘，识途老马人生大成，已步入天地境界。依他的阅历他的眼界他的学养，这个百年任他信手拈来，笑谈指点评说。

我站起身，双手拇指高举，由衷赞佩：“马叔叔，听君一席话，胜读十年书。您老是永远的马识途。”

老人家此番不是呵呵大笑，而是若有所思，淡淡一笑。

百余岁马老还拿着放大镜写字

放下笔，老人家唤道：“梅梅，拿章子来。”万梅应声而至，取来一枚圆圆的印章，上面刻着马体篆字：老马识途。

看着万梅熟练利落地盖章，看着她给老人端茶递水，父女二人和和美美，其乐陶陶，不由想起高寿父母健在时我们子女尽心侍奉的情景。父慈子孝，家和事兴，岁月悠悠，人生融融，多好啊。

一个半小时已过，我依依不舍告辞。站起身来，只觉神清气爽，似乎在这氛围中感染到大家气质，吮吸了鸿儒灵气。

临别，我恭祝马叔叔万事如意，马年百岁大寿大吉，诚祝“马识途百年书法展”成功，百岁之日再来拜见。老人家握着我的手，笑吟吟地说：“你写篇东西吧，写来家拜访。”

走出马叔叔暖和的小屋，身心都沐浴在温煦的阳光亲情之中，耳边马蹄声嘚嘚，那鞳鞳之声催人奋进求索，催人励志久远。

祝愿识途老马马年行空，志在千里；天地同寿，养怡永年。

祈祝天下老人吉庆安康，颐养天年；福如东海，寿比南山。

2016年，科幻世界杂志社在北京航空航天大学礼堂举办“银河奖”三十周年庆典。

一贯支持科幻事业的马老写下了热情洋溢的祝词：

今天欣逢《科幻世界》创立37周年之际，在北京举办中国科幻“银河奖”三十庆典，以资庆祝。我闻讯极喜，惜年迈不能参加。我谨向《科幻世界》同仁、获奖者和远道而来的世界科幻作家，致以真挚的问候和衷心的祝贺。

《科幻世界》自1979年创刊，历时37年，筚路蓝缕，历尽艰难，终于在对科幻创作有志的一批硬汉子坚持不懈、努力奋斗下，终于取得蜚声世界，并突出像刘慈欣这样的世界级获奖作家的成就。我遥为祝贺。科幻创作无疑是文学创作中一支重要的力

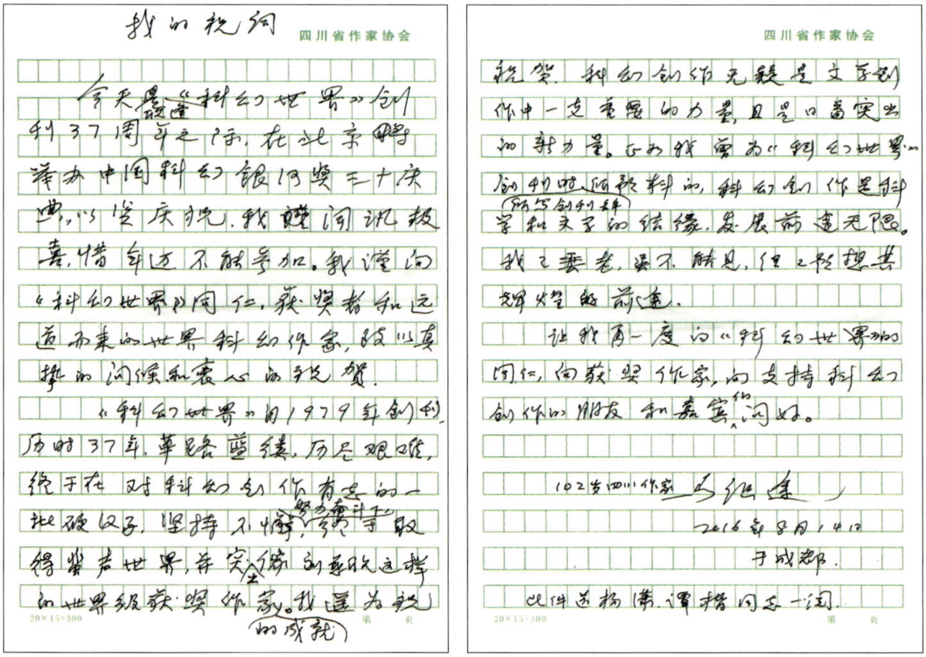
我的祝词

四川省作家协会

今天欣逢《科幻世界》创刊37周年之际，在北京举办中国科幻银河奖三十庆典，以资庆祝。我闻讯极喜，惜年迈不能参加。我谨向《科幻世界》同仁，获奖者和远道而来的世界科幻作家，致以真挚的问候和衷心的祝贺。

《科幻世界》自1979年创刊，历时37年，筚路蓝缕，历尽艰难，终于在对科幻创作有志的一批硬汉子，坚持不懈，努力奋斗下，取得蜚声世界，并突出像刘慈欣这样的世界级获奖作家的成就。我遥为祝贺。

科幻创作无疑是文学创作中一支重要的力量，且是日益突出的新力量。正如我曾为《科幻世界》创刊时所说的：科幻创作是科学和文学的结缘，发展前途无限。我已垂老，恐不能见，但已能想其辉煌的前途。

让我再一度向《科幻世界》的同仁，向获奖作家，向支持科幻创作的朋友和嘉宾们问好。

102岁四川作家 马识途

2016年8月14日

于成都。

此件送杨潇、谭楷同志一阅。

20×15=300 第 页

102岁马老为《科幻世界》银河奖30周年写信致贺

量，且是日益突出的新力量。正如我曾为《科幻世界》创刊时所写的创刊词所预料的，科幻创作是科学和文学的结缘，发展前途无限。我已垂老，虽不能见，但已预想其辉煌的前途。

让我再一度向《科幻世界》同仁，向获奖作家，向支持科幻创作的朋友和嘉宾们问好。

这是102岁的老作家马识途的贺词，他以102岁高龄关心并支持我们《科幻世界》。

2017年，第四届中国（成都）国际科幻大会在成都东郊记忆举办。会前，103岁的马老来看望了参加会议的科幻作家，与科幻作家们握手、照相。作家们听说马老是《让子弹飞》的原作者、原四川省作协主席、现年103岁的一贯支持科幻创作的老作家，都很兴奋。刘慈欣、王晋康及赵海虹、夏笳等争相与马老握手、照相。马老如此高龄，还精神矍铄，满面笑容，而且思路还很清晰，仍然还在不断地敲击电脑键盘写作出书，这对科幻作家都是极大的鼓舞。

回望岁月，马老曾在四十四年前《科学文艺》创刊词中写道："幻想，也如大科学家爱因斯坦说的，'概括了世上的一切，推动着进步，并且是知识进化的源泉。'……我们为什么不用科学幻想小说、科学文艺去把广大群众，特别是青少年引导进理想和幻想的广阔天地里去呢？让他们在夏夜繁星闪烁的星空遨游，让他们去云蒸霞蔚的天空中驰骋……"

如今，马老快满110岁了！端午，我坐在马老身边，眷恋地陪着他，静静地看着他吃一小碗面。

时光似水，真不知是怎么流淌的，才祝了马老百岁，转眼，又该贺老人家百十了。

这位即将跨入110岁的老人，正是以其革命一生、工作一

2022年夏，杨潇夫妇拜望109岁的识途老

生、创作一生、书写一生来颐养天年，如月之恒，如日之升，他已进入天地境界。

我渐渐悟出，难怪他生命长河生生不息，他真正是给时光以生命，他精彩绵长的生命给永恒死寂的时光以恒久活力，焕发出不息生机。

“给时光以生命，

给岁月以文明。”

科幻世界大事年表（万焕奎、拉兹、子旋 整理）

1979年

4月13日至20日，四川省科普创作协会成立并举办科普创作研讨会，筹办《科学文艺》杂志。著名科普作家郑文光、叶永烈、肖建亨等出席会议。

5月，由四川省科普创作协会主办的《科学文艺》丛刊正式创刊，这是国内第一份正式以“科学文艺”命名的杂志，也是《科幻世界》杂志的前身。著名作家马识途撰写创刊词《祝科学与文艺的结合》。

10月27日，《科学文艺》杂志编辑部正式获批成立，为隶属于四川省科学技术协会的事业机构。

1980年

1月，《科学文艺》由丛刊改为季刊，交邮局发行。

12月，第4期出版，发行量达到每期20万份。

1981年

1月28日，四川省科普创作协会召开《科学文艺》座谈会。

本年度，《科学文艺》杂志由季刊改为双月刊，每期由96页改为80页，渐成中国科幻小说主阵地。

1982年

5月，《科学文艺》编辑部在四川省军区招待所举行三周年纪念会。

5月15日，成都市科幻小说研究会成立。

11月6日至14日，《科学文艺》编辑部在成都市灌县（今都江堰市）召开“青城笔会”。

1983年

10月20日，在青城山举办为期半月的“青城笔会”。

这一年，受“清除精神污染”运动影响，刊物订量从几十万册下滑到几万册，入不敷出。

1984年

6月16日，《科学文艺》编辑部联合中国野生动物保护协会四川分会召开“九寨沟笔会”。

11月，本年度第6期《科学文艺》出版，宣布和《智慧树》编辑部联合举办“中国科学幻想小说有奖征文”，即延续至今的中国科幻最高奖——银河奖。

12月，四川省科协批准《科学文艺》杂志社改革方案，改革后实行“自寻出路，自己组阁，自主经营，自负盈亏”。在时任四川省科普创作协会理事长周孟璞和副理事长童恩正的召集下，《科学文艺》进行民主选举，杨潇成为新任领导人。

1985年

1月，本年度第1期杂志首次开设《读者沙龙》栏目。

5月11日至20日，《科学文艺》杂志社联合天津《智慧树》杂志社在天津举办笔会。郑文光、童恩正、叶永烈、肖建亨、刘兴诗、王晓达等科幻名家参会。

10月，编辑出版《幼童科学绘画识字图片》、《晚安故事

365》（四卷），开始靠编辑出版发行图书补贴刊物巨额亏损。

1986年

5月15日至17日，举办首届中国科幻小说银河奖发奖大会。中国科普作协理事长温济泽、中国作协书记处书记鲍昌及郑文光、童恩正等应邀参会。日本科幻作家、学者岩上治，英国博士研究生艾丽丝参加会议。此后，银河奖一直由《科学文艺》独家承办。

本年度，《科学文艺》编辑部成立发行部，自办发行。

1987年

3月，日本“中国科幻小说研究会”邀请《科学文艺》杂志社派代表参加日本第26届SF（即科幻小说）大会。杨潇、谭楷、向际纯、莫树清与会。

8月9日至18日，《科学文艺》编辑部访日，这是中国科幻从业者第一次以科幻作家和编辑名义出国访问。

1988年

2月5日至6日，中国作协四川分会科幻文学委员会成立，选出四川大学教授童恩正、《科学文艺》主编杨潇等八人为委员；童恩正为主任，杨潇、林树仁为副主任。

1989年

1月，《科学文艺》更名为《奇谈》。

5月，杨潇受世界科幻专业协会（简称WSF）邀请前往圣马力诺，参加1989年WSF年会并发表演讲。会议投票决定1991年WSF年会在中国成都举办。

7月31日，举办第2届银河奖颁奖大会。日本学者岩上治携夫人亲临成都表示祝贺。

1990年

8月，杨潇和四川省外办新闻文化处处长申再望、杂志美编向际纯赴荷兰海牙参加1990年WSF年会，夺回1991年WSF年会的主办权。三人同时参加了在海牙举办的第48届世界科幻大会。

1991年

1月，刊物正式更名为《科幻世界》。

5月20日至25日，科幻世界成功承办1991年WSF成都年会，同期颁发第3届银河奖。时任四川省省长张皓若、省委副书记宋宝瑞、副省长韩邦彦等出席。

1992年

1月，以“1992，背水一战”为口号，全社进行大讨论和大反思，寻找刊物发展的方向，筹备改刊。

5月，停止“以副养主”，进行市场调研，刊物向中学生倾斜，成功改版。

年底，中国台湾学者、科幻作家吕应钟访问编辑部，设立1993年度科幻文艺奖。

1993年

1月，公布第4届银河奖和1993年度科幻文艺奖名单。因资金有限，第4届银河奖未举办颁奖典礼。

5月，王晋康登上中国科幻舞台，在《科幻世界》杂志发表科幻处女作《亚当回归》。

1994年

5月，副主编谭楷、编辑莫树清赴德国参加欧洲科幻大会。

7月17日，杂志社编辑和科幻迷组成“彗木之吻观测队”，赴峨眉山顶观看彗星撞击木星。

9月5日，率先在国内推出三维立体画并掀起热潮，杂志销量陡然攀升。

11月13日至15日，中央电视台连续播出关于中国科幻的专题节目，对坚守中国科幻阵地的《科幻世界》杂志给予充分肯定，节目大大提升了杂志知名度。年底，《科幻世界》平均印数达到每月15.8万份。

因资金有限，第5届银河奖未举办颁奖典礼。

1995年

4月8日，在四川省科协会议厅举办第6届银河奖颁奖典礼。

6月3日，杨振宁教授从美国来蓉。本刊顾问、四川大学副校长龙伟教授向他介绍《科幻世界》杂志。

6月，获准出版发行《科幻世界画刊》。

7月，《科幻世界》杂志荣获四川省首届优秀期刊奖。

8月17日至26日，应日本“中国科幻小说研究会”邀请，编辑莫树清、美编蓝叶赴日本参加第34届日本科幻大会。

11月28日，在北京举办王晋康科幻作品讨论会。

1996年

1月，创办《科幻世界画刊》。

4月，正式由《科学文艺》杂志社更名为科幻世界杂志社。杨潇任社长兼总编，谭楷任副总编。

7月14日，在北京师范大学举办《科幻世界》'96北京科幻节，同期举办第7届银河奖颁奖典礼。这是中国科幻作家与科幻迷的第一次大型欢聚。

10月，阿来受聘进入编辑部工作。

12月，国务委员、国家科委主任宋健在中南海听取四川省科协党组书记周新远对《科幻世界》杂志的汇报。这一年，《科幻世界》杂志月发行量突破20万份。

1997年

1月2日，中国科协党组书记张玉台听取四川省科协副主席刘国宣、科幻世界杂志社社长兼总编杨潇、副总编谭楷汇报情况。张玉台对办好刊物，开好'97北京国际科幻大会做出重要指示。

7月28日，中国科协主办、四川省科协协办、科幻世界杂志社承办的'97北京国际科幻大会在北京中国科技会堂隆重开幕。五名美俄宇航员参会。这次盛会被中央电视台评为年度十大新闻之一。同期举办第8届银河奖颁奖仪式。

7月31日，五位宇航员和部分中外科幻作家飞赴成都，参加'97北京国际科幻大会的四川夏令营活动。

1998年

3月，《科幻世界》入选全国百种重点社科期刊名单。

3月27日，在上海科学会堂举办第9届银河奖颁奖典礼。著名科幻作家叶永烈、中国科普作协副秘书长饶忠华等致辞。

8月，副总编谭楷和编辑莫树清、秦莉赴美国巴尔的摩参加第56届世界科幻大会。

11月16日，社长兼总编杨潇荣获“全国百佳出版工作者”称号。

1999年

1月，杨潇辞去总编职务。谭楷任杂志社总编，阿来任《科幻世界》主编。

4月18日，“庆祝《科幻世界》创刊二十周年暨第10届科幻小说银河奖颁奖大会”在清华大学艺术中心举行。

6月，刘慈欣发表处女作《鲸歌》（外一篇《微观尽头》）。

7月，第7期专栏文章和头条小说与高考作文《假如记忆可以移植》“撞题”，引发轰动。

8月，出版“二十世纪科幻大师丛书”。

9月，社长杨潇赴澳大利亚出席第57届世界科幻大会。

10月，《科幻世界》获首届中国期刊奖提名奖、第二届全国百种重点社科期刊奖。

2000年

1月，莫树清任副社长。

7月，发表刘慈欣科幻小说《流浪地球》。

7月11日，举办第11届银河奖颁奖典礼。

8月31日至9月4日，《科幻世界》主编阿来和编辑秦莉赴美国芝加哥参加第58届世界科幻大会。

10月1日，《飞·科幻世界少年版》创刊。

2001年

6月，阿来任总编。

9月，秦莉任副社长。

10月，谭楷任副总编。

11月3日，在北京师范大学举办科幻节，颁发第12届银河奖。

11月5日，美国《科幻周刊》主编斯科特·爱德曼受邀访问杂志社。

2002年

8月8日，在成都郫县听江浦举行举办第13届银河奖颁奖典礼。

9月，美国NASA科学家、科幻作家杰弗里·兰蒂斯夫妇来杂志社讲座交流。

12月，《科幻世界画刊》更名《惊奇档案》，以月刊形式出版。

2003年

1月，出版第200期《科幻世界》，社长杨潇发文祝贺；《科幻世界》荣获第二届国家期刊奖百种重点期刊。

3月，杨潇辞去社长职务，阿来接任。杨潇任首席顾问。

12月12日，杨潇获第八届中国“韬奋出版奖”。韬奋出版奖由中国出版协会主办，是我国出版界个人荣誉最高奖。

受非典影响，第14届银河奖颁奖典礼取消。

2004年

1月，《科幻世界·译文版》正式以《科幻世界》下半月版形式出版。

7月27日，在成都举办第15届银河奖颁奖典礼。

8月，“科幻大师丛书”荣获2003年度引进版社科类优秀畅销图书奖，“科幻世界出品”成为备受读者信赖的图书品牌。

9月2日，副社长秦莉、副主编姚海军、编辑李克勤赴美国波士顿参加第62届世界科幻大会。

2005年

1月，《科幻世界》荣获第三届国家期刊奖提名奖；《飞》

改名为《飞·奇幻世界》。

10月，随着老一代杂志社领导退休，新班子上任。科幻世界杂志社总编：阿来；社长：秦莉；副总编：姚海军；副社长：刘成树；《科幻世界》编辑部主编：姚海军。

因杂志社重大人事变动和刊物调整，第16届银河奖未举办颁奖典礼。

2006年

1月，《科幻世界画刊·小牛顿》创刊。

5月至12月，刘慈欣长篇科幻小说《三体》连载。

7月31日，在四川省科协报告厅举办第17届银河奖颁奖典礼。

10月，总编秦莉赴法国参加期刊研讨会，赴德国参加法兰克福书展。

2007年

1月，阿来调任四川省作家协会，秦莉任总编、社长。

1月，荣获2005—2006年度四川出版奖期刊一等奖。

8月24日至27日，由四川省科协主办、科幻世界杂志社承办“2007中国（成都）国际科幻·奇幻大会”成功举办，同期举办了第18届银河奖颁奖典礼。

8月，社长兼总编秦莉、主编姚海军赴日参加第65届世界科幻大会。

11月，科幻世界杂志社荣获中国首届出版政府奖先进出版单位奖。中国出版政府奖为我国出版领域最高奖。

2008年

5月12日，汶川发生里氏8.2级特大地震。为安全起见，停办第19届银河奖颁奖典礼。

10月，社长兼总编秦莉调任，李昶任总编、社长。

2009年

2月，荣获四川出版·期刊奖一等奖。

9月，出版创刊30周年纪念增刊。

12月12日，入选新中国60年有影响力期刊。

12月18日，入选第六届中国最具投资价值媒体。

因甲型H1N1流感爆发，停办第20届银河奖颁奖典礼。

2010年

1月，副总编姚海军获“百名有突出贡献新闻出版专业技术人员”称号。

5月，《科幻世界》杂志入选第七届中国最具投资价值媒体。

8月7日，在四川省科协报告厅举办第21届银河奖颁奖典礼。

2011年

5月，出版第300期《科幻世界》，杂志推出纪念专题。

11月27日，由科幻世界杂志社推出的《三体Ⅲ·死神永生》首发签售，场面火爆。

第22届银河奖未举办颁奖典礼。

2012年

5月，万时红任总编。

8月，《科幻世界》编辑部主任杨枫赴美国芝加哥参加第70届世界科幻大会。

10月27日，在四川科技馆举办第23届银河奖颁奖典礼。

2013年

1月，万时红任社长。

5月，《飞·奇幻世界》停刊。

8月29日至9月2日，《科幻世界》编辑部副主编杨枫赴美参加在圣安东尼奥市举办的第71届世界科幻大会。

11月15日，四川省科协和中国科技新闻学会联合主办首届中国科幻产业论坛，科幻世界杂志社承办，这是我国举办的首个科幻产业论坛。

11月15日，在成都金沙遗址公园举办第24届银河奖颁奖典礼。

2014年

9月20日，在上海举办“2014未来科技大会”暨第25届银河奖颁奖典礼。

11月，万时红停止社长、总编职务，副社长刘成树主持工作。

2015年

8月22日，第73届世界科幻大会在美国华盛顿举行，英文版《三体》荣获雨果奖最佳长篇小说奖。

9月，《科幻世界》杂志入选全国百强期刊。

9月12日，在北京中国现代文学馆举办第26届银河奖颁奖典礼，刘慈欣获“特别功勋奖”。

2016年

9月8日至11日，中国科学技术协会主办、科幻世界杂志社等承办的2016中国科幻大会在北京航空航天大学召开，第27届银河奖颁奖典礼同期举办。这也是银河奖颁发三十周年。

10月，刘成树任社长、总编。

2017年

5月，《科幻世界》获第四届中国出版政府奖期刊奖提名奖。

8月，科幻世界杂志社组团参加芬兰赫尔辛基举办的第75届世界科幻大会，酝酿成都申办世界科幻大会。

9月，《科幻世界·少年版》《科幻世界画刊·小牛顿》入选全国中小学图书馆馆配期刊目录。

10月，杨国梁（拉兹）任杂志社副总编辑。

11月11日至13日，举办2017中国科幻大会和第四届中国（成都）国际科幻大会，同期举办第28届银河奖颁奖典礼。从本届起，中国（成都）国际科幻大会升级为每两年举办一次。

12月，《科幻世界》获第三届全国百强期刊；获首批四川省品牌报刊。

2018年

5月，科幻世界杂志社牵头成立四川省科幻学会。

8月，科幻世界杂志社组团赴美申办第81届世界科幻大会，正式代表成都提出申办2023年第81届世界科幻大会。

9月，入选第九届全国少年儿童推荐百种优秀报刊。

11月23日，第29届中国科幻银河奖颁奖典礼在深圳举办的中国科幻大会期间举办。

12月18日，完成转企改制，成立“四川科幻世界杂志社有限公司”。刘成树任董事长（法人代表）。

2019年

2月5日，电影《流浪地球》上映，开启中国科幻电影大片时代。

5月，《科幻世界》创刊40周年；杨国梁（拉兹）任《科幻世界》《科幻世界·少年版》主编。

8月14日至20日，科幻世界杂志社组团参加爱尔兰都柏林举办的第77届世界科幻大会，开展成都申办2023年世界科幻大会竞选活动。

9月，《三体》入选“新中国70年70部长篇小说典藏”书目。

11月，四川省科协和成都市政府联合主办第五届中国（成都）国际科幻大会，科幻世界杂志社等承办，同期举办第30届银河奖颁奖典礼。

12月20日11时22分，“科幻世界号”AI卫星（星时代-8）在太原卫星发射中心搭载长征四号乙运载火箭成功发射。

2020年

2月，启动“科普科幻想象力教育工程”。

6月，“科幻世界精品有声剧”在喜马拉雅平台上线，代表《科幻世界》有了新的展示形态。

7月，第78届世界科幻大会因新冠疫情原因改为线上，科幻世界杂志社团队通过在线方式参会并开展竞选活动。

9月，中共四川省委办公厅、四川省人民政府办公厅印发《关于加强和改进出版工作推动四川出版高质量发展的指导意见》（川委办〔2020〕18号），将科幻世界杂志社“中国科幻出版产业基地”项目纳入四川省出版领域“高能级产业平台”项目。

10月24日，在成都少城剧场举办第31届银河奖颁奖典礼，成立融创科幻影业（成都）有限公司，向科幻影视领域深耕。

2021年

2月，科幻世界杂志社等单位发起成立成都市科幻协会，作为申办第81届世界科幻大会的主体机构。

11月19日晚，受新冠疫情影响，第32届银河奖改为线上举办颁奖典礼。原定于11月举办的第六届中国（成都）国际科幻大会取消，改为通过线上活动助力成都申办世界科幻大会。

12月18日，成都成功申办2023年第81届世界科幻大会。

2022年

6月28日，四川省科协、四川省作协联合主办“迎世界科幻大会，促想象力提升——首届四川省青少年科幻创作征集活动”，科幻世界杂志社承办。

9月1日至5日，科幻世界杂志社组团赴美国芝加哥参加第80届世界科幻大会。

9月21日，四川省政府发布《四川省全民科学素质行动实施方案》，提出：实施科幻产业发展扶持计划。搭建高水平科幻创作交流平台和产品开发共享平台，推动科幻产业与科普事业深度融合。发挥现有科幻期刊尖端优势，打造科幻特色出版中心。举办“世界科幻大会”等具有国际影响力的科幻主题活动。

12月，因新冠疫情原因，第33届银河奖颁奖典礼延期举办。

2023年

3月25日，在雅安市荥经县举办第33届银河奖颁奖典礼。

5月27日，“宇宙之门”超感科幻艺术大展在成都“东郊记忆”开启，标志着科幻世界杂志社正式涉足艺术展览领域，并创立“科幻世界·无限”艺术品牌。

10月18日至22日，第81届世界科幻大会在成都市郫都区举办，科幻世界杂志社为主要承办单位之一；四川省科协和郫都区政府联合主办第六届成都国际科幻大会，四川省科协、四川电视台、峨嵋电影集团联合主办首届成都天府科幻电影展，科幻世界杂志社均为主要承办方。第34届银河奖颁奖典礼同期举办。